S.F.
V.

Gerhard Roth

Der Strom

Roman

S. Fischer

2. Auflage: September 2002

Satz: Pinkuin Satz und Datentechnik, Berlin
Druck und Bindung: Clausen & Bosse, Leck
Printed in Germany
ISBN 3-10-066056-0

Die für mich verlockendste Auffassung – daß es keine Zeit gibt, daß alles Gegenwart ist, die wie ein Leuchten außerhalb unserer Blindheit liegt – ist eine ebenso hoffnungslos endliche Hypothese wie alle übrigen.

Vladimir Nabokov,
Die Gabe

Nicht, um den finsteren Tartarus zu schauen, stieg ich hier herab, nicht, um die drei schlangenzottigen Hälse des Zerberus zu fesseln. Ich komme um meiner Gattin willen. Eine Natter, auf die ihr Fuß trat, hat sie vergiftet und sie in der Blüte der Jahre hingerafft. Ich wollte den Verlust ertragen, ich habe es versucht, das läßt sich nicht leugnen, allein Amor war stärker.

Ovid,
Metamorphosen, Zehntes Buch,
Orpheus und Eurydike

15. November, Kairo

Der Flug

Geblendet vom Sonnenlicht, das durch das Kabinenfenster fiel, öffnete er die Augen.

Er hatte die Reise, trotz der bösen Vorzeichen, in der Überzeugung angetreten, daß ihm nichts geschehen würde und sein Tod, wenn er sich richtig verhielt, in ferner Zukunft lag, weit hinter der leichten Krümmung der Erde, die er vor sich sah.

Verschlafen blickte er auf den glitzernden Nil hinunter und dachte erstaunt, daß ein imaginärer Pinsel das Wasseraderngeflecht aus Kanälen und Seitenarmen mit Goldfarbe bestrich, mit Giottogold, der entrücktesten und überirdischsten Farbe.

Auf dem Klapptischchen lag die Mappe mit den Unterlagen, dem handgeschriebenen Wörterbuch (die arabischen Vokabeln in phonetischen Zeichen), dem Katalog der »Kultur- und Pilgerreisen« (auf dem Titel der Sphinx im roten Abendlicht, der ihn an eines seiner Kinderbilderbücher erinnerte) und dem umfangreichen Studientagebuch seiner verunglückten Vorgängerin. Als er sich wieder der Luke zuwandte, durch die er wie in einem optischen Meßinstrument die verkleinerte Landschaft erblickte – eine fremde, verzauberte Welt –, lagen die eben noch glimmenden Wasseradern blaß und erloschen hinter ihm und lösten sich im Dunst auf, während die Lichtspiegelungen weiterwanderten, als seien sie Impulse, die über ein System verborgener elektrischer Leitungen die ausgedehnte Flußmündung (die das winzige Detail eines unermeßlichen Freskos war) zum Aufleuchten bringen würden.

Der Anlaß seiner Reise war nicht erfreulich. Thomas Mach sollte an die Stelle einer Reiseleiterin treten, die sich zehn Tage zuvor in Kairo aus dem 16. Stockwerk des Sheraton-Hotels gestürzt hatte, ohne einen Hinweis auf den Grund ihrer Verzweiflungstat hinterlassen zu haben. Sein Onkel, der Inhaber des Reisebüros »Auge Gottes«, vermutete, daß sie an einem Gehirntumor gelitten habe, denn sie hatte in letzter Zeit häufig über Kopfschmerzen und Schwindelgefühle geklagt. (Die Spekulationen waren typisch für ihn, der überall Anhaltspunkte und Hinweise zu erkennen glaubte, wenn es um die Erklärung eines rätselhaften Ereignisses ging.)

Mach hatte vor kurzem sein Geographie- und Geschichtsstudium in Wien beendet und sodann die sehnlich gewünschte Segelfliegerprüfung abgelegt, die das Geschenk seines Vaters zum Universitätsabschluß war. Manchmal überkam ihn beim Fliegen das Verlangen, auf die Erde hinunterzustürzen, alle Angst war dann von ihm gewichen, statt dessen verspürte er bei der Vorstellung des freien Falls nur Lustgefühle. Gleichzeitig war er davon überzeugt, den Sturz vor der Erdoberfläche noch auffangen und sich unbeschadet wieder in der metaphysischen Bläue des Himmels verlieren zu können.

Gedankenverloren blätterte er im Studientagebuch seiner Vorgängerin Eva Blum. Es enthielt eine Reihe von Erklärungen und Beschreibungen, vergrößerten Ausschnitten von Landkarten und Stadtplänen, Skizzen, Zeitungsartikeln, Fotografien, eingeklebten Eintrittsbilletts und Prospekten sowie handgeschriebenen Notizen, Namen und Telefonnummern, die sie während der sieben Jahre ihrer Tätigkeit ergänzt und erweitert hatte. Erst am Vortag hatte sich Thomas Mach in das Lesen der Aufzeichnungen vertieft und war davon so gefesselt gewesen, daß er gar nicht bemerkt hatte, wie es dunkel geworden war, und obwohl er von fremden Ländern seit seiner Kindheit angezogen war und seine Magisterarbeit über die Reisen Erzherzog Maximilians (des späteren Kaisers von Mexiko) verfaßt hatte, war ihm unbekannt, was er las. Eva Blum schrieb, daß europäische Ärzte im Mittelalter ihren Patienten Pulver aus zerriebenen ägyptischen Mumien verabreicht hatten. Dieses Pulver, das sehr teuer war und von Mumienhändlern in Alexandria bezogen wurde, habe es noch Mitte der zwanziger Jahre in deutschen Apotheken zu kaufen gegeben. In seinem Mißfallen darüber sah Thomas Mach die Europäer als Kannibalen, die Berge von toten Ägyptern verspeisten. Die Engländer, las er weiter, verschifften, als sie bei ihren archäologischen Untersuchungen auf Katzennekropolen stießen (denn die Katzen waren heilig und wurden wie Menschen betrauert und mumifiziert), die Engländer also verschifften die zerfallenden Mumien dieser Haustiere nach Großbritannien und düngten damit ihre Felder. Außerdem führte man Mumienpulver in Farbenhandlungen unter der Bezeichnung »Mumienbraun«, und es gab Berichte, wonach zu Zeiten Mark Twains in Amerika einbalsamierte Leichen aus Ägypten in Lokomotiven anstelle von Brennholz verheizt und die Leinenbandagen, in die sie eingewickelt gewesen waren, zur Herstellung von holzfreiem Papier verwendet wurden. Das hatte Thomas Mach besonders irritiert, da er aus einer Familie von Papier- und Kartonagenfabrikanten stammte. Es paßte jedoch zu den Schilderungen, die er über die Entdeckung des Nilursprungs gelesen hatte, den Sklavenhandel und den Raub von Kunstschätzen. (Konrad Feldt, ein Beamter der Nationalbibliothek, der ihn während seiner Magisterarbeit betreute, machte ihn darauf aufmerksam, daß Erzherzog Maximilian bei seinem Staatsbesuch in Kairo die Sammlung der Altertümerverwaltung zu Gesicht bekommen und, da er sich außerordentlich enthusiasmiert zeigte, auch als Geschenk erhalten hatte. Die gesamten Kunstschätze – von unbezahlbarem Wert – wurden in das Wiener Kunsthistorische Museum gebracht, wo Thomas Mach sie in Begleitung Feldts mehrmals besichtigte. Feldt hatte ihn auch mit Büchern über Ägypten bekannt gemacht: dem Werk von Nagib Machfus,

Gustave Flauberts *Reise in den Orient,* Thomas Manns *Joseph und seine Brüder,* Ingeborg Bachmanns *Der Fall Franza* und dem *Oedipus Aegyptiacus* des Renaissancekünstlers Athanasius Kircher, einem seltsamen und, wie es Thomas Mach schien, verrückten Werk.)

Sein Blick fiel wieder durch das Kabinenfenster. Funkelndes Goldlicht lag wie Staub auf der Landschaft, Staub der Vergangenheit mit mikroskopischen Resten von Blütenpollen, Korallen, Tier- und Menschenknochen, Natron, Schilf, Muschelsplittern, Granatapfel- und Dattelkernen. Und durch diesen Schleier winzigster Staubkörner konnte er jetzt, als er zurückblickte, für einen Moment das gesamte Nildelta erkennen, in dem der Strom mit allen seinen Verzweigungen die Form einer Papyruspflanze annahm, die ihn (gleichsam ein Wasserzeichen in der Wüste) abermals an die Papierfabrik seiner Familie erinnerte.

Die innere Stimme

Es gab ein Wissen in Thomas Mach, dessen Herkunft er nicht kannte und das er niemandem verriet, denn es stärkte ihn, wenn er danach handelte. Einige Male hatte er gegen dieses Wissen, dieses »Gefühl«, wie er es nannte, verstoßen und war durch Mißerfolge dafür bestraft worden. Mitunter hörte er sogar eine innere Stimme, die alles mögliche betraf: ob er den Mut aufbringen sollte, eine

Studentin im Lesesaal anzusprechen, ob er eine Reise unternehmen würde oder ob er mit jemandem eine Freundschaft einging. Er wußte, daß er andere durch seine Entscheidungen mitunter vor den Kopf stieß, doch es blieb ihm nichts anderes übrig, als seinem »Gefühl« zu gehorchen, wollte er sich nicht schaden. Jedenfalls konnte er genau zwischen Ängsten, Hoffnungen, Wünschen und seiner inneren Stimme unterscheiden. In seiner Kindheit war er überhaupt nur diesem Gefühl gefolgt, aber als er älter wurde, wurden die Entscheidungen schwieriger und das Begehren stärker. Einige Male kam es dazu, daß seine innere Stimme verstummte, weil er sich nicht an ihre Anweisungen hielt, und er befürchtete, sie nie wieder zu hören. Es war die Zeit, als er sich in ein Spiel mit Kettenbriefen einließ – eine gewisse Gier hatte ihn dazu bewegt, mitzumachen –, wobei er seine ganzen Ersparnisse verlor. Anschließend verliebte er sich in die Tochter seines Turnlehrers, er lief ihr nach und belästigte sie mit seinen Anrufen, und sie erzählte alles, worüber er mit ihr sprach, ihren Freundinnen weiter. Er mußte sich eingestehen, daß er von Anfang an gewußt hatte, wie es kommen würde. Später schwor er sich, nie mehr gegen sein inneres Wissen zu verstoßen. Natürlich waren die meisten Menschen mit einem ähnlichen Instinkt ausgestattet – davon war Thomas Mach überzeugt –, sie verspielten ihre Fähigkeit jedoch durch falschen Ehrgeiz oder indem sie sich den Bedingungen des Alltags anpaßten. Viele Jahre später, in einer Krise, mochte ihre innere Stimme sich wieder melden und ihnen alles, was geschehen war, als einen tragischen Irrtum erscheinen lassen.

Es gab da ein noch seltsameres Phänomen: Er stellte fest, daß sein Wissen oft mit der Wahrnehmung einer belanglosen Einzelheit zusammenhing. Bei den Kettenbriefen war es der Geschmack des Klebstoffs auf den Kuverts gewesen, die er vor dem Verschließen ableckte, und bei der Tochter des Turnlehrers ein beschädigter Fingernagel des Mädchens. Er kam allerdings, soviel er auch darüber nachdachte, nicht hinter ein System, das ihm half, die Bedeutungen seiner Wahrnehmungen zu entschlüsseln, er wußte nur, daß es sie gab. Ansonsten fand er sich im Meer der Erscheinungen zurecht wie ein Kapitän, der sich an den Gestirnen orientiert.

Er hatte übrigens keine feste Freundin, da er eine schmerzliche Erfahrung gemacht hatte. Und außerdem war da eine Leidenschaft, die ihn ablenkte: Als er zum ersten Mal ein Segelflugzeug über dem Horizont kreisen sah, ahnte er sofort, daß er irgendwann selbst Pilot eines so wunderbar stillen Vogels sein würde, und in Gedanken flog er schon damals über die Berge und Seen bis zur Stadt. Dabei sprangen ihm die weißen Schimmelspuren auf einem fauligen Apfel ins Auge, der im Gras lag.

Am Flughafen erwarteten ihn zwei Männer, einer hielt ein Schild mit seinem Namen in der Hand. Sie hießen beide Mohamed Abou Zaid und waren Vater und Sohn. Der junge Mohamed war ein Hüne, er trug das Haar kurz geschnitten, einen dünnen Schnurrbart, Jeans, ein weißes T-Shirt und darüber ein beigefarbenes kariertes Hemd. Der Alte war in eine blaue Ghalabija gehüllt, hatte einen weißen Turban aus Baumwolltuch auf dem Kopf und war sehr mager und unscheinbar. An seinen nackten Füßen, die braun und runzelig waren, hatte er Sandalen aus Kunststoff, während Thomas Mach an dem Sohn die riesigen Lederschuhe auffielen; für einen Augenblick dachte er an »zwei Geigenkästen«, dann fiel ihm ein, daß das eine Redewendung seines Großvaters für übergroße Schuhe gewesen war. Der Sohn sprach Englisch, der Alte schwieg; als er den Mund öffnete, um den Filter einer Zigarette abzulecken, sah Thomas Mach seine schwarzen Zahnstummel. Der Alte verstehe ein wenig Englisch und Deutsch, erklärte der Sohn, und kenne jeden Lehmziegel in Kairo. Er besaß einen Laden für Seile und Stricke in der Nähe des Bab al-Futuh, eines alten Stadttores im Zentrum. Nebenbei arbeitete er als Dragoman, Chauffeur und Bote für Alfred Moser, dem Kontaktmann des Wiener Reisebüros »Auge Gottes«. Herr Moser, erklärte der junge Mohamed, sei leider verhindert. Der Alte war inzwischen damit beschäftigt, mit einem Stück Schnur einen Knoten zu knüpfen: den doppelten Palsteck mit Schwanenhals, den er um den Zeigefinger wickelte und sodann in einem Schlitz seiner Ghalabija verschwinden ließ. Thomas Mach kannte diesen Knoten aus seiner Zeit beim Militär, und sein Gefühl sagte ihm, daß der Mann reich an unbekanntem Wissen und voll Gleichmut war und daß er sich an ihn halten solle.

Er habe, erklärte der junge Mohamed, als er Thomas Machs Interesse an dem Knoten des Alten bemerkte, eine Feluke am Nil vor dem Helnan-Shepheard-Hotel. Der Alte lade ihn ein, damit einen Ausflug zu unternehmen. Thomas Mach erfuhr außerdem, daß ihm der junge Mohamed vom ägyptischen Tourismusministerium als »Beschützer« zugewiesen worden war, und er registrierte, als dieser sich bückte, um den grünen Reisekoffer in einem Kleinbus zu verstauen, einen Pistolengriff in seinem Hosenbund. Ein Jahr zuvor hatte sich in Luxor ein Attentat der extremistischen Gruppe »Dshihad« ereignet, bei dem sechzig Touristen ermordet worden waren. Es war nicht der erste Anschlag gewesen. Thomas Mach wußte, daß ein halbes Jahr früher zwei Brüder vor dem Nationalmuseum in Kairo eine Handgranate in einen Bus geworfen und acht Reisende getötet hatten, außerdem war kurz darauf ein Dutzend Touristen in der Altstadt von Kairo durch einen Molotowcocktail schwer verletzt worden, und vor einem Hotel bei den Pyramiden hatten Attentäter acht Busreisende durch Maschinengewehrfeuer aus einem vorüberfahrenden Auto umgebracht. Selbstverständlich war eine Fülle kleinerer, weniger blutiger Anschläge verschwiegen worden.

Das alles kam Thomas Mach nicht wie für ihn bestimmt vor. Er fürchtete sich nicht, im Gegenteil, die unsichtbare Bedrohung verlieh seiner allzu komfortablen Reise sogar den Reiz des Abenteuerlichen.

Bevor er in den roten Kleinbus stieg, zog Thomas Mach seine Jacke aus und stopfte sie in die Reisetasche. Es war heiß und staubig, und der hellblaue Himmel milderte die düsteren Gedanken, so daß ihm alles, was er über die Anschläge und den wahrscheinlichen Selbstmord Eva Blums erfahren hatte, wie eine Erfindung vorkam. Im Wagen war es nicht kühler als im Freien, obwohl die silbergrauen Vorhänge zugezogen und die Klimaanlage eingeschaltet war. Durch einen Schlitz sah er den dichten, mehrspurigen Straßenverkehr, staubige Palmen, Eukalyptusbäume, sandbraune Häuser und Straßenläden mit Obst und Gemüse auf den Gehsteigen. Die Abgase drangen in den Bus, und die Hupgeräusche übertönten den Motorenlärm. Thomas Mach wußte nicht, warum, aber er kam sich durch das Hupen beschützt vor.

Der junge Mohamed fuhr, während der Alte neben ihm auf dem Vordersitz saß, ohne sich um den Fahrgast zu kümmern. Eine Stelzenautobahn erhob sich über die verfallenen und mit Müll bedeckten Dächer eines Stadtteils, in dem er ein Menschengewühl auf einem großen Platz ausmachte und Polizisten in schwarzen Uniformen mit umgehängten Gewehren. Bunte Werbetafeln wiesen zur Straße hin. Das Menschengewühl schien ein Fellachenmarkt zu sein, außerdem erkannte er durch die Öffnung zwischen den Vorhängen eine Busstation und auf vorüberfliegenden gelben Tafeln rote »Stenogramme«, an die ihn die arabischen Schriftzeichen erinnerten. Es waren sicher nur Hinweise auf irgendeinen banalen Umstand, aber die fließende Aneinanderreihung der unbekannten Buchstaben bildete in seinem Kopf das Wort »Reptil« und schließlich das Bild der gelben Schlange Kaa aus Walt Disneys »Dschungelbuch«, das er als Kind immer wieder auf Video gesehen hatte. Für einen Moment vernahm er die zittrig falsche Stimme ihres Gesangs: »Hör mir zu ... und glaube mir ... komm zu mir und sei mein ... sollst mein Glücksengel sein.« Mehrmals bremste der Bus scharf, fuhr wieder ruckartig los und raste ein Stück weiter. Da er alles nur durch den Vorhangschlitz sah, kam sich Thomas Mach wie jemand vor, der unerlaubt in eine fremde Welt eindrang. Nie zuvor hatte er, wie jetzt, das Gefühl empfunden, eine verbotene Stadt, verbotenes Land zu betreten. Der Alte spielte wieder mit dem Stück Schnur zwischen seinen Fingern und flocht geschickt einen Achtknoten, während der Junge an jeder Ampel mit seinem Mobiltelefon auf jemanden einredete.

Sie überquerten nach einer Weile eine Brücke, unter der sich der Nil braun und träge wie eine gewaltige Schlange (wieder bildete sich das Wort in seinem Kopf) dahinwälzte. Am Ufer ankerten Feluken und Motorboote, und das Sonnenlicht glitzerte auf der Oberfläche.

Der Eingang des Hotels war durch eine Sicherheitsschleuse und zwei bewaffnete Polizisten geschützt.

»Morgen um neun Uhr«, verabschiedete sich der junge Mohamed, nachdem er den Koffer vor die Rolltreppe gestellt hatte.

Thomas Mach duschte sich und legte sich auf das weiche, große Bett.

Als er erwachte, war es dunkel geworden.

Der Schlangenbeschwörer

Das Taxi war verschmutzt, der Bezug des durchgedrückten Sitzes zerlumpt, der Boden mit Zigarettenkippen und Verpackungsresten übersät, und ein Stück Stoff bedeckte anstatt einer Konsole das Handschuhfach und die Armaturen. Um zu verhindern, daß die Innenverkleidung herabfiel, war sie mit Klebestreifen befestigt. Die Türgriffe hingen wie ohnmächtig herunter, und der Schalthebel war mit Isolierband umwickelt.

»Was gibt es am Maidan at Tahrir zu sehen?« fragte Thomas Mach auf englisch und faltete den Stadtplan zusammen.

Aus zwei Lautsprechern oberhalb des Rücksitzes war der Gesang einer voluminösen Frauenstimme zu vernehmen. Es mußte ein orientalisches

Riesenorchester sein, das ihre Darbietung begleitete.

Der Chauffeur zuckte mit den Schultern und antwortete: »Yes.«

Thomas Mach war auf sein »ägyptisches Wissen« übrigens ganz und gar nicht stolz, es war eher bescheiden, obwohl er Geographie und Geschichte studiert hatte. Er kannte gerade die Namen der berühmtesten altägyptischen Götter, denn bei den Unterlagen des Studientagebuchs war eine abgegriffene, großformatige Broschüre »Gottheiten im Alten Ägypten« dabeigewesen, und da er es von seinen letzten Prüfungen her gewohnt war zu lernen, hatte er sich die Namen gemerkt. Am meisten interessierte ihn die Geschichte von Isis, Osiris und Seth. Seth, eifersüchtig auf Osiris, hatte seinen Bruder zu einem Gastmahl geladen, bei dem er ihm einen kunstvollen Sarg schenken wollte, sofern er in ihn hineinpaßte. Kaum hatte Osiris darin Platz genommen, hatte Seth ihn in den Nil geworfen. (Dieses Bild fand er phantastisch: ein bemalter Sarg, der im Strom schwamm.) Als Isis begonnen hatte, Osiris zu suchen, hatte Seth den Leichnam zerstückelt und die Körperteile im Nildelta verstreut. Isis hatte die Leichenteile aber wieder eingesammelt, zusammengefügt, mit Binden umwickelt und mit dieser ersten Mumie einen Sohn gezeugt, Horus, der seinen Vater rächte. In Thomas Machs Kopf tauchte das Gesicht Konrad Feldts auf. Er hatte ihm als erster diese Geschichte erzählt. Während der Fahrer hupend, schreiend und schimpfend durch verstopfte Haupt- und Querstraßen, zwischen verbeulten Bussen und Fahrzeugen, die nur notdürftig zusammengeflickt waren, dahinraste, sog er hastig an seiner Zigarette. Auch Thomas Mach rauchte. Er dachte, als er über die Reihe endloser Karosseriedächer blickte, an Krokodile, die im Nil schwammen.

Hinter einer Brücke hatte sich eine Familie auf dem Gehsteig ein Nachtlager bereitet. Männer in Ghalabijas mit Turbanen, Frauen in Schwarz gehüllt. Ein Bub lag am Boden, daneben ein Mädchen mit struppigem Haar, den Kopf auf die Knie gelegt. Im letzten Moment wich ihnen ein Moped, hoch beladen mit leeren Hühnersteigen aus, und auf dem Gepäckträger eines entgegenkommenden Taxis flatterte eine Plane wie ein Gespenst. Das opernhafte Lied im Radio nahm kein Ende, es steigerte sogar seine Dramatik, fiel dann aber jäh ab, bis endlich nur noch das Orchester allein weitermusizierte.

Als er ausstieg, bezahlte er dem Fahrer aus einer Eingebung heraus das Doppelte. Er beeilte sich, die im Halbdunkel liegende Hauptstraße zu erreichen und sah gerade noch, wie hinter ihm ein Taxi mit einem anderen Europäer hielt. Aus einem Schild schloß er, daß er sich in der Suleiman Sharia befand, einer stickigen Straße mit alten, halbverfallenen Gebäuden.

Ein blauer Lastwagen fuhr vorbei, und Thomas Mach konnte darin wieder schwarzgekleidete Polizisten mit Gewehren erkennen. Vor einer U-Bahnstation spielte ein Kind mit einem rostigen Fahrradlenker, ein anderes saß in einem Pappkarton, während eine Frau, vielleicht seine Mutter, Papierbecher, Getränkedosen und Küchenabfall aus einem Müllsack warf, den sie gerade durchstöberte.

Im Dunklen hatte Thomas Mach das vage Gefühl, daß ihm der Europäer aus dem Taxi folgte. Er vertraute seinem Instinkt (dem Vorboten seiner inneren Stimme), der ihn spüren lassen würde, wenn man ihn beobachtete, ob er einen Streit riskieren sollte oder ob es besser war, zu schweigen. Er drehte sich um und warf einen Blick zurück. Der Mann war größer als Mach, stämmiger, etwa fünfzig Jahre alt und trug einen hellen Hut. Thomas Mach schloß aus den Adern in seinem Gesicht und der roten Nase, daß der Unbekannte trank. Thomas Mach haßte Alkohol, weil er als Kind die vielen Trinker gesehen hatte, die in der Fabrik seines Vaters arbeiteten und sich am Abend und am Wochenende in den Rausch flüchteten. Dachte er lange genug darüber nach, kam ihm das meiste, was ihm widerfuhr, ohnedies rätselhaft vor, weshalb er kein Bedürfnis nach zusätzlicher Verwirrung durch den Alkohol verspürte. Seiner Meinung nach existierte ohnedies niemand, der über sich selbst Bescheid wußte. Jeder war von sich getrennt, wie ein Insekt durch die Fensterscheibe vom Freien. Er beobachtete deshalb auch neugierig die Fliegen, Bienen und Wespen, wie sie ruhelos über das Glas liefen und immer wieder versuchten, das durchsichtige Hindernis zu überwinden, ohne daß sie es jemals schafften. Was ihnen ganz nahe zu sein schien, war unerreichbar.

Thomas Mach war süchtig danach, Geschichten zu hören, in denen sich jemand getäuscht hatte oder getäuscht worden war. Immer, stellte er fest, ließ ein Irrtum ein Stück verborgener Wahrheit sichtbar werden, etwas von jener Wahrheit, die so mühevoll zu erkennen und zu glauben war. Seit er sich jedoch an seine innere Stimme hielt, waren ihm die komplizierten Verwicklungen des Alltags erst richtig klargeworden. Man mußte gerade bei den gewöhnlichen Ereignissen auf der Hut sein, aber dafür gab es in einem fort neue Entdeckungen.

Er trat auf einen heller erleuchteten Teil des Gehsteigs, wo zwei Männer die frisch gereinigte Schaufensterscheibe eines Blumengeschäfts mit Zeitungspapier trockneten. Einer von ihnen stand innen, einer außen, und sie machten spielerisch die Bewegungen so, als trennte sie nicht die Glasscheibe. Auf diese Weise führten sie eine Art pantomimischen Tanz auf, bei dem jeder versuchte, die Bewegung des anderen zu imitieren. Das eigenartige Bild erinnerte Thomas Mach daran, daß er alles mit einer Genauigkeit und Schärfe sehen wollte, als wäre er der erste, der es entdeckte. Es gelang ihm jedoch nur dann, wenn er nicht mit anderen redete (das viele Reden »leierte aus«). Die beiden Männer beugten sich tief hinunter, während sie die Glasscheibe polierten, richteten sich weiterwischend auf und streckten sich, bis sie auf den Zehenspitzen standen. Erst jetzt sah Thomas Mach den Europäer mit dem Hut im Geschäft, dessen eine Wand aus einem Spiegel bestand. Der Mann erwiderte nicht das Lächeln der drei Verkäufer, die zwischen Vasen mit Paradiesvogelblumen, Nelken und Rosen um einen Stahlrohrschreibtisch saßen. An der Wand hing ein Kalender der Fluglinie KLM mit einem Foto des Kolosseums, und er hatte eine Ahnung, daß dieser Kalender so etwas sein konnte wie der Schimmel auf dem Apfel, der beschädigte Daumennagel oder der Geschmack des Klebstoffs auf den Briefkuverts – Einzelheiten, die ihm aufgefallen waren, wenn er seine innere Stimme hörte. Die beiden Männer waren mit der Schaufensterscheibe fertig und fingen an, den Spiegel im Geschäft mit nassen, seifigen Fetzen zu reinigen – dabei lauschten sie gespannt dem Wortwechsel zwischen dem Europäer und den Verkäufern. Einer der Verkäufer schob die Glasplatte des Schreibtischs beiseite und nahm etwas heraus, das Thomas Mach zuerst für ein Stück Papier hielt, bis er erkannte, daß es eine Fotografie war. Der Europäer steckte die Fotografie ein, wobei Thomas Mach ein goldenes Armband an seinem Handgelenk bemerkte, und legte einige Pfundscheine auf den Tisch. Als er durch die geöffnete Tür ins Freie trat, winkte einer der Fensterputzer Thomas Mach lachend hinein. Er erhielt einen Strauß Nelken, während ein Mann mit Bart, eiförmigem Kopf und vorspringender Nase, offenbar der Besitzer, ihn bat, Platz zu nehmen. Thomas Mach sah, als er sich setzte, daß unter der Glasplatte des Stahlrohrschreibtischs eine Menge Fotografien lagen, die allesamt den Besitzer mit Kunden, meist Touristen, zeigten. Sie hatten sich im Geschäft offenbar von einem der Verkäufer aufnehmen lassen und später – wie versprochen – ein Foto nach Kairo geschickt.

»Nagib Machfus!« rief der Besitzer stolz und zeigte ihm ein sich in Auflösung befindendes, unterbelichtetes Farbfoto, auf dem der Nobelpreisträger mit ihm und den Angestellten, die alle Blumen in den Händen hielten, wie eine Heuschrecke durch seine große Brille auf den Betrachter lugte. Sein Roman *Die Kinder unseres Viertels* war den Professoren der Al-Azhar-Universität in Kairo ein Dorn im Auge gewesen, hatte der Bibliothekar Feldt ihm erzählt. Sie hatten Machfus gedroht, wegen seiner Darstellung von Adam, Moses, Jesus und Mohamed als arme Clochards und Drogenabhängige bei einer Veröffentlichung des Buches gegen ihn zu prozessieren. Ein fanatischer Bursche hatte ein Messerattentat auf ihn verübt. Trotzdem verurteilte Machfus die jungen Islamisten nicht. Er betonte sogar, daß sie eine Überzeugung hätten – im Gegensatz zu anderen Jugendlichen, die sich nur für die Befriedigung ihrer eigenen Bedürfnisse interessierten. Thomas Mach wußte, in welchen Cafés Machfus verkehrte, doch war der Dichter schon sehr alt, und mit Sicherheit ging er nicht mehr so häufig aus wie früher.

Nebenbei erkundigte er sich, welches Foto der

Europäer gekauft hatte, der vor ihm im Laden gewesen war, und nach einigem Gelächter erfuhr er, daß auf dem Bild ein Mann und eine Frau zu sehen gewesen waren. Das Seifenwasser auf dem Spiegel war eingetrocknet und hatte weiße Schmierflecken hinterlassen. Gerade richtete der Besitzer an Thomas Mach die Bitte, mit einem Fotoapparat wiederzukommen, als ein Bub weinend in das Geschäft lief, und Thomas Mach die Gelegenheit nutzte, den Nelkenstrauß in das Waschbecken zu legen und sich »aus dem Staub zu machen«. (Vor Bedrängungen floh er im allgemeinen.) Kaum auf der Straße, wurde er von jemandem angesprochen. Rasch ging er weiter. (Entgegen aller Logik hielt er sich nicht für jemanden, der unter die Bezeichnung »Tourist« fiel, obwohl er für ein Reisebüro arbeitete. Ein Tourist war für ihn jemand, der ein Land wie die Kulisse eines Theaterstücks betrachtete, ihm einen »Besuch« abstattete, während ein Reisender auf Erfahrungen aus war, mochten sie auch noch so unangenehm sein. Er war jedoch einsichtig genug, um zu erkennen, daß er für andere ein »Tourist« war. Den Unterschied zwischen Tourist und Reisender machte nur er selbst – und wie sollte ein Straßenverkäufer erkennen, mit wem er es zu tun hatte?) An jeder Ecke standen zwei Polizisten in schwarzen Uniformen mit Kalaschnikows. Manchmal lächelte ihm einer zu.

Er sah jetzt im Vorbeigehen eine steile Stiege hinunter in ein Geschäft. Die Regale waren vollgestopft mit Musikkassetten, und auf der halbgeöffneten Tür klebten Poster mit ägyptischen Sängerinnen und Sängern. Daneben führte eine weitere Treppe zu einem Kellerloch, in dem sich drei Männer aufhielten. Jeder von ihnen stand auf einem Bein und bewegte mit dem anderen nackten Fuß ein Bügeleisen. Während sie ihre Arbeit verrichteten, sahen sie aus wie Fabelwesen, als hätten sie einen dritten Arm mit zu kurzen Fingern, der ihnen aus der Brust wuchs. Gebannt blieb Thomas Mach stehen. Der älteste der Männer in einer schwarzen Ghalabija, aus der sein Bein ragte, schob das zischende Dampfbügeleisen mit seinem Fuß über einen von einem weißen Tuch halb zugedeckten Zweireiher, der jüngere hatte ein gelbes Kleid in Arbeit und der jüngste ein Hemd. Die Männer sprachen nicht miteinander. In dem ehemals gelbgestrichenen Raum hing kein Bild. (Thomas Mach fiel eine alte Puppenküche auf dem Dachboden in Kaisersau ein.) Die Männer stellten ihre Beine wieder geschickt auf den Boden, was etwas Tänzerisches an sich hatte, wechselten die zu bügelnden Kleidungsstücke, nun scherzten sie und lachten dazwischen, bedienten mit den Füßen wieder die Bügeleisen und blickten plötzlich zu ihm hinauf.

Er überquerte die Straße und sah gerade noch den Europäer mit dem auffallenden Hut in einem Gebäude verschwinden. Auf der einen Seite zeigte eine schwach beleuchtete Auslage Damenblusen und Strickwaren, auf der anderen waren große Klimaboxen angebracht. Über dem Eingang, in den der Europäer getreten war, hing ein weißes Schild mit roten, scheinbar zerrinnenden Buchstaben in lateinischer Schrift: Golden Hotel, und darunter kleiner: Third floor.

Thomas Mach blickte neugierig in ein düsteres Vorhaus auf einen uralten Liftkasten, in dem der Mann mit dem Hut soeben verschwunden war. Thomas Mach wollte weitergehen, als er von einem Buben mit einem Stoß Zeitungen in der Hand angesprochen wurde. Es stellte sich heraus, daß er ihm ein englisches oder deutsches Blatt »von gestern«, das aus einem der Flugzeuge stammte, die Touristen ins Land brachten, verkaufen wollte. Der Bub hatte abstehende Ohren, und der graue Schmutz, der ihn bedeckte, schien Asche zu sein. Sie bedeckte seine Haare, sein Gesicht und seine Hände, die Thomas Mach prüfend musterte. Widerwillig beantwortete er die auf englisch gestellten Fragen, woher er kam und seit wann er in Kairo sei. Der Bub schien nach jeder der Antworten kurz zu überlegen, um dann eine weitere Frage zu stellen. Wo er wohne? Hilton? Plötzlich erkannte Thomas Mach, daß der Zeitungsjunge an einer Hautkrankheit litt, die er allerdings noch nie zuvor gesehen hatte. Ohne das übliche Lächeln, das eine Einladung begleitete, winkte ihm der Bub, ihm zu folgen. Sie machten ein paar Schritte zu einem Haustor und blieben im dämmrigen Flur stehen. Eine Leuchtstoffröhre gab summend flackerndes Licht von sich. Aus einem Winkel erhob sich ein älterer Mann in einem braunen Kleid, das er über einem hellen Unterhemd trug. Auf seinem Kopf hatte er eine gehäkelte weiße Mütze, und seine Füße steckten in Lederpantoffeln. Er machte sich in der Ecke an irgend etwas zu schaffen. Die Wände, registrierte Thomas Mach, waren dunkelgrün, und an den Stellen, an denen der Verputz abgeblättert war, hatten sich weiße Flecken gebildet, die überall verstreut waren wie Wolken auf einem grünen Himmel oder Eisschollen auf winterlicher See. Der Mann nahm einen Stock in die Hand, mit der anderen hob er einen Koffer vom Boden auf. Er legte ihn vor Thomas Machs Füße, öffnete den Deckel, und sofort stieß eine Kobra daraus hervor, die der Mann mit dem Stock in einen wiegenden Rhythmus versetzte. Thomas Mach verabscheute touristische Vorführungen, außerdem tat ihm die Schlange leid, sie sah alt aus, greisenhaft, und er haßte es um so mehr, in ein billiges Klischee geraten zu sein. Die arabischen Schriftzeichen fielen ihm ein und der Nil, das sich wälzende, riesige braune Reptil. Der Bub hatte inzwischen mehrere aufeinandergestapelte Holzkästen herbeigeschleppt, die er jetzt der Reihe nach öffnete, worauf weitere Schlangen zum Vorschein kamen. Rasch ergriff der Mann eine von ihnen und hielt sie Thomas Mach vor das Gesicht, wobei er immer wieder dieselbe Frage stellte. Thomas Mach warf einen ungehaltenen Blick auf den Buben, der mit Eifer dabei war, die übrigen Reptilien zurück in ihre Behälter zu stopfen.

»Foto!« rief der Bub, »Foto! Foto!«

Thomas Mach schüttelte ungehalten den Kopf. Er hatte keinen Fotoapparat bei sich, und es wäre ihm auch nicht eingefallen, ein Bild zu machen. Er fürchtete sich nicht allzu sehr vor Schlangen, aber es machte ihn nervös, daß die Tür zum Vorraum hinter ihnen ins Schloß gefallen war, wie er sich jetzt erinnerte. Der Mann hatte das Reptil inzwischen in die Kiste zurückgelegt, den Deckel zugemacht und sich neuerlich der Kobra zugewandt, die unbewegt im Koffer neben ihm stand. Er griff nach ihr und führte ihren Kopf ganz nahe an sein Gesicht heran, bis an seine Lippen. Der Kopf des Tieres war so groß wie eine Kinderhand, doch empfand Thomas Mach das Wort »Kind« im Zusammenhang mit seinem Eindruck von der Greisenhaftigkeit der Schlange als unpassend. Ihr Körper war ein dunkles Braun, ihre Augen glänzten bronzefarben. Endlich ließ er sie wieder los. Ihr Oberkörper war noch immer zur Drohstellung aufgerichtet und die Halshaut auseinandergespreizt. Bewegungslos, mit leicht nach vorne geneigtem Leib, stand sie da. Thomas Machs Zorn war verflogen, er verspürte jetzt nur Ekel und Scham. Das Neonlicht summte und flackerte weiter, und der schadhafte Boden mit seinem Muster aus helleren, dunkleren und weißen Dreiecken war unter den Füßen des Schlangenbeschwörers mit braunem Pappkarton abgedeckt, von dem offenbar ein Stück abgerissen worden war. Diese fehlende Ecke im Pappkarton und das Muster des Bodens prägten sich ihm ein. Der Schlangenbeschwörer hockte vor der Kobra, streckte die Hand aus, berührte mit dem Finger den Vorderleib und drückte den Körper so weit zurück, daß er fast den Rücken des liegenden Tieres berührte und die Schlange aus dem Gleichgewicht brachte. Dadurch kippte sie seitlich um, und der Mann ließ den Kofferdeckel zufallen. Gleichzeitig warf der Bub zwei lebende Mäuse, die er aus einem Tontopf griff, in einen anderen Schlangenbehälter. Thomas Mach hörte ein kurzes Reiben, Zucken und Kratzen, dann war es still. Das Neonlicht flackerte und summte noch immer, und die Kalkwolken standen unverändert auf dem grünen Malerfarbenhimmel des schmutzigen Vorhauses.

Der Mann erhob sich und forderte energisch: »Bakschisch!« Dabei verzog er kaum das Gesicht, so daß seine Aufforderung Thomas Mach wie eine Drohung erschien. In Unkenntnis der Preise schenkte Mach ihm eine beträchtliche Summe, worauf der Alte dem Kind mit einer Kopfbewegung bedeutete, das Tor zu öffnen.

Auf der Straße ließ sich Thomas Mach zuerst von der Menge treiben; er sah nicht, wohin er ging, er dachte nur an die Schlangen. Er kam an einem leeren Geschäft (mit zerknülltem Packpapier in der Auslage) vorbei und wurde immer wieder von jungen oder älteren Männern angesprochen, die ihm folgten, auf ihn einredeten oder ihn zum Mitkommen bewegen wollten, damit er etwas kaufte. Hinter einer Apotheke erkannte er mit Erleichterung den hohen, fast leeren Saal des Café Groppi, die hell beleuchteten Vitrinen und die Tische mit weißen Tüchern, die bis zum Boden fielen, wie er es auf einem Foto im Reisetagebuch Eva Blums gesehen hatte. Er trat ein und wandte sich, ohne angesprochen zu werden, den Mehlspeisen mit kandierten Kirschen zu, den aufgestapelten Ziertellern, den roten Waagen und den Spiegeln, den Eisschränken und Vitrinen mit Cremetorten und in Schokolade getauchten Früchten. Das Licht kam aus Lustern mit Lilienlampenschirmen und warf lange Schatten vor seine Füße. Drei Kellner lehnten an einer Wand und schwatzten, ohne ihn zu beachten. Er war plötzlich müde.

Die exotischen Reize, das bunte Leben, die Armut, der Schmutz und die fremde Sprache hatten ihn erschöpft. Er bestellte nichts, verließ das Café und winkte einem Taxi, das ihn zurück zum Hotel brachte.

Wie immer hatte er einen Vorrat Valiumtabletten bei sich, von denen er eine nach dem Duschen mit Mineralwasser aus dem Getränkekühlschrank nahm. Er war nicht hungrig. Im Bett machte er Licht, um im Studientagebuch Eva Blums zu blättern, dabei fiel ihm erst jetzt auf, daß die Seite mit dem Anmeldeformular für die »Biblischen Reisen Auge Gottes« mit Schriftzeichen bedeckt war. Es waren mit einem roten Filzstift hastig hingefetzte Zeilen, und er war davon überzeugt, daß es weder arabische Buchstaben waren noch solche, die ihm irgendwie bekannt vorkamen. Er legte den Katalog und das Heft auf das Nachttischchen zurück und versuchte einzuschlafen. Obwohl er nicht daran glaubte, daß die Schrift etwas Wichtiges bedeutete, war sie doch etwas Intimes, Eigenhändiges, genauso wie das Studienreisetagebuch. Der Gedanke an das Heft beschäftigte ihn so sehr, daß er wieder Licht machen und es in die Hände nehmen mußte. Dabei kam das kleine handgeschriebene Wörterbuch zum Vorschein – es war eigentlich ein gelbes, schmales Adreßbuch. Unter den jeweiligen Buchstaben fanden sich die deutschen Wörter und daneben die arabische Übersetzung in Lautschrift. Er blätterte das Adreßbuch durch, auf der Suche nach einem bekannten Namen, ohne aber einen zu finden. Weder das Reisebüro »Auge Gottes« war darin verzeichnet noch der Name seines Besitzers Josef Hert oder sein eigener. Dafür aber fand er das Wort »Mörder« auf arabisch in Lautschrift, »Kaatil«, und es war das einzige Wort, wie er feststellte, das mit rotem Filzstift unterstrichen war.

Die Papierfabrik

Mörder. Thomas Mach schmerzte dieses Wort. Als Kind mußte er mitansehen, wie aufgebrachte Arbeiter seinen Vater mit faulem Gemüse bewarfen und als »Mörder« beschimpften, nachdem eine Arbeiterin durch Chlorgas, das für die Bleichung von Papier notwendig war, an einer Lungenvergiftung verstorben war. Das war der Grund gewesen, weshalb sein Vater mit der Familie kurz darauf nach

Bad Wählendorf zog, wo die Druckerei stand. Schon immer lieferte die Fabrik in Kaisersau, die in der Monarchie gegründet worden war, das Papier für die Bad Wählendorfer Druckerei. An der Nordwand der großen Maschinenhalle in der Fabrik zeigte das Fresko bis heute die Eröffnungszeremonie, wenn auch stark verblaßt. Aber Thomas Mach hatte dieses Fresko seit seiner Kindheit geliebt. In seinem Studierzimmer stand sogar ein Schwarzweißfoto des Wandgemäldes auf dem Schreibtisch, vom dem etwas Feierliches ausging: rundherum lag Schnee, und der Kaiser mit seinem weißen Bart erschien ihm wie der heilige Nikolaus persönlich. Außerdem liebte Thomas Mach die Fahnen und die uniformierten Zinnsoldaten, die er von seinem Urgroßvater noch als kostbares Spielzeug besaß. Anselm Mach, auf dem Ölbild im Chefzimmer mit Scheitel, feist, im dunklen Anzug, den stieren Blick eines Dickkopfs, war ein streitlustiger Mann gewesen. Er brachte es in der k. u. k. Armee bis zum Hauptmann und führte als Industrieller 23 Prozesse, von denen er nur einen, gegen einen Journalisten, verlor. Außer der Papierfabrik und der Druckerei besaß er mehrere Sägewerke. Alle Wälder der umliegenden Gebirge hatte er im Laufe der Jahre abholzen lassen, so daß Kaisersau, früher hinter Fichten verborgen, nun sichtbar in einer felsigen Schlucht lag, umgeben von kahlen Hügeln und kleinen und größeren Bergen. Der Fluß, die Flattnitz, in der es früher Krebse und Muscheln gegeben hatte (von den Forellen,

Äschen und Hechten ganz zu schweigen), war vergiftet und ohne Leben. Thomas Mach hatte in der Dorfchronik des Schuldirektors gelesen, daß Kaisersau zu dieser Zeit von lungenkranken Frauen und Männern mit Ausschlägen im Gesicht und an den Händen, mit Akne und Augenentzündungen bevölkert gewesen war, weil die Arbeiter beim Bleichen des Papiers zwangsläufig mit Chlorgasen in Berührung kamen. Schon von weitem roch man den Gestank, lange bevor man den Ort überhaupt sah. Es war ein fauliger, atemraubender Gestank, hatte ihm sein Großvater immer wieder erzählt, den die Kaisersauer aber, da sie im Ort geboren waren, selbst nicht mehr wahrnahmen. Nur wenn sie einmal, und sei es auch nur für einen Tag, das Dorf verließen und wieder zurückkehrten, bemerkten sie den üblen Geruch und schlossen erschrocken Fenster und Türen, bis sie sich wieder daran gewöhnt hatten. Nach Anselm, der 1929 an einem Schlaganfall starb, übernahm der älteste Sohn, Thomas' Großvater Herwig Mach, die Papierfabrik und die Druckerei. Herwigs Bruder Engelbert, der Bestattungsunternehmer wurde, hatte eine bemerkenswerte Vorliebe für die Archäologie. Für Thomas schlug sie sich in illustrierten Büchern der Hausbibliothek nieder, in Reiseschilderungen und Enzyklopädien wie Schliemanns Schilderungen der Ausgrabungen in Troja oder Howard Carters Originalbericht *Das Grab des Tut-ench-Amun*, dessen Schwarzweißfotografien Thomas Mach faszinierten. Er führte es in erster Linie auf die Begegnung mit diesem Buch zurück, daß er das Ägyptische und Schwarzweißfotografien mochte. Das Ägyptische schien eine unbekannte Erinnerung in ihm zu wecken, und die Schwarzweißfotografien hatten etwas von Geschriebenem, sie ließen ihm Platz für Einfälle, während ihm Farbfotografien banal erschienen – nur ihr Alterungsprozeß, ihr Verblassen, ihr langsames Verschwinden gab ihnen eine Aura. Sie waren dann nicht mehr bloß Kopien eines gesehenen Bildes, sondern Dokumente des unaufhaltsamen Verschwindens allen Daseins. Sein Großvater war ein merkwürdiger Mann gewesen, ein Gespaltener, wie Thomas Mach sich sagte. Einerseits ein extremer Familienmensch, andererseits extrem rücksichtslos. Er druckte wie sein Vater Kirchenpfarrblätter und christlich-soziale Parteizeitungen, sympathisierte aber schon im geheimen mit den Nationalsozialisten, die er für »zeitgemäßer« hielt. Thomas Mach fiel, wenn er an seinen Großvater dachte, immer dessen fehlendes linkes Ohrläppchen ein, das er bei seiner ersten Mensur verloren hatte. Herwig Mach war stolz darauf. Er hatte wie sein Bruder Engelbert in Wien Welthandel studiert und war der Burschenschaft »Teutonia« und damit offiziell dem deutschnationalen Lager beigetreten. Die Leitung der Papierfabrik überließ er bald, nachdem er die Firmen übernommen hatte, dem Prokuristen Alois Hojdic, der später den Namen Westerwald annahm und als Gemeinderat für die NSDAP kandidierte, während Herwig Mach sich um die Drukkerei kümmerte. Täglich fuhr er mit seinem Mercedes, der noch immer in der Garage des Direktorhauses stand, von Kaisersau nach Wählendorf und wieder zurück. Er verfaßte und vervielfältigte damals schon, wie er nicht ohne Stolz erzählte, illegale Propagandaschriften und Flugblätter für die Nazis und wurde 1938 mit dem Bürgermeisteramt belohnt. Nach dem Einmarsch Hitlers übernahm die Druckerei in Wählendorf sogar einen Teil der Auflage des »Völkischen Beobachters«. Später, während des Krieges, waren sowohl in Kaisersau als auch in Wählendorf Zwangsarbeiter beschäftigt, aber darüber schwieg sein Großvater sich hartnäckig aus. Er hatte, als Gegenstück zur Wandmalerei in der Papierfabrik, im Sitzungssaal der Druckerei ein weiteres Fresko anfertigen lassen, das ihn selbst mit Führergruß und Hakenkreuzbinde am Ärmel inmitten der Arbeiter zeigte, die ebenfalls den Arm ausgestreckt hielten. Auch der damalige Kardinal Innitzer war darauf abgebildet, wie er Hitler die Hand schüttelte, und neben ihm die Bischofskonferenz, die für den Anschluß an Deutschland geworben hatte, sowie Goebbels, Himmler und Göring, im Hintergrund etwas verschwommen SS-Truppen und ganz klein ein Gauleiter, der auf seiner »Verewigung« bestanden und dafür sogar bezahlt hatte. Selbstverständlich war es nie wirklich zu dieser Versammlung gekommen, das Fresko entsprach einem Wunschbild. Als sich bei Kriegsende die Russen Wählendorf näherten, ließ Herwig Mach das Fresko hinter einer

Holzwand verschwinden, worauf es für 25 Jahre der Vergessenheit anheimfiel. Doch gab es fotografische Abbildungen der Wandmalerei in Zeitungen, die im Landesarchiv unter Bergen von bedrucktem Papier dahindämmerten. Herwig übernahm, zwei Jahre nachdem er entnazifiziert worden war, wieder die Sägewerke, die Papierfabrik und die Druckerei. Dort wurde in der Zwischenzeit, weil das Gebiet in der russischen Besatzungszone lag, die Propaganda der Kommunisten und ihre Parteizeitung *Die Wahrheit* gedruckt. Unterdessen waren die Wälder des gesamten Landstrichs der Papierfabrik zum Opfer gefallen, deren Gestank übrigens bereits sprichwörtlich geworden war. »Es stinkt wie in Kaisersau«, hatte Thomas Mach noch zu seiner Studentenzeit in Wien sagen gehört; in der »Besatzungszeit« mußte es auch gewesen sein, daß Herwig Mach und sein Bruder Engelbert zusammen mit der Familie Pollinger, deren Oberhaupt jetzt den ÖVP-Bürgermeister von Wählendorf stellte, sowie dem früheren Betriebsleiter und NSDAP-Gemeinderat Alois Westerwald in einer sogenannten »Nacht- und Nebelaktion« den Holzverschlag vor dem Fresko entfernten und das Wandgemälde mit weißer Farbe übermalten. Die Druckerei war übrigens die wahre Leidenschaft Herwig Machs: Er nannte sie – nachdem ihn Engelbert, der nach wie vor das Bestattungsunternehmen leitete, auf die Idee gebracht hatte – »Schwarze Magie«. Immer sprach er seither von »schwarzer Magie«, wenn es um die Druckerei ging, und kaufte eines Tages, wie er nicht müde wurde zu erzählen, in der Meinung, etwas über die Gefahren zu lesen, die mit Druckereien verbunden waren, ein Buch mit dem Titel *Untergang der Welt durch schwarze Magie*, das, wie er enttäuscht feststellte, mit den Gefahren eines Druckereibetriebs überhaupt nichts zu tun hatte. Dieses Buch von Karl Kraus gehörte inzwischen Thomas. Es hatte ihn in seinem Entschluß, Geschichte und Geographie zu studieren, ebenso bestärkt wie Howard Carters Originalbericht über das Grab Tut-ench-Amuns und die illustrierten Bände Reiseliteratur. Nach dem Abzug der Russen stellte Herwig Mach in Wählendorf *Die Zeitung* her, aber auch Schulbücher und Bibeln. Die Fabrik in Kaisersau produzierte unterdessen von Toilettenpapierrollen bis zu Tortenunterlagen alles mögliche, es mußte sogar eine zweite Werkshalle errichtet werden. Thomas Machs Großvater hatte schon 1950 die Tochter des ÖVP-Bürgermeisters Pollinger, Maria, geheiratet. Pollinger, ein schlauer, drahtiger Mann mit Schnurrbart und Trachtenanzug, ließ zehn Jahre später das inzwischen berühmt gewordene Schlamm- und Moorbad erbauen, weshalb Wählendorf vor seinem Ortsnamen das Wort »Bad« führen durfte. Bad Wählendorf hieß es von da an. Als eines Tages ein Journalist anläßlich einer Betriebsführung durch die Druckerei unter dem weißen Anstrich einer Wand die Konturen eines Freskos bemerkte, auf dem er Hakenkreuze zu erkennen glaubte, ließ Herwig Mach die Wand kurzerhand wieder mit einer Holzverkleidung verdecken, damit, wie er betonte, endlich Ruhe sei. Er hatte mit seiner Frau einen Sohn und eine Tochter. Julia studierte Medizin und übernahm das Heilbad, vor dem nach damaligem Brauch eine Tierskulptur, ein Hirsch aus Granit, errichtet wurde, um einen heimischen Künstler zu fördern. Walter erbte nach der Pensionierung seines Vaters Papierfabrik, Druckerei und Sägewerke. Er war der Vater von Thomas Mach, und er war es auch, der nach dem Betriebsunfall in Kaisersau beschimpft worden war und mit seiner Familie nach Bad Wählendorf zog.

Thomas, sein älterer Sohn, beschrieb sich selbst als schmal, verschlossen, manchmal verträumt, und doch, wenn es ihm richtig erschien, nicht von einem Entschluß abzubringen. Da ihn weder die Druckerei noch Papierfabrik oder Sägewerke interessierten und er gegenüber allen Verlockungen scheinbar taub war, sprang sein jüngerer Bruder Herbert für ihn ein. Herbert errichtete mit 21 Jahren in Kaisersau ein Zusatzwerk für chemisch beschichtetes Fotopapier, während Thomas sein Studium an der Universität in Wien betrieb und seine erste Reise nach Amerika unternahm. Er sah Kaisersau und Bad Wählendorf seither mit anderen Augen, obwohl alles besser geworden war. Der Gestank war mit den neuen technischen Einrichtungen verschwunden, und auf den Hügeln und Bergen waren Fichtenwälder nachgesetzt worden, die den Anblick der Papierfabrik verdeckten. Nur die weiße Rauchfahne war, wie von einem Dampfer, noch zu sehen. In der umgebauten Direktorvilla residierte Herbert; er lud Thomas häufig ein und wollte ihn sodann in der Bibliothek mit ihren grünen Karl-May-Ausgaben in politische Gespräche verwickeln. Thomas Mach hielt sich aber lieber an die Ärztin Julia, seine Tante, die musikbegeistert war und eine Platten- und später CD-Sammlung von Mozart- und Verdiopern sowie Mahler- und Bruckner-Sinfonien besaß.

Ein Bruder von Thomas Machs Mutter Elisabeth Hert, einer lebensfrohen Frau, führte in Wien das Reisebüro mit dem auffälligen Namen »Auge Gottes«. Es lag im 19. Gemeindebezirk Döbling. Thomas erfuhr, daß, bevor in Wien die Numerierung von Gebäuden eingeführt worden war, manche Häuser mit besonderen Namen bezeichnet wurden. Das Haus in der Nußdorferstraße beherbergte außer dem Reisebüro auch eine Apotheke, ein Studentenheim, ein Kino und ein Detektivbüro gleichen Namens. Josef »Sepp« Hert, Thomas Machs Onkel, hatte sich übrigens auf Pilger- und Studienreisen spezialisiert, wie »Der Weg zum Grab des Jakobus«, »Irland – Insel der Klöster und Heiligen« oder »Das Ägypten der vorbiblischen und biblischen Zeit« und »Heiliges Land – zu den Stätten der Bibel«. Er war Gemeinderat in Wählendorf für die Volkspartei, machte selbst aber keine Reise. Er war nicht einmal über die Grenzen von Niederösterreich hinausgekommen, wußte Thomas, wenn man von Wien absah, während seine Frau, die natürlich katholisch war, jedes Jahr zu Ostern mit der Pfarrgemeinde eine Pilgerreise nach Jerusalem unternahm. Die Firma ging übrigens glänzend. Josef Hert saß in seiner Wildledertrachtenjacke im Büro und begrüßte mit der ihm eigenen Aufgekratztheit, die nichts anderes war als gut getarnte Verschlagenheit, Kapläne, Pfarrer, Rechtsanwälte, Grundbesitzer und Ärzte und vermittelte ihnen das Gefühl, es mit einem Experten zu tun zu haben, dabei kannte er nicht einmal seinen eigenen Reiseprospekt, der in Kaisersau und Bad Wählendorf hergestellt worden war. Da Thomas Mach sich nach Abschluß seines Studiums ohnedies auf Reisen begeben wollte, hatte er ohne Zögern eingewilligt, für die verunglückte Reiseleiterin einzuspringen. Vor allem das Wort »einspringen« hatte ihn dazu animiert, er faßte es als eine Art versteckter Einladung auf, der er nicht widerstehen konnte. Und nun war er im Auftrag des Reisebüros »Auge Gottes« in Kairo, um sich einzuarbeiten und alle Sehenswürdigkeiten und Kontaktpersonen kennenzulernen, bevor er seine erste Studiengruppe selbst begleiten würde.

Zusammenhänge

Er erwachte mitten in der Nacht mit dem Gedanken, daß das Wort »Mörder« im Adreßbuch der verunglückten Reiseleiterin unterstrichen gewesen war, und er machte wieder Licht, um sich zu vergewissern, daß er sich nicht getäuscht hatte. Nachdem er festgestellt hatte, daß es stimmte, nahm er den Prospekt zur Hand, schlug die Seite mit den roten Buchstaben auf und entdeckte am Rand mehrere Zeichen. Dadurch fielen ihm die Schlangen ein, die Kobra im Koffer und der aschgraue Bub, und er überlegte, was das alles zu bedeuten hatte.

16. November, Kairo

Ein unangemeldeter Besuch

Heute würde er die gelben Timberland-Desertboots anziehen, nahm sich Thomas Mach noch im Bett vor, die khakifarbenen Chinos-Hosen aus Baumwollgabardine und die ärmellose Safarijacke mit den praktischen Taschen, in denen er alles unterbringen konnte. Er trug außerdem eine italienische Persol-Sonnenbrille, die etwas Mafiahaftes an sich hatte und ihn selbstsicher machte. Eigentlich hätte er sportliche Halbschuhe vorgezogen, aber mit 14 Jahren hatte er sich beim Fußballspielen zum ersten Mal den Knöchel verstaucht und dann bei anderen Gelegenheiten wieder, weshalb er es für besser hielt, hohe Schuhe zu nehmen, um seine Sprunggelenke zu schonen. Seine Morgentoilette dauerte für gewöhnlich nicht länger als sieben Minuten, da er rasch und ungeduldig seine Zähne putzte und sich nur eine Minute unter die Dusche stellte; statt eines Kamms verwendete er seine Finger, und er rieb sich mit dem Handtuch so schnell trocken, daß ihm alles in allem noch drei Minuten zum Anziehen blieben. Das Problem waren die Timberland-Desertboots. Er mußte schon am Vorabend die Schnürsenkel lockern, wenn er am Morgen nicht in Streß geraten wollte. Und da er nichts frühstückte, konnte er möglichst lange im Bett bleiben. Als er blinzelnd die Lider öffnete, sah er auf dem Ziffernblatt seiner Armbanduhr, daß es zwanzig Minuten nach acht war. Sein Blick fiel anschließend auf den Reisekatalog, die roten Schriftzeichen über den Formularzeilen und den gedruckten Text. Dabei war ihm, als ob jemand an die Tür geklopft hätte. Er verhielt sich ruhig, öffnete die Augen und hörte gleich darauf ein energisches Hämmern. Verdrossen schlüpfte er in den weißen Hotelbademantel und machte die Tür auf, vor der zwei Männer standen: den ersten erkannte Thomas Mach wieder – es war der Europäer mit dem hellen Hut vom Maidan at Tahrir, der ihm am Abend gefolgt war. Sein unruhiger Blick verriet schlechte Nerven. Der andere war etwas größer, Thomas Mach verglich ihn mit einem plötzlich erwachsen gewordenen Schüler. Erwartungsvoll stand er da mit seiner Woody-Allen-Hornbrille, den altklugen Gesichtszügen und einer aufsässigen Akademiker-Neugierde in den Augenwinkeln. Er trug ein graues T-Shirt und Jeans, während der andere Mann außer dem Hut mit einem zerknitterten Sommeranzug und einem grell rotweiß gemusterten Buschhemd bekleidet war.

Ohne eine Entschuldigung vorzubringen, fragte ihn der Mann mit dem Hut, ob er Thomas Mach sei.

Thomas Mach haßte schlechte Manieren, und er haßte es noch mehr, aus dem Bett geholt zu werden.

Der altgewordene Schüler entschuldigte sich aber zu seiner Überraschung, bevor er ihm noch antworten konnte.

»Ich hoffe, wir haben Sie nicht geweckt.« Er hielt ein zerknülltes Papiertaschentuch in der Hand.

»Doch.« Thomas Mach sprach in einem gedehnten Tonfall, um seinen Unmut auszudrücken.

»Ich bin Oskar Blum«, sagte der altgewordene Schüler. »Wir wollten sehen, wo sich Eva ... meine Frau ... hinunter – haben Sie etwas dagegen?«

Thomas Mach schüttelte unangenehm berührt den Kopf. Leichte Übelkeit stieg in ihm auf. Er hatte, ohne es zu wissen, im Zimmer der Selbstmörderin geschlafen.

»Das ist Herr Schäffer«, sagte Blum, »er ist Polizist.«

»Gewesen«, ergänzte Schäffer.

Thomas Mach kratzte sich bedächtig am Hals. Noch immer kreisten seine Gedanken um den eigenartigen Zufall.

»Dann dürfen wir jetzt also eintreten?« stellte Schäffer ungeduldig fest.

Thomas Mach machte widerwillig einen Schritt zur Seite, und die beiden Männer traten in das Zimmer, öffneten die Türen zum Balkon, nachdem sie den Store weggeschoben hatten, und beugten sich über das Geländer – Blum nur für einen Augenblick, Schäffer hingegen blieb wie angeschraubt stehen. Er untersuchte das Geländer, schob den Hut zurück und starrte nochmals lange Zeit in die Tiefe, während Blum in das Schlafzimmer zurückwankte und sich auf den Stuhl vor dem Schreibtisch fallen ließ.

Schäffer beäugte inzwischen abermals das Geländer und betrachtete aufmerksam den Balkonboden.

Thomas Mach hatte auf seinem Bett Platz genommen. Automatisch drehte er dabei den Katalog des Reisebüros um, da er verhindern wollte, daß Blum etwas von der Schrift zu sehen bekam.

Blum wischte sich inzwischen mit dem zerknüllten Papiertaschentuch über das Gesicht.

»Ich bitte Sie nochmals um Verzeihung«, sagte Blum jetzt mit klarer Stimme und erhob sich. Schäffer hatte inzwischen schon den Balkon verlassen und stapfte geradewegs aus dem Zimmer, wobei er Thomas Mach nur kurz zunickte.

»Ich bin ganz durcheinander«, schloß Blum überflüssigerweise. Er reichte ihm die Hand und verabschiedete sich.

Thomas Mach blickte durch die Scheiben der Glastür auf den diesigen Himmel, zündete sich eine Zigarette an und trat dann selbst ins Freie.

Er schaute auf die winzigen Autos zwischen den Hochhäusern. Jedenfalls würde es einige Sekunden dauern, bis man auf dem Asphalt aufschlug, Sekunden, in denen man ein wirres Stück aus seinem Leben zu sehen bekam, wenn es stimmte, was überlebende Piloten bezeugt hatten. Ihm selbst war der freie Fall vertraut, mehrere Male hatte er Sturzflüge im Segelflugzeug ausgekostet. Es gab nichts Schöneres für ihn. Nicht allein die physischen Empfindungen waren es, sondern das Umkippen der Ängste in ein Gefühl der Freiheit, das ihn euphorisch machte. An einem heißen Sommertag hatte er sich einmal im Bungee-Jumping versucht, aber es hatte ihn nicht auf dieselbe Weise befreit wie der Sturzflug. Im nachhinein hatte er den Sprung nicht als »wahr« empfunden. Der Sturzflug mit dem Segelflugzeug war etwas »Erhabenes« gewesen, er verglich ihn mit der körperlichen Vereinigung, im Gegensatz zum Bungee-Jumping, das etwas von einer einsamen Selbstbefriedigung hatte, die erregend sein konnte, jedoch ein Gefühl des Ungenügens zurückließ.

Der Nil war von oben gesehen ziemlich breit, aber nicht so mächtig, wie er ihn sich vorgestellt hatte. Motorboote ankerten auf dem ruhigen Wasser. Das Ufer war umsäumt von alten Bäumen, und in einem dicht verwachsenen Park lag ein sandbraunes Palais. Thomas Mach ließ an seinem geistigen Auge den Sturz der Reiseleiterin vorüberziehen, der im Zwielicht des frühen Morgens, in dem er geschehen war, andere Sinneseindrücke hervorgerufen haben mußte als bei Tageslicht. Aber der Ausblick vom Balkon war Eva Blum gut bekannt gewesen, davon war er überzeugt, und sie hatte sicher den Nil und dann das alte Palais gesehen und schließlich die Fahrbahn, die beim Sturz scheinbar auseinandergeklafft war. Er wußte, daß er nicht darüber sprechen durfte, aber er stellte sich den Sprung nicht unangenehm vor und das Aufschlagen auf dem Boden als blitzartige Betäubung. Vor Jahren hatte er eine Operation nach einer der Knöchelverstauchungen überstanden, und die Narkose war für ihn ein einschneidendes Erlebnis gewesen. Seine Erinnerung daran bestand aus einem Geruch nach Staub und zuletzt aus etwas, das mit dem Begriff »Tiefschlaf« nicht beschreibbar war – es war vielmehr ein Ausgelöschtsein gewesen. Aber selbst dieses Wort besaß zuviel Materie, um zu erklären, was in ihm vorgegangen war. Wenn er sich darüber Gedanken machte, füllte seinen Kopf nur eine Leerstelle aus. Es war keineswegs dramatisch, aber immerhin ein Vorgeschmack. Er war überzeugt davon, daß die Reiseleiterin, als sie auf dem Asphalt aufgeschlagen war, dieses Ausgelöschtsein für einen winzigen Augenblick registriert hatte, gleichzeitig mit einem Geschmack nach kaltem Knochen im Mund.

Er ging wieder in das Zimmer zurück, ohne daß der Fluß seiner Gedanken unterbrochen wurde. Vielleicht hatte sie sich im Augenblick, als sie sprang, vorgestellt, daß in dem Palais jemand unter einer Leselampe saß und ein Buch über Amöben und Sonnentierchen studierte, deren Abbildungen sie riesengroß auf der Buchseite sah. Und danach, daß in einem der Autos, auf die sie zustürzte, eine junge Frau und ein schwitzender Mann fuhren, die ihre Körper spürten und ahnungslos auflachten.

Er putzte sich die Zähne, wobei er sein Gesicht im merkwürdig grünen Spiegel sah, der die Nase und die Wangen rosa färbte und ihn häßlich aussehen ließ. Eva Blum hatte jede Einzelheit des Zimmers ebenso wahrgenommen wie er. Er war davon überzeugt, daß sie sich wegen einer Liebesgeschichte das Leben genommen hatte. Das Wort »Kaatil« im gelben, handgeschriebenen Adreßbuch fiel ihm ein. Natürlich hatte er sich gemerkt, daß es »Mörder« bedeutete, aber die Unterstreichung des Wortes konnte auch in einem anderen Zusammenhang gestanden haben.

Ein Zwischenfall auf der Fahrt nach Memphis

Thomas Mach hatte die Vorhänge des Kleinbusses aufgezogen und beobachtete eine Gestalt am Gehsteig, mit langen Armen und Beinen und einem ungewöhnlich kurzen Rumpf. Der Mann machte seine Schritte, indem er ein Bein nach vorne schleuderte und es dann, um Schwung zu holen, kraftlos nach hinten pendeln ließ. Die Arme auf zwei Stöcke gestützt, schleifte er hierauf das kürzere Bein hinter sich her. Er sah aus wie ein Wesen, das in einem fort ab- und auftaucht, oder besser gesagt wie jemand, der verzweifelt zu schwimmen versucht, ohne es zu können, wobei er mit einem Bein hektische Spreizbewegungen macht, mit dem anderen verzweifelt nach dem Boden tastet, um nicht zu ertrinken. Thomas Mach glaubte nicht, die Bewegungsform wirklich begriffen zu haben, und überdies fuhr der Bus rasch weiter, aber in seinem Kopf sah er den Mann noch, als er seinen Blicken längst entschwunden war, mit seinen merkwürdigen Zappelschritten durch die Menschenmenge rudern.

Die Corniche des Nil lag hell erleuchtet da wie eine Bühne, auf dem Wasser grüne und violette Reflexe.

Moser hatte sich abermals entschuldigen lassen, angeblich hatte er den Zug, der ihn von Luxor nach Kairo hätte bringen sollen, versäumt und würde deshalb erst am Nachmittag eintreffen. Auch der alte Mohamed war nicht mitgekommen. Seine Stelle nahm eine junge Frau mit Kopftuch ein, die englisch sprach und den Eindruck erweckte, als warte sie jetzt schon auf das Ende der Fahrt. Sie erklärte ihm gleichgültig das Mißgeschick von Moser, während sie aus dem Bus blickte. Zwischen den Autos zogen Eselkarren mit Fellachen, schwarzgekleideten Frauen, Kindern und Bergen von Gemüse dahin, und am Gehsteig türmten sich verrostete Blechkanister vor einer Reihe verfallener Läden, die in verschiedenen dunklen Farben gestrichen waren, so daß das angebotene Obst sich leuchtend vom Hintergrund abhob.

Sie erreichten einen Außenbezirk mit kartonförmigen Neubauten, die umgeben waren von Abfall und glitzernden Glasscherben. Nur Männer trieben sich zwischen den Reihen von Hochhäusern herum, sie trugen Turbane und Ghalabijas, und eine Zeitlang war der Verwesungsgestank von Müll zu riechen, bis am dunstigen Horizont die Konturen der Pyramiden von Gizeh erkennbar wurden. Nahezu übergangslos begann das Land, aus dem sich die Pyramiden wie Luftgebilde erhoben. Ein Kanal durchzog die bebauten Felder, und Fellachen hockten unter Eukalyptusbäumen um ein Feuer oder ritten auf Eseln, die auf beiden Seiten mit Maispflanzen beladen waren.

Vor Shabramant, einem kleinen Dorf, spielten Kinder auf dem von Tiermist übersäten Asphalt. Ein Café hinter dem Metzgerladen bot einen Fleck Schatten unter der staubigen Kunststoffmarkise, auf der Etiketten für »Lipton-Tea« warben. Die Stühle standen zu einem Turm aufgestapelt neben dem Eingang, und nur wenige Männer saßen im Freien und blinzelten in die Sonne. Thomas Mach wies den Fahrer an, zu halten. Der junge Mohamed blieb an der hohen Gehsteigkante stehen und warf ihm einen fragenden Blick zu – aber Thomas Mach stieg ohne eine Erklärung aus.

Er überquerte die Fahrbahn, ließ einen Esel mit Reiter vorbei und betrat das Café, wo er hinter der Gruppe schweigender Männer Platz nahm. Neben jedem der Stühle, die auf dem Sitz eine Lotos- oder Papyruspflanze zeigten, standen schmale schmiedeeiserne Gestelle mit Blechplatten zum Abstellen der Teegläser. Allerdings bediente ihn niemand, bis er feststellte, daß ihn ein Mann hinter einer Holzkiste musterte. Der junge Mohamed und die Frau waren inzwischen aus dem Kleinbus gestiegen und beobachteten ihn ebenfalls. Es war offenbar üblich, daß man im voraus bezahlte, und er stand auf, reichte dem Mann eine Pfundnote, erhielt Wechselgeld und setzte sich wieder auf die Papyrusblüten seines Stuhls. Ein Stück hinter dem Metzgerladen dehnte sich ein kleiner Obst- und Gemüsemarkt aus, mit Tomaten, Orangen, Bananen und Lauch, die in Holzsteigen angeboten wurden. Die Kistchen ähnelten primitiven Vogelkäfigen und wurden als Sitzgelegenheit und zum Errichten von improvisierten Verkaufsbuden verwendet. Unauffällig nahm Thomas Mach seine kleine Kamera, die er am Morgen eingesteckt hatte, aus der Safarijacke und ging die wenigen Schritte zum Obst- und Gemüsemarkt, um einen der Fellachen zu fragen, ob er ihn und die Steigen fotografieren dürfe. Nachdem der Mann genickt hatte, fing er an, auch die anderen Fellachen aufzunehmen und hierauf die Gäste im Café, wobei er Pfundnoten verteilte. Es war ihm allerdings aufgefallen, daß die Gespräche allmählich verstummt waren. Wie er es sich vorgenommen hatte, nahm er wieder unter der gelben Markise des Cafés Platz und trank einen Schluck Tee aus dem Glas, das sofort vor ihn hingestellt wurde.

Er hatte die Erfahrung gemacht, daß es für ihn besser war, sich von seinen Vorsätzen nicht abbringen zu lassen, auch wenn er Unannehmlichkeiten dafür in Kauf nehmen mußte. Ansonsten lief er Gefahr, berechnend zu werden und sich dadurch selbst zu zerstören.

Er hob den Kopf und bemerkte, daß am Markt ein Streit ausgebrochen war, der sich im Café fortsetzte. Ein Mann in einem Pullover erhob sich und rief etwas zur Straße hinunter, und ein bärtiger junger Bursche mit einem großen, nachlässig gewickelten Turban, der aussah wie ein in Auflösung begriffener Kopfverband, wies mit der Zigarette auf den jungen Mohamed. Dieser sammelte unter dem Gezeter der Männer und Frauen gerade die Pfundnoten wieder ein, die Thomas Mach ausgeteilt hatte. Ein Stuhl wurde drohend aufgehoben, und in der allgemeinen Erregung fing ein Hund, der vor einem schnauzbärtigen Mann lag, zu bellen an. Thomas Mach ging sofort auf die junge Frau zu, die sich im Tumult bemühte, Mohamed, seinem Leibwächter zu folgen, und verlangte eine Erklärung. Eine Tomate zerplatzte neben ihm, gleich darauf noch eine. Als würde er zum ersten Mal im Leben ihr Inneres sehen, fielen ihm die kleinen, hellen Kerne auf. Ein Schwarm Fliegen setzte sich auf die Flecken, und ein zerbeulter, hellblauer Bus näherte sich dem Café wie ein schaukelndes Aquarium. Die Frau schien in der Menge noch kleiner und zarter zu sein, als es ihm während der Fahrt vorgekommen war. Sie warf ihm einen verlegenen Blick zu und antwortete dann streng, daß es der Bevölkerung verboten sei, zu betteln. Einen Moment lang schien sie die Umstehenden zu verachten. Tomaten flogen weiter über sie hinweg, aber er nahm jetzt an, daß man sie absichtlich verfehlte.

Inzwischen streckte Mohamed ihm aus dem Gewühl der lärmenden Menge das Geld hin, das er wieder eingesammelt hatte, und bedeutete ihm, zum Kleinbus zurückzugehen. Thomas Mach nahm das Bündel Banknoten an sich, drehte sich wortlos um und begab sich scheinbar gelassen dorthin, woher die Tomaten geflogen kamen. Sofort löste sich die Menschenansammlung auf. Kinder wurden im Laufschritt in Lehmhäuser getragen, ein eisernes Rollo vor einem Warenlager heruntergerissen, ein schweres Fahrrad mit einem Lastengestell landete vor seinen Füßen. Einmal spürte er, daß ihn etwas auf der Brust traf, doch beachtete er es, seinem Vorsatz entsprechend, sich durch nichts irritieren zu lassen, nicht, um die Angriffslust gegen ihn nicht aufzustacheln. Auch als ein weiterer Gegenstand an seiner Schulter zerplatzte, schritt er auf eine Alte zu und reichte ihr die konfiszierte Pfundnote, die sie blitzschnell einsteckte. Er drehte sich um und stellte fest, daß sein Leibwächter ihm folgte und zu den Fellachen hin eine drohende Haltung einnahm. Thomas Mach streckte energisch die Hand aus und wies auf den geparkten Kleinbus. Es war eine unmißverständliche Geste, die den jungen Mohamed verblüfft einhalten und zögernd kehrtmachen ließ. Von nun an sah Thomas Mach nur Einzelheiten, die sich aber seinem Gedächtnis einprägten: einen gedrungenen, jungen Mann in Turnschuhen, Jeans und einem grellgemusterten Hemd, der sich weigerte, den Geldschein anzunehmen … die Zähne und den weit aufgerissenen Rachen des bellenden Hundes … einen zerrissenen Sonnenschirm, einen zwergenhaften, bärtigen Greis auf zwei hohen Betonpfosten (wie auf Stelzen, weil er sonst nicht über die Verkaufsbude hätte langen können) ... Hühnerfedern ... ein Kleinkind, das zwischen aufeinandergestapelten Tomatenkisten schrie ... weiße, eckige Schriftzüge auf einem schwarzen Ladenschild – und als er zurückging, die ihn beobachtenden Männer unter der Markise, einige von ihnen mit Wasserpfeifen in den Händen.

Der junge Mohamed und die Frau warteten bereits im Kleinbus und ließen ihn nicht aus den Augen. Mach gab auch den beiden Männern im Café, die er zuletzt fotografiert hatte, das Geld zurück, das Mohamed ihnen weggenommen hatte, und nahm dann neuerlich auf dem Sessel mit den drei Papyrusblüten Platz; dabei bemerkte er, daß seine Safarijacke und die Hose von den Tomaten befleckt waren wie von Blut. Zorn über die Beschmutzung seiner Kleidung stieg in ihm auf, aber er ließ sich seinen Ärger nicht anmerken, und ebenso rasch, wie der Streit ausgebrochen war, verebbte er. Die Frauen kamen mit ihren Kindern zurück, der Hund hörte auf zu bellen, das Rollo vor dem Laden wurde wieder hinaufgezogen, das schwere Fahrrad weggeschoben. Thomas Mach trank den Tee aus, wartete, bis man ihn nicht mehr beobachtete, und ging dann langsam zwischen den Männern im Café auf den Kleinbus zu. Er spürte die Blicke zwischen seinen Schulterblättern. Ruhig nahm er im Wagen Platz, und der Kleinbus fuhr los.

Draußen tauchte von staubigen Dattelpalmen halb verdeckt eine Stufenpyramide auf, die in einem majestätischen Kontrast zu der endlosen Reihe kubenförmiger Häuser und dem träge dahinfließenden Kanal stand. Einige Minuten lang war alles tot in ihm, dann zwang er sich wieder hinauszusehen. Starkstrommasten zogen jetzt vorbei, Rinderherden und ein Mann, der Besen aus Palmzweigen zum Verkauf anbot. Es war eine armselige Welt, durch die er fuhr, aber sein Gefühl sagte ihm, daß er zu ihr gehörte.

Sie bogen auf einen Parkplatz in einem Palmenwäldchen ab und hielten zwischen anderen Touristenbussen.

Schach

Kurz zuvor hatte er an den Titel eines Buches gedacht, das sein Schachpartner in Wien, der pensionierte Untersuchungsrichter Sonnenberg, eines Tages im Café Prückl auf den Marmortisch gelegt hatte, bevor sie miteinander wie gewohnt eine Partie spielten. Es hieß *Die Kunst des kampflosen Kampfes*. Der pensionierte Untersuchungsrichter hatte keine Andeutung darüber gemacht, was in diesem Buch zu lesen war und worin die Kunst bestand und was ein kampfloser Kampf war, und Thomas Mach hatte ihn auch nicht danach gefragt. Natürlich war er neugierig gewesen, es zu erfahren, und er rätselte auch die ganze Zeit herum, was sich hinter dem Titel verbarg, so daß er mehrere Spiele, die er hätte gewinnen müssen, durch dumme Züge verlor. Zuletzt erwog er schon, den Untersuchungsrichter aufzufordern, das Buch einzustekken, aber gleichzeitig wußte er, daß es richtiger für ihn war, nichts zu unternehmen, was diese Begegnung veränderte. Daran erinnerte er sich auch beim nächsten Mal, als Sonnenberg das weißgelbe Exemplar mit den schwarzen Buchstaben wieder neben sich legte. Thomas Mach fiel dabei die Käfersammlung eines Schulkollegen ein, der Glaskasten und die Zettelchen mit der Beschriftung, die Insektenbeine und das Schillern der Flügel, und gleichzeitig blickte er auf die Figuren und die Felder vor sich. Er mußte, ohne daß Sonnenberg eine Erklärung abgab, dahinterkommen, welche Bedeutung das Buch für ihn hatte. Aus den Augenwinkeln stellte er fest, daß es von einem Zen-Meister verfaßt war und mit Schach nichts zu tun hatte. Dann vergaß er das Buch, sein Geist verlor sich in den labyrinthischen Möglichkeiten der Züge, der Qual der erdachten und wieder fallengelassenen Kombinationen und der freudigen Erleuchtung, sobald er hinter die versteckten Absichten seines Gegners kam. Dieser Moment befriedigte ihn fast ebenso, wie wenn es ihm gelang, den Untersuchungsrichter zu überlisten und über einen harmlos aussehenden Zug ins Verderben zu stürzen. Das Schachmatt selbst war für ihn weniger bedeutend als seine kunstvolle Anbahnung. Auf dem Heimweg begriff er plötzlich, daß er das Buch des Untersuchungsrichters auf keinen Fall kaufen oder gar lesen durfte. Es übertrug sich, war er überzeugt, ohne Worte und Gedanken auf ihn. Als beim nächsten Treffen Sonnenberg das Buch nicht mehr bei sich hatte, sah er darin nur eine Bestätigung seiner Überlegungen. Wie bei einem Schachspiel hatte er eine Falle des Gegners erkannt und durch einen unerwarteten Gegenzug dem Spiel eine Wendung gegeben. »Die Kunst des kampflosen Kampfes« fiel ihm von da an immer ein, wenn er in Schwierigkeiten war, und er verließ sich seither ganz auf seine Intuition, um ihnen zu begegnen.

Ramses II.

Als der Kleinbus in einer Staubwolke auf dem Parkplatz zum Stillstand kam, wurde ihm klar, daß er seinen Fotoapparat nicht mehr benutzen durfte. Je mehr er sich auf das Fotografieren verlassen hatte, schien es ihm jetzt, desto stiller war es in seinem Kopf geworden.

Das Areal war von Polizisten, die halb verdeckt hinter Dattelpalmen standen, bewacht. Schon beim Aussteigen erblickte er Touristen in Turnschuhen, mit Sonnenhüten, Gürteltaschen und Kameras in den Händen, die lachend und lärmend herumirrten oder ihren Führern zum Alabastersphinx folgten. Jede der zahllosen Steinfiguren im Park war in Eva Blums Studientagebuch numeriert angeführt und einzeln erklärt, so daß es Thomas Mach überflüssig schien, einen Rundgang zu machen. Er empfand schon jetzt Abscheu bei dem Gedanken, später selbst eine Reisegruppe zu den Sehenswürdigkeiten zu führen, und wandte sich den Andenkenläden zu, vor denen Hunde im Sand schliefen.

Inzwischen hatte seine Begleiterin, sie hieß Amira, Eintrittskarten gelöst und machte Anstalten, sich mit ihm in das Menschengewühl zu stürzen, aber Thomas Mach war bereits auf einen der Hunde zugegangen, die in der Sonne lagen. Der danebenstehende Händler blickte von der Zeitung auf und verjagte das Tier, indem er neben seinem Kopf auf den Boden stampfte, laut die Zeitung zusammendrückte und einen Schrei ausstieß. Lachend griff er nach einer Horus-Figur in seiner Bude und hielt sie Thomas Mach hin. Überall lagen weitere Hunde, neben den Stiegen, entlang einer Mauer und in einer Ecke, die von den Touristen nicht frequentiert wurde. Da Thomas Mach nicht reagierte, antwortete Amira dem Händler auf arabisch. Dieser stellte die Figur in das Regal zurück und fuhr fort, die Zeitung zu lesen. Es waren 16 Hunde, hatte Thomas Mach gezählt. Er zog die befleckte Safarijacke aus und legte sie sich über den Arm. Erst dann folgte er Amira, die ihn, von seiner Abwesenheit irritiert, in den riesigen Saal des Gebäudes führte, in dem der steinerne Koloß Ramses des Zweiten auf dem Boden lag, wie ein vor Ewigkeiten vom Himmel gefallener und mumifizierter

Außerirdischer. Unbeweglich lag er da, mit Lendenschurz, Krone und der Uräusschlange, dem langen, beschnittenen Pharaonenbart und den geöffneten gelben Augen. Aus dem Nichts holte er seine ungeheure Kraft, die ihn Jahrtausende hatte überdauern lassen. Mach wäre nicht verwundert gewesen, wenn die Statue zu schweben begonnen hätte, immer höher, bis unter die Decke des Saals und von dort unter dem Gekeife der Hunde ins Freie, um allmählich den Blicken zu entschwinden.

Sie stiegen die Treppen zu einer Galerie hinauf und schauten auf die Statue, um die herum zwergenhaft klein die Touristen kreisten. Erst jetzt bemerkte Thomas Mach den Mann in der blauen Ghalabija, der roten Takia auf dem Kopf und einem weißen Schal: an der Nase des Kolosses lehnend, ließ er sich fotografieren. Thomas Mach kannte diesen Mann schon. Es war derselbe, den er in einem Buch über Kairo und Gizeh gesehen hatte, und derselbe, den es mit dem Kopf des Kolosses auf Postkarten abgebildet zu kaufen gab. Er gehörte zur Statue, wie die Uräusschlange und der Pharaonenbart. Sein Beruf war Maßstab. Freundlich nahm er für seine Darstellung der Größenverhältnisse Bakschisch entgegen, fürsorglich stand ein Stuhl hinter ihm an der Wand, für Zeiten, in denen nur wenige Touristen das Land besuchten.

Auf den Dünen bewegten sich die Silhouetten zweier Männer und eines Kamels, und dahinter – wie ein Berg – ragten die Stufenpyramiden empor. Plötzlich durchströmten Thomas Mach Glücksgefühle, die er sich nicht erklären konnte. Sie hielten neben einem Wärterhäuschen, am Rand des Palmenhains. Während ihm ein Verkäufer durch das Wagenfenster die Kunststoffflasche mit Trinkwasser reichte und er einen nach Speichel schmeckenden, lauwarmen Schluck zu sich nahm, erinnerte er sich an das Porträt des Ägyptologen Jean François Champollion. Er hatte das Bild als Kind immer wieder in dem Buch mit dem Sphinx betrachtet und später die Geschichte gelesen, wie es Champollion gelungen war, aus den dreisprachigen Inschriften des Steins von Rosetta den Schlüssel zur Entzifferung der Hieroglyphen zu finden. Beim Trinken mit geschlossenen Augen sah er den dunkelhaarigen Mann mit Backenbart und schön geschwungenen Augenbrauen vor sich – unter dem Stehkragen seines Hemds eine weiße Halsbinde und darüber eine schwarze Stoffjacke, die ihm mit der napoleonischen Haltung des Armes Würde verlieh. Das Einprägsamste war für Thomas Mach die orangegelbe Farbe des Himmels und der Wüstenlandschaft des Hintergrundes gewesen, während die Gesichtszüge des Ägyptologen in seinem Kopf allmählich verblaßten. Es war kein Zufall, daß er sich jetzt für einen aufblitzenden Gedanken lang in dieses Gelb versetzt wähnte, das der Maler Léon Cogniet aus dem Wüstensand und dem Sonnenlicht dargestellt hatte. Als er die Augen wieder öffnete, fand er die vor ihm liegende Wüste im Mittagslicht weißlicher und greller. Er wandte seinen Blick ab und richtete ihn auf das verstaubte Palmenwäldchen, aus dem Rauch aufstieg. Ihn überkam der heftige Wunsch, darin zu verschwinden. Endlich setzte sich der Bus in Bewegung, und in kürzester Zeit bedeckte feiner Sandstaub die Windschutzscheibe, die Karosserie des Wagens und, als sie anhielten und ausstiegen, auch die Schuhe. Der junge Mohamed ging verdrossen voraus, in seinem Kopf wiederholten sich vermutlich die Ereignisse von Shabramant: wie Thomas Mach das von ihm eingesammelte Geld wieder ausgeteilt und ihn zurück in den Bus gewiesen hatte. Sie stapften im weichen Sand um die Stufenpyramide herum, Amira schwieg, und Thomas Mach konnte die Verunsicherung, an der der junge Mohamed litt, aus der Haltung seiner Finger erkennen und, wie er sich einbildete, auch aus seinem Haar, dem zu weit geschnittenen, karierten Hemd, dessen Ärmel bis zu den Ellbogen hinaufgekrempelt waren, und dem Gürtel der erst über dem Nabel abschließenden Hose. Er verstand plötzlich aus der Kleidung, den Falten, der Form des Kragens, der schiefsitzenden Gürtelschnalle, wie niedergeschlagen Mohamed war. Thomas Mach beschleunigte seine Schritte, ohne zu wissen, was er vorhatte, sein Instinkt sagte ihm aber, daß er den Leibwächter wenigstens flüchtig berühren sollte, was für ihn, da er allgemeine Gesten der Verbrüderung scheute, nicht leicht war – daher holte er die Kamera aus der Jacke, spulte den Film zurück, entnahm ihn und reichte das leere Gehäuse Mohamed als Geschenk. Die Geste kam ihm im selben Augenblick berechnend vor, aber da er sie schon ausführte, nahm er sie auch nicht zurück. Sein Zweifel drückte sich allerdings in einem kurzen Zögern aus, das Mohamed registrierte. Er hob abwehrend die Hände und wich zwei Schritte zur Seite, worauf Thomas Mach stehenblieb. Auch Mohamed hielt an und drehte sich ihm zu. Seine Augenbrauen waren entweder durch das grelle Sonnenlicht oder aus Betrübtheit zusammengezogen, der dünne Schnurrbart sah wie der eines Jünglings aus, und seine Gesichtszüge hatten die Abwesenheit eines Wehrlosen. Thomas Mach hätte am liebsten die Kamera wieder eingesteckt, statt dessen sagte er: »Thank you for helping me«, und gab Mohamed die Hand. Auch Mohamed reichte sie ihm zögernd, wies aber dann lachend auf die Kamera, die ihm Thomas Mach erleichtert ein zweites Mal schenkte. Mohamed bedeutete ihm daraufhin, Platz zu machen, da er Amira, die hinter ihm stand, aufnehmen wollte, und jetzt tat ihm sein »Beschützer« leid, da er sich so sehr freute – denn Thomas Mach wußte, daß die Kamera leer war. Er hatte vergessen, daß ihre Gedankenwelt so verschieden war. Er spürte, daß er seinen »Leibwächter« unterschätzte, genauer gesagt, hatte er bisher überhaupt nicht über ihn nachgedacht. Mohamed lachte ihn noch immer aus Freude über das Geschenk an. Nicht nur sein Gesicht, sondern auch seine Kleidung schien Thomas Mach voll Unschuld, das über dem Bauch gebauschte karierte Hemd und das unter dem Kragen sichtbare T-Shirt und sogar die Bügelfalte an seiner Hose und die zu langen Schuhbänder, die mit ihren Schlaufen den Sand berührten. Doch bevor Thomas Mach verstand, was Mohamed wirklich vorhatte, hatte dieser ihn schon mit der leeren Kamera aufgenommen. Und Thomas Mach begriff, daß der Leibwächter nur die Absicht gehabt hatte, ihn zu fotografieren. Die Mißverständnisse kamen ihm vor, wie eine fehlerhafte Schallplatte, auf der der Tonarm beim Abspielen plötzlich ruckartig weiterspringt, wodurch das dazwischenliegende Stück ausgelöscht zu sein scheint, obwohl es in Wirklichkeit vorhanden ist. Er steckte die Kamera wieder ein und folgte Mohamed.

Zum ersten Mal betrachtete er die Pyramide genauer, als könnte er die Seite eines Bilderbuchs aus der Kindheit noch einmal sehen. Sie setzte sich aus unzähligen gelben Lehmziegeln zusammen, die sich eines Tages in Staub auflösen würden. Ihre Beschädigungen erschienen ihm wie Schrammen, Dellen oder Rostflecken auf einem Spielzeug. Es war die Zeit, die sich in das Bauwerk hineingefressen hatte und den Lehmziegeln das Aussehen von ausgefranstem Stroh gab. Und um dieses Wüstenmonument, das in seinem Kopf seit den frühen Tagen seines Lebens vorhanden war, bewegten sich die trägen Karawanen der Touristen, die wiederum Getränkedosen, Zigarettenkippen, Verpackungsschachteln von Filmen, Kunststoffflaschen, Sandalen und Kronenkorken im Sand hinterließen. In einer Nische wies ihn Amira auf drei Paar Füße aus Stein hin, denen die zugehörigen Figuren fehlten. Thomas Mach stieß gleich darauf mit dem Kopf gegen einen Steinvorsprung, worauf er die farnkrautähnlichen Strukturen von Dendriten zu sehen glaubte, die an schwarze Eisblumenkristalle auf gelbem Glas erinnern. Uralte Holzbalken ragten aus den Mauern, und Thomas Mach stellte sich mit leichtem Kopfschmerz vor, selbst so ein Holzbalken zu sein, der Tausende Jahre das Gewicht von Lehmziegeln getragen hatte. Vor den unterirdischen Gräbern, zu denen Treppen führten, hielten sie an, und Amira machte ihn auf die weit in der Ferne sichtbaren Pyramiden von Gizeh aufmerksam, die ihm wieder wie Lufterscheinungen vorkamen. Ein Stück weiter im Hitzegeflimmer schienen die Umrisse der Häuser von Kairo zu zerfließen wie eine im Meer untergegangene Stadt. Die Touristengruppen zogen an ihnen vorbei oder hielten an und versuchten zu erkennen, was es zu sehen gab. Thomas Mach war benommen, als sie den Ausgangspunkt wieder erreichten und er hinunter auf die staubigen Dattelpalmen und das Wächterhäuschen blickte. Von oben erkannte er die Feuerstelle, von der Rauch aufstieg, Lehmhütten, Kinder, einen Esel, schmale Kanäle in Kleewiesen, Ziegen.

Weitere Sehenswürdigkeiten zu besuchen hatte er keine Lust. Er wußte ohnedies aus Eva Blums Studientagebuch Bescheid. (Vor allem mußten es ihr die Katakomben der Apis-Stiere, die heilig waren und in gewaltigen Sarkophagen im Serapeum aufbewahrt waren, angetan haben. Auf den Fotografien sah die kultische Grabstätte mit den Steinbögen aus wie für Riesen gebaut, was ihn eigentlich neugierig machte.)

Amira nahm seine Ablehnung gelassen auf, und Mohamed eilte in Sprüngen den Sandhügel zurück zum Auto hinunter, vor dem ein Andenkenverkäufer wartete, der Thomas Mach eine durchsichtige Kunststoffpyramide aufschwatzte, in der eine zweite eingeschlossen war, um die herum Goldstaub lag. Wenn man die Pyramide schüttelte, versank die kleine in einem wirbelnden Sandsturm, dessen Schwaden sich nur langsam senkten und die kleine Pyramide unwillig wieder freigaben.

Die Teppichknüpferinnen

Im Palmwäldchen prallte mit einem dumpfen Schlag ein Vogel gegen die Windschutzscheibe und ließ einen Blutfleck zurück, der im Fahrtwind schließlich als durchsichtiger roter Klecks mit Rinnspuren trocknete. Kleine Federn klebten zuerst daran, sie lösten sich mit der Zeit ab und verschwanden. Thomas Mach hatte nicht erkannt, um welchen Vogel es sich gehandelt hatte, aber kurz darauf sah er einen Fellachen mit einer Schnur, von der tote Rebhühner baumelten, die er von einem Jagdausflug oder vom Markt nach Hause trug. Beim Geräusch, das der Aufprall des Vogels auf die Windschutzscheibe verursachte, hatte Amira erschrocken den Kopf gehoben und mit Mohamed einige Worte gewechselt. Zuerst war Thomas Mach Eva Blum eingefallen, dann hatte er wieder hinausgeschaut auf den trüben Kanal entlang der Straße. Sie hielten an einer Tankstelle, die sich gegenüber einem Haus mit gemauertem Erker befand. Wieder war es die orangegelbe Farbe der Mauer, die Thomas Mach an Champollion, den Entzifferer der Hieroglyphen, denken ließ. Nie lief ein Ereignis so ab, wie er es sich vorgestellt hatte, immer gab es im nachhinein etwas zu erklären, etwas, woran er herumrätselte. Er blickte auf den durchsichtigen roten Fleck, den der tote Vogel hinterlassen hatte, und ihm fielen die zerplatzten Insekten auf der gläsernen Kanzel des Segelflugzeugs ein, wenn er von einem Flug zurückgekehrt war.

Das Haus mit dem Erker hatte weder Fensterscheiben noch eine Tür – eine zerrissene Markise warf Schattenfiguren auf den Gehsteig. Hinter der großen Fensteröffnung waren Getränkedosen aufgestellt wie in einer Wurfbude im Vergnügungspark. An der Mauer schwarze Schriftzeichen, davor aufgestapelt alte Autoreifen. Nur ein Alter in einem wallenden Gewand schritt die Straße herunter.

Zuerst wollte er eine Fotografie machen, aber gleich darauf fiel ihm ein, daß er sich entschlossen hatte, die Kamera nicht mehr zu benutzen. Alles, was er sah und erfuhr, erschien ihm jetzt von zwingender Unausweichlichkeit.

Er stieg aus. Die Hitze war trocken und angenehm. Sie machte ihn leicht. Er hatte das gleiche Gefühl wie beim Fliegen mit Aufwind. Langsam ging er über die Straße, ohne gleich zu bemerken, daß Mohamed und Amira hinter ihm hereilten. Sie holten ihn ein und deuteten auf ein großes Haus zwischen Palmen, in dem, wie er von ihnen erfuhr, Teppiche geknüpft wurden. Zuerst wollte er umkehren, aber dann folgte er ihnen über breite Treppen in eine Fabrikhalle aus Beton, die von Leuchtstoffröhren erhellt war und in der mehrere Webstühle von jungen Mädchen bedient wurden. Neben den Webstühlen waren große, verschmierte und zerknitterte Vorlagen befestigt, auf denen die Motive festgehalten waren: Pyramiden, Kamele und Palmen, der Nil und Feluken, Sonnenuntergang in der Wüste. Die Teppiche im anschließenden Verkaufsraum waren häßlich. Sobald ein Mädchen einen Arbeitsgang beendet hatte, eilte ein grimmiger »Meister« herbei und schnitt die Fäden mit einer Art Dochtschere ab, während die Kinder an den Webstühlen mit derselben flinken Geschicklichkeit, mit der sie knüpften, versteckte Geldzählbewegungen zu Thomas Mach hin machten. Der Verkäufer aber hatte schon zu Beginn in strengem Tonfall erklärt, es sei verboten, an die Kinder Bakschisch zu verteilen.

Als sie weiterfuhren, säumten ausgeschlachtete Autowracks den Straßenrand, und ein zerbeulter Kombiwagen war vollgestopft mit prallen Müllsäcken.

Es handle sich um ein Transportfahrzeug der Zabbalin, der Müllmenschen, sagte Amira, zumeist würden sie auf notdürftig zusammengeschreinerten Wagen, die von Eseln gezogen würden, den Abfall einsammeln und ihn in einem Außenbezirk von Kairo, in der Nähe des Mokkatam-Gebirges, verwerten.

Thomas Mach wußte, daß er den Ort aufsuchen würde, obwohl er den Gestank von Abfall haßte. Eigentlich hatte er nicht die Absicht gehabt, dorthin zu fahren, vor seinem inneren Auge sah er sich jedoch in einem rüttelndem Taxi voller Fliegen, die um seinen Kopf schwirrten.

In einer Eukalyptusallee hielten sie an, um einen Autostopper mitzunehmen. Er war hager und hatte graues Haar und einen Bart. Eine kleine Narbe trennte die rechte Augenbraue in zwei Teile, und die durch die starken Gläser seiner Brille vergrößerten Augen wiesen einen grünen Rand um die Iris auf. Das fiel Thomas Mach früher auf als das Isolierband, mit dem einer der Brillenbügel geflickt war. Der Mann war ein Mudjabij, erfuhr er von Amira, die sich mit ihm gleich nach dem Einsteigen unterhielt. Er zeigte ihnen einen schwarzen Stein, den er aus seiner Ghalabija nahm, ebenso kleine, mit Korken verschlossene Fläschchen, in denen sich getrocknete Algen, tote Käfer, Wurzeln und das spiralgewundene Gehäuse einer Meeresschnecke befanden. Amira übersetzte, daß der schwarze Stein das Gift von Skorpionen immunisiere. Thomas Mach fragte ihn, ob er den Stein in die Hand nehmen dürfe, der wie poliert glänzte. Er war faustgroß, aber schwerer als erwartet. Seine erste Vermutung, daß es sich um einen Meteoriten handelte, ließ er gleich wieder fallen, da er zu glatt war.

»Was für ein Stein?« fragte er.

»Aus der Wüste«, übersetzte Amira. Der Stein werde mehrere Stunden auf die Stichwunde gelegt, während der Patient ruhen müsse. (Das war für Thomas Mach leichter zu verstehen als die geschickte Arbeit der Teppichknüpferinnen, die aus verschiedenen bunten Fäden Bilder und Muster knüpften. Es kam ihm im nachhinein wie das Erzählen von Märchen vor.) Gleich darauf erklärte der Mudjabij, daß er einen Knochenbruch feststellen könne, indem er ein rohes Ei über die verdächtige Stelle eines Arms oder Beins rolle. Zerbreche das Ei dabei, so sei auch der Knochen gebrochen. Er steckte seine Fläschchen wieder ein und nahm den Stein aus Thomas Machs Hand. Dabei kniff er die Brauen zusammen und blickte ihm in die Augen. Es war ein weicher Blick, aber das Gesicht kam ihm so nahe, daß Thomas Mach die gesprenkelte braune Iris sah und daran dachte, wie sein eigenes Abbild durch den Sehvorgang in das Gehirn des Mudjabij weitergeleitet wurde und umgekehrt das Gesicht des Mudjabij in seinen Kopf. Das Sehen war vielleicht ein materieloser Liebesakt, dachte Mach, oder ein Akt des materielosen Schluckens und Verdauens.

Im nächsten Dorf verlangte der Fremde auszusteigen. Er verabschiedete sich und sagte, er sei zu einem Kind gerufen worden, das von einem Hund gebissen worden war. Das Haus lag direkt an der Straße, davor war eine Metallschüssel abgestellt mit einem abgehackten Hammelkopf. Die blaue Wand war übersät mit roten Handabdrücken, von denen Blutfäden herabliefen.

Neugier

Als Mittelschüler im Wiener Internat hatte Thomas Mach den Wunsch verspürt, Naturgeschichte zu studieren, Zoologie und Botanik waren für ihn Lieblingsfächer gewesen. In den Ferien hatte er in der Arbeitersiedlung einmal beim Schlachten eines Hasen zugesehen. Er konnte sich damals nicht abwenden, als das Tier mit einem Stockschlag betäubt und einem Messerstich getötet wurde.

Bis dahin war der Tod für ihn etwas Geheimnisvolles, Schreckenerregendes gewesen. Das Wasser im Bach floß jedoch weiter, die Wolken standen am Himmel wie zuvor, die Blätter eines Strauches bewegten sich noch immer im Wind, nur das Kreischen einer Kreissäge, das er zuvor nicht wahrgenommen hatte, war neu, aber er maß ihm keine Bedeutung bei. Auch das anschließende Abziehen des Fells und das Entfernen der Augen und Eingeweide des toten Hasen geschah mit größter Selbstverständlichkeit. Erstaunen über das gleichgültige Verlöschen von Leben überkam ihn, erst später ahnte er, daß er zum ersten Mal mit der Beiläufigkeit des Sterbens in Berührung gekommen war. Damals bildete sich in ihm die Gewißheit, daß verschiedene Todesarten nicht für ihn bestimmt waren. Er stellte sich den Tod jetzt ganz gewöhnlich vor, wahrscheinlich würde es ihm nicht einmal zu Bewußtsein kommen, daß er starb. Vor und nach dem Leben, dachte er, existierte materielose Dunkelheit, und sein Dasein war nur wie ein kürzerer oder längerer Film dazwischen. Das einzige, wovor er sich in acht nehmen mußte, war, nicht sein Herz zu verlieren. Er sehnte sich nach Liebe, aber er haßte die Abhängigkeit, die damit verbunden war. Diese Abhängigkeit hatte er erlebt, als er mit seiner Studienkollegin Linda eine Reise nach Portugal unternahm. Auf einer Bootsfahrt hatte Thomas Mach ihr in einem vertrauensseligen Augenblick von seiner inneren Stimme erzählt, und auch Linda hatte ihm ihre Geheimnisse anvertraut. Monate später, sie waren inzwischen zusammengezogen, erfuhr er, daß sie einen Freund hatte, mit dem sie noch immer zusammen war. Er empfand eine nie gekannte Scham über die Demütigung, die mit ihrer Unaufrichtigkeit verbunden war, und seine eigene Schwäche, sich nicht von ihr trennen zu können. Zwar wollte er sie am nächsten Morgen verlassen, doch kurz darauf suchte er sie wieder, fand sie im Hörsaal, überredete sie, mit ihm nach Hause zu kommen, und setzte dort die quälenden Gespräche fort. Er verspürte den Drang, die Liebesbeziehung zu beenden, doch wußte er, daß er sich damit einen noch größeren Schmerz zufügte als mit dem Wissen, hintergangen worden zu sein. Er betrank sich oder versuchte, seine Niedergeschlagenheit zu überwinden, indem er dreimal am Tag ins Kino lief. Wenn ihn ein Film langweilte, dachte er jedoch um so heftiger an Linda, und der Gedanke erdrückte ihn. Einige Tage später, als er auf dem Weg nach Hause den Beamten der Nationalbibliothek Konrad Feldt traf, nahm er dessen Einladung, alte Landkarten zu sehen, an und verlor sich bis zum Dienstschluß in der Sammlung. Er fand eine besonders schöne Karte von Neuseeland mit Darstellungen von Pflanzen und Tieren und Abbildungen tätowierter Maoris. Nicht die Landkarten und Darstellungen der Fauna und Flora waren es, die ihn einen Entschluß fassen ließen, sondern die Gesichter der Maoris, die mit ihren Tätowierungslinien und -mustern wie von Masken bedeckt waren. Die Masken schienen dem Zweck zu dienen, das Böse abzuwehren, um die Person darunter zu beschützen. Er las, daß die Maoris ab dem 20. Lebensjahr begannen, sich tätowieren zu lassen. Mit lanzettartigen Instrumenten aus Knochen schnitten Priester die mit Kohle vorgezeichneten Ornamente in die Haut ein. In jeder

Sitzung wurde nur ein Ornament gemacht, und anschließend gewartet, bis die Wunden verheilt waren. Die versammelten Dorfbewohner sangen während der Tätowierung: »Wir sitzen beisammen und betrachten die Linien. Sie seien krumm wie ein Eidechsenfuß.« Linien fand Thomas Mach übrigens auch auf den alten Landkarten und seinen eigenen Händen und auf dem grünen Tisch, der von Kratzern beschädigt war. Die weißen, dünnen Kratzer waren es schließlich, die ihn endgültig dazu brachten, nach Hause zu eilen und seinen Koffer zu packen. Am selben Tag fuhr er mit der Bahn nach Kaisersau. Zuerst hatte er vor, einen Zug nach Bad Wählendorf zu nehmen, der schon auf die Abfahrt wartete, aber seine innere Stimme riet ihm zu warten. Er sah dabei die würdevollen Gesichter der Maoris vor sich. Auf dem Weg in die Direktorvilla ging er auch an der Arbeitersiedlung vorbei, das Wasser im Bach floß dahin, die Wolken standen am Himmel, die Blätter eines Strauches bewegten sich im Wind, nur das schwache Kreischen einer Kreissäge fehlte. Und natürlich wurde kein Hase geschlachtet, aber ihm kam für einen kurzen Augenblick der Gedanke, selbst gestorben zu sein. Er hatte das Töten des Hasen damals wie unter Zwang beobachtet, erinnerte er sich. Der Hase hatte noch nach dem Schlag mit dem Knüppel gefiept und zuckte, als das Blut aus seiner Kehle lief. Thomas Mach hatte bei späteren Gelegenheiten nur die Augen der Tiere beobachtet, in denen er zuerst Panik und nach dem Tod etwas

Stilles, Pflanzenhaftes, wie bei einer glasigen Frucht entdeckte.

Während er mit dem Auto zu den Pyramiden gefahren wurde, sah er die beiden tätowierten Maori-Gesichter vor sich, deren Abbildungen er in der Nationalbibliothek kopiert und nach Kaisersau mitgenommen hatte. Unterwegs hatte er damals eine merkwürdige Feststellung gemacht: Er hatte auf seinem eigenen Gesicht Linien zu fühlen begonnen, die nicht sichtbar waren und die den Tätowierungen der beiden Männer glichen. Die Linien machten sich durch ein Flimmern bemerkbar, er erfand für sie später das Wort »Denklinien«, denn sie regten seinen Kopf an.

Als er eine kleine Heuschrecke am Ärmel seines Leibwächters Mohamed entdeckte, fiel ihm ein, wie er in seiner Kindheit Insekten gefangen hatte. Zuerst hatte er sie in das mit Äther und Watte gefüllte Tötungsglas – einem Behälter mit Korken – gelegt, bis sie steif wurden. Sodann entkrampfte er sie mit einer speziellen Flüssigkeit in einer Blechdose, bis er wieder ihre Gliedmaßen bewegen und anschließend über einem Spannbrett die Flügel ausbreiten konnte. Die Flügel fixierte er mit fettabweisenden Papierstreifen, danach hatte er das Exemplar in einem Karton zum Trocknen auf die Vitrine gelegt.

Er sezierte damals auch Mäuse und Vögel und betrachtete die Präparate, die er unter Anleitung seines Onkels Engelbert, des Bestatters, herstellte, im Mikroskop. Engelbert war davon überzeugt, daß es der Tod war, der Thomas interessierte, tatsächlich aber war es das Leben. Es war die Zeit, als er registrierte, wie rasch sich die Erscheinungen verflüchtigten. Der Hase – so war die Erkenntnis – war nur als ein Teil der Wirklichkeit in einem ganz bestimmten einmaligen Stadium vorhanden gewesen, der lebende ebenso wie der sterbende und der tote. Das Abziehen des Fells war gleichfalls nur eine unwiederholbare Phase der Wirklichkeit gewesen, wie auch das Entfernen der Eingeweide. Trotzdem fühlte er sich nicht wohl bei seinen Überlegungen, die ihn aber mit unveränderter Heftigkeit weiter bestimmten.

Während seines Studiums meldete er sich aus Neugierde zum Roten Kreuz. Bei seiner ersten Ausfahrt war der Rettungswagen mit einer schwangeren Frau im dichten Verkehr steckengeblieben. Plötzlich, ohne daß sie es ankündigte, brachte die Frau das Kind zur Welt, ein schleimig-blutiges Wesen. Als es anfing sich zu bewegen, war Thomas Mach ein Gefühl der Ehrfurcht überkommen, das ihn jedoch nicht davon abhielt, zu beobachten, wie die Plazenta mit der Nabelschnur aus der Frau strömte – ein für ihn ungeheurer Vorgang, der ihn zwischen Ekel, Scham und Ergriffenheit schwanken ließ, aber zuletzt doch auch nur eine Phase der Wirklichkeit war, die bereits in die nächste überging.

Einige Tage später sah er eine Tote, die von Zeitungspapier bedeckt war. Menschen standen um den Leichnam, und er überlegte, sich die Verunglückte anzusehen. Schließlich trieb ein Windstoß das Papier in die Höhe, und Thomas Mach sah das Gesicht einer blonden Frau mit halbgeöffneten Augen, die wie in Ekstase unter die eigene Stirn zu blicken versuchte. Ein Feuerwehrmann fand in ihrer Handtasche eine Geldbörse mit einem Foto, das sie lachend im Freien zeigte, mit einem kleinen Kind an der Hand.

Es dauerte fast zwei Wochen, bis er den ersten Menschen sterben sah. Man hatte ihn in ein muffiges Mietshaus in der Leopoldstadt geholt. Der Rentner, um den es sich handelte, war angeblich herzkrank, tatsächlich hatte er sich vergiftet, weil er weder in ein Altersheim ziehen noch weiterleben wollte. Er lag auf seinem Bett und gestand die wahren Umstände. Sein schwerhöriger Nachbar beugte sich über ihn und sprach alles laut nach, was der Pensionist sagte. Gerade als sie den Kranken über die Stiegen hinuntertrugen, starb er mit einem Stöhnlaut. Thomas Mach hatte vorher auf die nackte Glühbirne im Stiegenhaus geblickt, worauf sich ihm die rostige Fassung und die Glühbirne für immer einprägten. Er war enttäuscht darüber, daß er auch diesmal nichts empfand. Sein Schachpartner, der pensionierte Untersuchungsrichter Sonnenberg, der das Buch über die Kunst des kampflosen Kampfes besaß und üblicherweise nur Berichte von Entdeckungsreisen las, wies ihn, als er ihm davon erzählte, auf die Werke von Arthur Schopenhauer hin, aber seine innere Stimme sagte ihm, daß er, wie jeder andere, alles schon wußte, was er sich aus Gewohnheit erklären lassen wollte. So wechselte er in Gesprächen mit dem pensionierten Untersuchungsrichter das Thema und vermied es auch, Feldt in der Nationalbibliothek darüber zu befragen. Kein Gedankengebäude, ahnte er, hielt dem Leben stand – und mochte es noch so viele Wahrheiten enthalten. Schon während ein Gedankengebäude entstand, zerbröckelte es, auch wenn der Auflösungsprozeß nur langsam vor sich ging. Er vermutete, daß es nirgendwo Geschlossenheit gab, nichts stimmte tatsächlich, durch jede Wahrheit fraß sich eine Gegenwahrheit, jedes Argument enthielt ein Gegenargument. Thomas Mach sah damals in einer Buchhandlung eine Biographie mit dem Porträt Arthur Schopenhauers auf dem Umschlag. Es stellte einen alten Mann mit Glatze, aufgekämmtem weißen Schläfenhaar, Backenbart und einem Kneifer in der Hand dar. Thomas Mach blieb stehen und fixierte den abwesenden Blick des Philosophen. Von seinen Schriften kannte er nichts, genauer gesagt, es war ihm überhaupt nur der Titel eines Werks *Aphorismen zur Lebensweisheit* geläufig. Aber da er gerade versuchte, sein Inneres mit dem Äußeren, seine Gedanken mit seinen Handlungen in Einklang zu bringen, entschloß er sich, auf die Lektüre zu verzichten – denn was anderes als vorweggenommene Erkenntnisse konnten in dem schmalen Band enthalten sein? Er sprach natürlich mit niemandem darüber (das meiste, was er dachte, fühlte und ausführte, behielt er für sich, und er erklärte sich auch niemandem). Trotzdem kaufte er das Buch, ließ es sich einpacken und legte es zu Hause auf den Schreibtisch.

Was ihn am meisten beschäftigte, war – verursacht durch den Schmerz, den Linda ihm zugefügt hatte – sein Interesse an bösen Verletzungen. Hatte er früher nur einen Blick darauf geworfen, so betrachtete er tiefe Wunden jetzt genauer. Gleichzeitig dachte er über den Selbstmord nach. Er war sich nicht sicher, ob diese Todesart für ihn vorgesehen war.

Das Fahren mit dem Rettungswagen blieb seine einzige Beschäftigung. Natürlich war er noch immer erschrocken, schwere Verletzungen zu sehen, doch war er davon überzeugt, daß er durch ihren Anblick zwar nicht seinen Schmerz, aber etwas anderes zu verstehen begann, wofür es keine Vokabeln gab. Es war etwas wie eine verborgene Logik. Die Wohnungen, die er betrat, waren nie aufgeräumt, die Menschen häufig nicht gewaschen oder gekämmt, oft nur halb bekleidet oder betrunken, verwirrt und verängstigt. Wie ein Blitzlicht erhellten seine Wahrnehmungen diese im Dunklen liegende banale Welt. Und in seinem Kopf ordneten sie sich allmählich zu einer dumpfen Wirklichkeit, die er langsam zu verstehen anfing.

Im Inneren

Der heiße Wind wehte Staub um die Cheopspyramide. Angesichts der Menschenmassen, des Lärms und des Rummels hatte Thomas Mach die Empfindung, an eine Stätte seiner Kindheit zurückgekehrt zu sein, die jetzt geheimnislos dalag. Was seine Aufmerksamkeit erregte, war nur die unscheinbare schwarze Öffnung zwischen den Steinquadern, das Eingangstor in die Pyramide. In Begleitung Amiras trat er in den überwölbten Gang. Im Licht von Leuchtstoffröhren stiegen sie einen Schacht hinunter. Unten durchquerten sie eine Schlucht und gelangten außer Atem zu einer weiteren Stiege. Mühsam kletterten sie im Halbdunkel hinauf. Unter dem Gemurmel der Gruppe und dem Geschwätz der Führer erreichten sie die Grabkammer, einen dunkelgrauen Raum. Thomas Machs Fuß trat auf eine weggeworfene Getränkedose, die krachend unter seinem Gewicht nachgab. Ein fremdes Bild tauchte in der nüchternen Totenkammer des Cheops vor ihm auf: der schöne Schwalbenschwanz, der wie das Weibchen eines Weißlings und der Fleckenfalter den für seine Feinde ungenießbaren Heliconius erato hydara nachahmte. Tatsächlich hatte ihn die Mimikry, die es in seinen eigenen Gedanken gab, empfänglich für ein Orientierungssystem gemacht, das er in seiner inneren Stimme und dem tätowierten Antlitz eines toten Maoris fand.

Er konnte den Gedanken jedoch nicht zu Ende

denken. Eine Mädchenschulklasse mit bunten Kopftüchern und Gewändern lief ihm voraus – zurück zum Eingang, den er als ein leuchtendes Blau wahrnahm. Dieser rechteckige Fleck erschien ihm für einen winzigen Augenblick als Konzentrat des Universums.

Vor der Pyramide, im Tageslicht, erblickte er als erstes die Reisebusse und dahinter, versteckt, in einem Unterstand, einen Panzerspähwagen mit schwer bewaffneten Polizisten.

Außen

Mohamed fuhr ein Stück hinauf zu einem Panoramaplateau, auf dem weitere Busse vor Verkaufsständen parkten. Eine Menschenmenge staunte die Bauwerke an wie eine Sonnenfinsternis. Kamele liefen in diese Kulisse hinein, als hätte sich ein unsichtbarer Zeitspalt in die Vergangenheit geöffnet. Thomas Mach hörte die dumpfen Rufe der Touristen und das leise Summen und Schnalzen von Kameramotoren. Einzelne Gruppen schoben sich jetzt im Gefolge von Fremdenführern nach vorne und überschritten so die Grenze zu einem imaginären Bildrahmen.

Um die Spitze der Pyramide flatterten vereinzelte Dohlen wie Schatten von Vögeln unter dem sich ausdehnenden Himmel. Die Erinnerung, die dadurch ausgelöst wurde, ließ Thomas Mach an sein Segelflugzeug beim Suchen nach Aufwinden denken, und es war ihm, als flöge er insgeheim mit den Vögeln um die Wette. Mit den Gedanken bei seinem Segelflugzeug, wanderte er zum Museum der Sonnenbarke hinunter.

Im Vorraum des bootshausförmigen Schuppens reichte ihm Amira zerschlissene weiße Schuhbezüge aus Leinen. Unfreiwillig schlurfte er über den Parkettboden und stieg dann an einer der Seitentreppen in das nächste Stockwerk hinauf, wo die Sonnenbarke so geschickt auf Stützen befestigt war, daß sie scheinbar in der Luft schwebte. Der Schiffskörper war aus dunkelbraunem Zedernholz. Er bestand, als man ihn ausgrub, aus mehr als tausend Teilen, die man Hunderte Jahre später wieder zusammensetzte. Die Barke war dazu bestimmt gewesen, den Leichnam des verstorbenen Pharao zur Pyramide zu bringen. Sie hatte ein Dutzend langer Ruder und erinnerte ihn an einen schwimmenden Sarg. Thomas Mach ging mehrmals um die vom Wüstenlicht, das durch hohe seitliche Glaswände fiel, orangegelb beschienene Barke und prägte sich ihren Anblick ein, denn zweifellos bestand eine gewisse Verwandtschaft mit seinem Segelflugzeug. (Er dachte später auch an das Chitinskelett eines monströsen Insekts.) Als sie über das Geländer hinunterblickten, sah er das Modell der Sonnenbarke umlagert von einer Reisegruppe, die dem Vortrag eines Fremdenführers lauschte.

Amira begleitete ihn zuletzt, eingeschlossen in eine kleine Völkerwanderung, zu einem asphaltierten Platz, der durch die Menschenansammlung einen jahrmarkthaften Eindruck machte. Die Sonne stand hinter der Sphinx, so daß man ihre Gesichtszüge kaum erkennen konnte. Die Nase hatte den Kanonen der Mamelucken als Zielscheibe gedient. Im Weggehen fiel ihm ein einzelner zerrissener Turnschuh auf, wie das Relikt eines Unfalls oder Selbstmordes. Häufig waren es Schuhe gewesen, die nach dem Abtransport eines Verunglückten oder Toten an Unfallstellen zurückblieben.

Augenblicke

Der junge Mohamed schlug durch das geöffnete Seitenfenster mit der Faust mehrmals gegen einen Bus, weil der Fahrer ihm nicht Platz machte. Mühsam schoben sie sich in der Menschenmenge und dem Verkehrsgewühl vorwärts. Mitunter hielten sie an, als gäbe es etwas Wichtiges zu sehen, aber einmal war es nur ein zerbeulter Kombiwagen, dann ein verglaster Kasten mit drei gerupften Hühnern, die darin an Schnüren aufgehängt waren, oder ein Holzkohlenhändler, der seine Ware verkaufte. Braune Häuser bildeten tunnelartige Nebengassen, sie waren von Alten und Kindern bewohnt, die in Eingangstoren ihre Waren feilboten; ein Haufen alter Möbel, von Staub bedeckt, diente als Obstladen. Manche der niederen Gebäude schienen unbewohnt, Geisterhäuser, wie Thomas Mach dachte. Er nahm sich vor, sobald wie möglich zu Fuß durch die Stadt zu streifen, und während er den Vorsatz faßte, fiel ihm auf, daß die Dächer voll getrocknetem Kamelmist waren, der als Heizmaterial diente. Alles hatte die gleiche Sandfarbe angenommen wie die Häuser. Er bemerkte auch die Stapel von schönen Brotfladen in einer Bäckerei, in der aus der Dunkelheit die Flammen eines Ofens flackerten, und davor einen jungen Mann mit einem Spazierstock und einem weißen Turban. Das Besondere an ihm waren seine riesenhaften Hände. Die Finger hingen wie müdes Kriechgetier über dem Griff seines Stocks, sein dikker Kopf war so breit, wie er lang war, und große rollende Augen irrten in den Höhlen umher. Nun kam die zweite hängende, grotesk große Schlapphand zum Vorschein, Thomas Mach spürte sie förmlich in seiner eigenen Hand wie den Druck eines sterbenden Kranken, und die zweite Krakenhand hielt einen Skarabäus, einen heiligen Käfer aus blauem Ton, zum Wagen hin, der soeben wieder anfuhr und die Welt des riesenhändigen jungen Mannes verließ. In Thomas Machs Kopf aber würde er mit immer denselben Gesten, dem blauen Skarabäus und den monströsen Händen erscheinen, sobald er an die Rückfahrt von den Pyramiden dachte. Es war kein Zufall, daß Thomas Mach dabei auch das Gesicht des tätowierten Maoris einfiel, und jetzt erst verstand er den Sinn der Tätowierungsmuster in den schönen, abwesenden Gesichtern: Es waren kunstvoll gebaute Labyrinthe aus Schneckenwindungen, Ornamenten und symmetrischen Linien, in denen die Antlitze der Häuptlinge sich für immer verbargen.

Der Vogelschwarm

Im Hotel duschte er sich, und er konnte es nicht lassen, in den grünen unebenen Spiegel zu blicken, der ihn häßlich machte. Er sah älter darin aus, als er war. Sein Gesicht schien geschwollen, und seine Augen waren gerötet. Nachdem er das Hemd gewechselt hatte, trat er auf den Balkon. Tief unten die Straße mit dem dichten Verkehr, links der Nil mit kleinen Schiffen, es war noch hell, aber die Lichter brannten schon am Ufer. Auf der rechten Seite, ganz hoch oben am gelblich dunstigen Himmel, die winzigen Punkte eines Vogelschwarms. Man konnte über das Geländer steigen und seinen Blick nicht von ihm abwenden und … So mußte es gewesen sein, dachte er, als Eva Blum sich entschlossen hatte, ihrem Leben ein Ende zu bereiten.

Das Studientagebuch

Das Studientagebuch von Eva Blum war sorgfältig zusammengestellt und machte erst durch die zahlreichen Ergänzungen einen Eindruck von Improvisation und Skizzenhaftigkeit. Maschinenschrift hielt säuberlich einen Weg, eine Route, die Beschreibung einer Sehenswürdigkeit fest, eine von einem Farbkopierer herausvergrößerte Landkarte, mit schwarzem und rotem Filzstift markiert, zeigte auf, wo man sich befand. Mit Bleistift hingeschmierte Notizen, Daten, Anmerkungen erweiterten die Angaben oder brachten sie auf den neuesten Stand. Eva Blum hatte in das Buch auch alte Stiche aus naturgeschichtlichen Werken, von Vögeln, Pflanzen, Früchten, Reptilien und Insekten, eingeklebt und sie mit Kommentaren versehen, um Auskunft über die Fauna und Flora des jeweiligen Gebietes geben zu können. Daneben und darunter fanden sich Zeichnungen von Namenskartuschen, Auszüge aus dem ägyptischen Totenbuch, allegorische Darstellungen der Welt, Fotografien von Gebäuden und Gräbern, Tempeln und Landschaften. Die Handschrift war nicht immer gut lesbar, manchmal verblaßt, dann wieder verwischt, jedoch in den meisten Fällen aus dem Zusammenhang oder durch die Illustrationen verständlich.

Besonders reizvoll war, daß das Buch aus den verschiedensten Materialien bestand: ausgeschnittene Zeitungsfotografien neben Ansichtskarten, Schwarzweißabbildungen neben farbigen, Tinte-, Bleistift- und Filzstiftschrift gemischt, alte und neue Landkarten, Röntgenaufnahmen von Mumien, Ausschnitte von Bildern, Artikel aus Illustrierten mit Unterstreichungen, daneben Fahrkarten, Eintrittsbilletts und Reklamezettel, und es schien Thomas Mach, als ob er diese ganze beschriebene Reise, die für Eva Blum zuletzt in den Tod führte, nachvollziehen sollte, um ihren Selbstmord zu verstehen.

Nachtflug

Er drehte das Licht ab, und in der Dunkelheit fiel ihm sein Flugbuch ein. Es war das Gegenteil von Eva Blums Aufzeichnungen: Höhen- und Strekkenangaben, Wolkenbezeichnungen, Flugdauer – einem Logbuch ähnlich. Keine Bilder oder Fotografien waren eingeklebt, keine persönlichen Eindrücke festgehalten, nur Daten, Zahlen und Fachbegriffe. In seinen stenographischen Abkürzungen hatte sich aber so viel Erinnerungsmaterial angesammelt, daß er jeden seiner Flüge rekonstruieren konnte, mitunter sogar bis in kleine Einzelheiten. Natürlich waren die Bilder in seinem Kopf auch für andere zu entschlüsseln. Er selbst hätte zum Beispiel aus der Strecke, die einer seiner Freunde geflogen war, der Witterung, der Flugdauer vieles schließen können, aber es wären nur die eigenen Erinnerungen gewesen, die in ihm aufgeblitzt wären, und nicht die des Piloten.

Für ihn war es eine innere Notwendigkeit, zu fliegen. Er vermied es allerdings, darüber zu reden. Schon dadurch unterschied er sich von den anderen Kollegen, aber auch durch eine hartnäckige Entschlossenheit, ein Wagnis einzugehen, wenn die Sache dafürstand. Bei diesem Gedanken sah er sich über eine Vielzahl verschneiter Bergspitzen fliegen wie über eine dreidimensionale Panoramakarte. Auf der Plexiglaskanzel war der Wollfaden angeklebt, den er nicht aus den Augen verlieren durfte, denn er zeigte an, ob er die Luftströmung richtig ausnutzte. In der metaphysischen Einsamkeit und Stille eines Fluges meditierte er oft über diesen Faden. Er war etwa dreißig Zentimeter lang, rot, und man konnte ruhig sagen, daß an ihm das Leben des Piloten hing. Flog er gut, wurde der Faden gegen das Plexiglas gedrückt und stand senkrecht. Begab er sich aber in eine unkontrollierte Seitenlage, dann begann der rote Faden zu flattern. Thomas Mach hielt ihn insgeheim für eine andere Form seiner inneren Stimme.

Er vollzog in der Dunkelheit des Hotelzimmers einen seiner Flüge nach, und – obwohl es nicht einmal eine Minute dauerte – hatte den Eindruck, alles wieder erfahren zu haben, vom dröhnend lauten Schleppflug bis zum leisen Pfeifen des Fahrtwindes an den Flügeln. Der rote Faden flatterte in der Luftströmung, auf einmal aber sah er ihn in der Hand des alten Mohamed, der mit ihm Knoten übte.

17. November, Kairo

Totenwelten

Alfred Moser wartete vor dem königlichen Mumiensaal des Nationalmuseums. Er war vierzig Jahre alt, blaß, athletisch und mittelgroß. Sein Gesicht mit der Stahlbrille wirkte verschlossen, die Augen hatten etwas Listiges, konnten aber im nächsten Moment schläfrig wirken, und das blonde Haar wucherte als ein gescheiteltes Gestrüpp auf seinem Kopf. Mit der beigen Safarijacke und dem dunkelblonden Schnurrbart hatte er etwas Britisches an sich. Moser, der sehr höflich und hilfsbereit war, verstand ein Dutzend Sprachen, wie Mach von seinem Onkel erfuhr, und hatte sich in Indien und Tibet »herumgetrieben«, als Pilger, Schüler eines Mönchs und Gelegenheitsarbeiter, bis es ihn nach Kairo »verschlug«, wo er außer für das Reisebüro »Auge Gottes« als Korrespondent und Koordinator für deutsche Fernsehteams arbeitete.

Thomas Mach ging allein durch den Mumiensaal, da Moser im Museum eine Verabredung hatte. Ein uniformierter Wächter hockte auf einem Stuhl und musterte ihn neugierig. Zwei Putzfrauen erschienen in blauen Kitteln mit weißen Kopftüchern. Die Mumien in den Glassärgen waren klein und zerbrechlich, sie ließen ihn an abgestreifte Insektenpuppen denken. Er blickte in das Gesicht Ramses II., die Wangen ragten hervor, das gefärbte rote Haar war schütter, und zwischen den leicht geöffneten Lippen war ein Zahn zu erkennen. Mitten in seiner Betrachtung wurde die Tür geöffnet, und eine Gruppe Touristen strömte in den Saal. Der Wächter erhob sich, forderte »Silence«, konnte aber nicht verhindern, daß ein Teil, der schon vorausgeeilt war, sich über das Aussehen der Mumien amüsierte. Thomas Mach zögerte kurz und verließ den Saal.

Moser wartete nicht wie verabredet auf dem Gang. Niemand stand vor der Vitrine mit dem Mumifizierungsbesteck, den Eingeweidebehältern und dem präparierten Falken, der so gleichmäßig und fein in weiße Binden eingewickelt war, daß er ihn an die Lamellen von Pilzen oder die Kiemen von Fischen erinnerte.

Lärm von Schulklassen dröhnte aus der großen Halle, und Thomas Mach machte sich zwischen den gläsernen Schaukästen auf die Suche nach Moser. Die Ausstellungsobjekte waren prachtvoll: Schreine aus vergoldetem Holz, verzierte Truhen, Throne, Spazierstöcke, Vasen und Lampen, Armbänder, Brustkragen aus Goldblech, die er aber alle nur flüchtig sehen konnte, da ihn die Menge vor sich herschob oder zur Seite drängte. Schließlich gelangte er vor ein hölzernes Brettspiel. Es war ein länglicher brauner Kasten mit einer Schublade für die Spielsteine und -stäbchen, der auf einem Untersatz mit Löwenbeinen ruhte. Auf dem Brett aus safrangelben Feldern standen zylindrische und pyramidenförmige Figuren. Thomas Mach stemmte sich gegen die Menge und blieb neugierig stehen. Der Untersuchungsrichter Sonnenberg hatte ihm erzählt, daß das Spiel »Senet« hieß und als Orakel verwendet wurde, aber auch bei Jenseitsvorstellungen eine Rolle spielte. Der Tote spielte dann auf seiner Reise durch die Unterwelt allein gegen unsichtbare Gegner, gegen Götter und Schicksalsmächte. Hieroglyphen verzierten das Brett, er erkannte Falke und Schlange, Biene, Stier und Ente und eine Kartusche. Von der Menge zuletzt doch weitergeschoben, strandete er in einem abgeschiedenen Teil des Saals, von dem aus er hinunter in die Eingangshalle schaute, wo Statuen aus Stein aufgestellt waren. Oberhalb von ihm bildete das Gebäude eine gläserne Kuppel, und über dem riesigen Raum war eine große weiße Zwischendecke eingezogen, mit quadratischen Milchglasscheiben aus altem Glas, wie an vergilbten Badezimmertüren in Gebäuden aus den Anfängen des zwanzigsten Jahrhunderts. Manche waren durch Glasfenster ersetzt worden, durch die er in die Wölbung des gläsernen Auges der Kuppel sehen konnte. Wenn er es recht bedachte, so war diese langgestreckte Decke nichts anderes als ein Senetspiel oder die Spiegelung eines Senetspiels, und die Besucher des Museums, die sich darin (aus seiner Perspektive nicht sichtbar) spiegelten, waren die Spielfiguren. Thomas Mach selbst aber war der Spieler, der allein gegen einen unsichtbaren Gegner spielte. Er senkte seinen Kopf, betrachtete die Menschenmenge unter sich und dann mitten in der lärmenden Touristenbrandung eine Vitrine, in der sich wiederum die Decke spiegelte. Die verschachtelten Spiegelungen entzückten ihn. In der Vitrine lag ein kostbar-schönes Schreibzeug. Es bestand aus Pinseln in Etuis mit zwei Näpfchen für rote und schwarze Tinte. Die verschiedenen Spuren der Benutzer waren es, die Thomas Machs Aufmerksamkeit erregten. Eine Palette aus Schiefer war, las er auf einem Kärtchen, »eine Votivgabe für das Jenseits und daher unberührt«. Er hörte auf zu lesen und untersuchte die fleckigen Schreibplatten. Die Flecken stammten von geschriebenen und, wie er dachte, auch ungeschriebenen Nachrichten. Sodann fiel ihm eine vergoldete Tafel mit Rissen und Sprüngen, Löchern und winzigen zusammengepreßten Falten auf: Er dachte an eine magische Landkarte oder die Zusammenfassung seines Schicksals in einem sinnlos erscheinenden Bild. Alles, was er entziffern konnte, berichtete von der bewegungs- und lautlosen Welt des Todes. Auch die anderen Paletten waren fleckig und verschieden groß: eine schwarze, eine grüne, eine blaue; sie glichen fotografischen Platten, die farbige Mikrostrukturen gespeichert hatten. Es waren Bilder wie aus einer anderen Sphäre und eine Schrift, die sich für ihn bloß in Flecken äußerte. Er erinnerte sich an einen Fotografen in Wien, der seine Mauerbilder in einer kleinen Galerie ausgestellt hatte. Sie hatte Thomas Mach an eine Ansammlung von Dias aus der Pathologie denken lassen, an histologische Präparate tödlicher Krankheiten, während der Fotograf darauf bestanden hatte, es handle sich um Seismogramme von Gedanken. Natürlich waren es Mauerflecken gewesen, aber Thomas Mach hatte die Idee des Fotografen eingeleuchtet, auch wenn sie verrückt gewesen war. Das Merkwürdige war für ihn die Koinzidenz, das Aufeinandertreffen der Senetspiel-Decke mit der Schreibplattenlandkarte, die sich ineinander spiegelten. Da der Besucherstrom sich nicht in die Nebensäle des Museums ergoß, flüchtete Thomas Mach in einen der schlechtbeleuchteten Seitenräume, in dem kleine Figuren aus Holz ausgestellt waren. Die Figuren fuhren in Booten, pflügten, schlachteten, backten Brot, weideten Vieh, fischten, jagten und bauten Häuser, brauten Bier, trugen in einem Korb Früchte auf dem Kopf, opferten oder schrieben alles auf. Es waren Grabbeigaben, die die Tätigkeiten, die sie ausführten, im Jenseits für die Toten als deren Mägde und Knechte wiederholen sollten, um ihnen ein standesgemäßes Dasein zu ermöglichen. Thomas Mach kam sich vor wie in einer Dornröschenwelt von Liliputanern. Augenblicklich liebte er diese bewegungslosen und doch so bewegenden Darstellungen aus der Versunkenheit. Es war, als hätte man eine uralte Barke vom Meeresgrund geborgen, eine erhalten gebliebene Mikrozelle aus der Tiefe der Zeit. Bevor er den nächsten Raum betrat, registrierte er die Nummer des Saals, es war die 37. Hier waren buntbemalte Sargteile in verglasten

Kästen zu besichtigen. Der am schönsten und buntesten bemalte war mit einem braunstichigen Erklärungsblatt versehen, auf dem die englischen Schriftzeichen in einer Art Brownschen Molekularbewegung durcheinanderzuwirbeln schienen. Es war der berühmte Sarg des Generals Sepi mit dem *Zweiwegebuch* auf dem Holzboden, einem Plan der jenseitigen Welt, der dem Totentext in Form einer Vignette beigegeben war. Der Untersuchungsrichter Sonnenberg zitierte das *Zweiwegebuch* gerne vor einem überraschenden Schachmatt. Es handelte sich, sagte er, um die erste topographische Beschreibung des Jenseits. Darin residierte Osiris mit der Atef-Krone auf seinem Thron, der die Inschrift »Millionen Jahre« aufwies. Thomas Mach untersuchte die Sargbretter, unbeachtet von einem Wächter in Uniform, der sich interessiert in einer der spiegelnden Scheiben einer Vitrine selbst betrachtete. Auf der linken Seite des letzten Bretts konnte Thomas Mach nur die Struktur des Holzes sehen. Wie Treibgut nach einem Unwetter tauchten nach und nach Hieroglyphen und Darstellungen über der Holzstruktur auf: Menschen, ein Skarabäus, eine Katze, Schlangen und dann, in der Mitte des Bretts, die Landkarte. Sie ähnelte einem Würfelspiel und zeigte eine durchgehend schwarze und eine grüne Linie, die mit Tierdarstellungen geschmückt waren: Katze, Affe, Gans und Fuchs. Am Anfang und Ende der beiden Linien hielten zweiköpfige Schlangen Wache. Der grüne Weg glich selbst einem Reptil ohne Kopf, während der andere geometrisch angelegt war. Im Vorsaal waren Dutzende und Aberdutzende weiterer Särge in Vitrinen zu sehen, ihm war, als spazierte er durch eine riesige, altägyptische Sargfabrik. Der Papyrussaal – seitlich des im Dämmerlicht verschwindenden Sarglagers – wurde gerade frisch geteert, ein junger Mann kniete barfuß auf dem Boden, in schmierigen schwarzen Jeans, die Baseballmütze verkehrt aufgesetzt, und trug mit einem Spachtel die nach Asphalt riechende schwarze Paste auf. Thomas Mach atmete tief ein, er mochte den Teergeruch, den er aus seiner Kindheit von den Dächern der Schrebergartenhütten kannte, und den er mit Sommer und Hitze verband. Von der Tür aus konnte er nur die von den Lichtspiegelungen der Leuchtstoffröhren überstrahlten Vitrinen mit Darstellungen aus dem Unterweltsbuch sehen. Es beschrieb, hatte er in Eva Blums Studientagebuch gelesen, die zwölf Bereiche der Unterwelt, die den zwölf Nachtstunden entsprachen. Während Thomas Mach noch versuchte, mehr davon zu sehen, spürte er wieder das ziehende Gefühl im Nacken, das ihn befiel, wenn ihn jemand anstarrte. Er drehte sich um und erkannte Schäffer und Blum. Zuerst hatte es den Anschein, als wollten sie mit ihm sprechen, Schäffer in einem blaugeblümten Buschhemd, Blum in einem zu großen T-Shirt, wobei Schäffer wie betrunken und Blum bleich und erschrocken aussah, dann verschwanden sie wortlos im Getümmel. Fluchtartig, er wußte nicht warum, betrat Thomas Mach den nächsten kleinen Saal mit unzähligen verschiedenen Schiffsmodellen aus Papyrus. Er nahm nicht an, daß Schäffer und Blum ihm gefolgt waren – warum auch? Durch den Saal mit den Särgen erreichte er eine geöffnete Tür und warf einen Blick in einen kahlen Raum. Dort unterhielten sich Alfred Moser im Röntgenlaboratorium und ein grauhaariger Mann. Sie schienen ihn nicht zu bemerken.

An der Decke des grünen Saals drehten sich riesige Ventilatoren. Schwarzweißfotografien von Röntgenaufnahmen der toten Pharaonen hingen an den Wänden. Er schätzte, daß sich zehn Glassärge im Raum befanden – manche davon waren leer.

Ein glatzköpfiger, dicker Mann mit Brille, deren Gläser sich auf das Licht abstimmten, kam gefolgt von Moser auf ihn zu und schüttelte ihm die Hand.

»Ich habe ihm gesagt, sie seien ein Journalist aus Wien«, lachte Moser.

Der Mann, den er als »Professor« vorstellte, erteilte ihm auf englisch die Erlaubnis zu bleiben und fuhr dann auf arabisch in seiner Unterhaltung fort, ohne Thomas Mach weiter zu beachten. Durch kleine Glasfenster in der Decke fiel Licht in den Saal.

Dschinn

Es war auf der Rückfahrt im mittäglichen Straßenverkehr gegenüber einem verwahrlosten Friseurgeschäft, als Thomas Mach seine innere Stimme vernahm, die ihm die Anweisung erteilte, sich die Haare rot zu färben »wie Ramses II«. Thomas Mach wußte augenblicklich, daß die Sache vor einer Wende stand: Würde er die innere Stimme ignorieren, bestand die Gefahr, sie wie früher schon einmal zu verlieren. Nun hatte er die schwierige Entscheidung zu treffen, ihr zu vertrauen oder hinkünftig vielleicht ohne sie auskommen zu müssen. Moser hielt den klapprigen Fiat überrascht an und wartete, was Thomas Mach tun würde. Gerade als er Moser zu erklären anfing, daß er sich die Haare färben lassen wolle, befahl ihm die Stimme zu schweigen. Er hörte diese Worte nicht wirklich, sondern empfand sie als gesteigertes Verstehen. Die Sonne brannte herunter, die Luft war stickig, und ein Lastwagen, vollbepackt mit alten Stühlen, hielt hinter ihrem Fiat. Ohne sich weiter um Moser zu kümmern, begab er sich in den als »Salon« ausgewiesenen Laden, in dem auf einem Sofa zwei junge Männer turtelten. Sie waren barfuß und wurden von drei goldgerahmten Spiegeln reflektiert. Die Wände waren rot gestrichen und mit blauen und weißen Blüten und kleinen gelben Blättern gemustert, so daß Thomas Mach an ein tomatenfarbenes Meer aus Korallen, Fischen und Plankton dachte und verzweifelt nach einer Erklärung suchte, weshalb seine innere Stimme für ihn gerade dieses Geschäft ausgesucht hatte. Ein Mann mit einem in allen Farben gemusterten Handtuch auf der Brust wurde soeben rasiert, der bärtige Friseur trug eine gestreifte Haube, unter der sein dunkles Haar hervorquoll. Über den Spiegeln waren Leuchtstoffröhren angebracht, aber nur eine davon war eingeschaltet, offensichtlich, um zu verhindern, daß der Friseur mit dem scharfen Rasiermesser einen blutigen Fehler beging.

Kaum hatte sich Thomas Mach gesetzt, als ihn Fliegen belästigten, die auch den Friseur umschwirrten. Das Sofa, auf dem sich einer der Burschen räkelte, während der andere seine Zehen massierte, war mit einem samtigen violettblauen Überwurf zugedeckt, und nachdem Thomas Mach alles registriert hatte, was es zu registrieren gab, beobachtete er nur noch das Mienenspiel der Menschen, die er in den Spiegeln von drei Seiten zugleich sehen konnte.

Als der Kunde sich erhob und dem Friseur das Geld in die Brusttasche gesteckt hatte, überließen die beiden jungen Männer auf dem Sofa Thomas Mach den Vortritt großzügig, und – obwohl Moser nicht erschienen war und möglicherweise auch nicht erscheinen würde, um seine Wünsche ins Arabische zu übersetzen – nahm Thomas Mach auf dem mit braunem Kunstleder bezogenen Drehstuhl Platz. Der Friseur schüttelte das bunte Handtuch aus, legte es ihm über die Brust und stellte ihm eine Frage. Thomas Mach antwortete auf englisch, er solle ihm die Haare rot färben. Dabei zeigte er auf die Wände des Frisiersalons, als handle es sich um das gewünschte Rot. Noch bevor der Friseur darauf eingehen konnte, begannen die beiden jungen Männer zu lachen, einer purzelte von dem Sofa auf den Fußboden, eilte zur Türöffnung und rief etwas auf die Straße. Thomas Mach befürchtete Komplikationen, doch seine innere Stimme schwieg, auch zeigte sich kein tätowiertes Maori-Gesicht in seiner Vorstellung. Der Friseur indessen war ernst geblieben und stellte ihm offenbar die Frage, ob er sein Haar wirklich rot gefärbt zu haben wünsche. Gleichzeitig erschienen grinsende, neugierige Gesichter in der Tür, drängten in den Laden, bereit, für die sich bietende Abwechslung auf ein Geschäft zu verzichten, denn es handelte sich durchwegs um Straßenhändler, die auf Kundschaft warteten. Zum Glück erschien Moser und schob sich zwischen den Versammelten in den »Salon«. Der Friseur verstand augenblicklich, daß sie zusammengehörten, und als Moser ihn außerdem auf arabisch ansprach, entstand mit dem ersten Wortwechsel eine rasche Vertrautheit zwischen den beiden, von der sich Thomas Mach ausgeschlossen fühlte, ja, er hatte sogar den Verdacht, daß sie sich gegen ihn richtete.

»Sie wollen sich die Haare rot färben lassen?« fragte Moser ungläubig.

Thomas Mach nickte.

»Das ist vielleicht ein Ding!« entfuhr es Moser erstaunt.

Da Thomas Machs Gesicht verschlossen blieb, redete Moser mit ihm ernsthaft, gleich darauf mit dem Friseur jedoch lachend. Er steigerte sein Lachen noch, worauf alle übrigen ebenfalls in Gelächter ausbrachen. Mitten in ihrem schadenfrohen Gelächter meldete sich Thomas Machs innere Stimme und verlangte »Ruhe«.

Ungehalten wandte Mach sich an Moser, der Machs Begehren umgehend und mit Nachdruck weiterleitete. Sofort wurde es still. Der Friseur setzte ein todernstes Gesicht auf, wies zwei vor Lachen glucksende Kinder aus dem Geschäft, die aber wiederkamen, und fing an, seinem Kunden die Haare zu waschen. Thomas Mach mußte dabei den Kopf zurücklehnen und sah zwangsläufig zur Decke des »Salons« hinauf. Die Fliegen wollten sich auf sein Gesicht setzen, doch einer der beiden jungen Männer, die auf dem Sofa gesessen hatten, trat mit einem Wedel heran und hielt ihm die lästigen Insekten fern. Die Decke vermittelte Thomas Mach den Eindruck, in einer Glasglocke auf dem Grund des Tomatenmeeres zu ruhen und die Reglosigkeit der Meereslandschaft zu studieren, in Erwartung, daß sie anfangen würde, zum Leben zu erwachen.

Er schloß die Augen und gab sich den Handgriffen des Friseurs hin. Es war selbstverständlich, daß man ihn noch immer beobachtete. Ab und zu sprach der Friseur mit Moser, und es ärgerte Thomas Mach, daß man ihn nicht an dem Gespräch teilhaben ließ.

»Die Leute halten Sie für einen Dschinn, einen Dämon«, erläuterte Moser scherzhaft.

Nachdem der Friseur das Haar mit einem Handtuch abgetrocknet hatte, bis es nur noch feucht war, suchte er in einer mit Tuben angefüllten Lade nach »Hennarot« und holte dann schweigend eine noch ungeöffnete heraus. Die Farbe, die aus der Tube quoll, war tiefviolett und von Fliegen umschwärmt, und Thomas Mach fragte den Friseur, weshalb er die violette Farbe nähme.

Moser übersetzte, und während der Friseur die Farbe mit Wasserstoff aus einer grünen Flasche anreicherte und mit einer hellgrauen Paste in einer Kunststoffschale verrührte, gab er ihm zu verstehen, daß es die gewünschte Haarfarbe sei, die er zubereite.

»Die Farbe wird erst auf dem Haar rot«, ergänzte Moser.

Die Zuschauer bewunderten indessen lautstark die Souveränität des Friseurs. Ab und zu ging einer von ihnen weg, nicht ohne aber eine spöttische Bemerkung über den Kunden fallenzulassen, wie Thomas Mach aus dem Tonfall und dem leisen Gekicher der anderen schloß. Inzwischen hatte der Friseur die Farbe angerührt, einen Kamm genommen und seine Haare gescheitelt, worauf er mit einem Pinsel Strähne für Strähne anstrich. Anschließend ersuchte er Thomas Mach, auf dem Sofa zu warten. Er stopfte ein zweites Handtuch in seinen Kragen, so daß er aussah, als trage er einen Poncho.

»Es dauert eine halbe Stunde, bis die Farbe einwirkt«, übersetzte Moser.

Sobald Thomas Mach aufstand, brach ein Geschwätz los wie das Gescharre eines Heuschrekkenschwarms. Es ging bald in Geschrei über, bis der Friseur Ruhe verlangte.

Mach saß in seinem bunten Poncho da, die Haare dick mit violetter Paste bedeckt, und betrachtete sich in den drei Spiegeln. Er sah »künstlich« aus, wie er dachte. Außerdem lenkten ihn die Fliegen ab, noch nie war er von so vielen belästigt worden; er vertiefte sich in den Gedanken, daß die unsymmetrischen Muster, die sie in einem fort bildeten, ihre Sprache war, mit der sie sich Informationen über Gerüche, Verdauungsprodukte, Entzündungen, Ausschläge oder die Konsistenz von Schweiß telegrafierten, wobei sie ihre Antworten, Mitteilungen und Fragen auf den Spiegel schrieben, auf die Gesichtshaut, auf Kleidung und Abfall, auf den Fußboden und den Schmutz aus Haarbüscheln, Schuppenpartikeln, leeren Dosen, Ohrenstäbchen und Puderflecken. Thomas Mach, der das Elend und die Fliegen sah, raffte sich zu einem stummen Protest auf: »Warum?« fragte er seine innere Stimme und meinte, warum er sich gerade hier und jetzt die Haare hatte färben lassen und weshalb gerade rot? Er verstand nur das Wort »Mutprobe«, doch war es mit einer solchen theatralischen Erhabenheit zu hören gewesen – es klang wie durch hallendes Blech gesprochen –, daß sich die Wörter »dies ist eine« von selbst ergänzten.

»Die Farbe Rot«, hörte er weiter, »– siehst du es nicht? – Ist die Farbe Ramses II. und des Blutes!«

»Warum Ramses II. und des Blutes?« fragte Thomas Mach lautlos und rasch zurück, weil er befürchtete, sonst keine weitere Antwort zu erhalten. Es blieb jedoch still, obwohl er so schnell gefragt hatte, wie er nur konnte.

Währenddessen hatte er den Friseur beim Rasieren und dem automatischen Verscheuchen der Fliegen beobachtet, wobei er zu verstehen anfing, daß auch die Fliegen ein Teil des Ganzen waren. Das Ganze bestand aus dem Blut, das über seinen Kopf stürzte und sein Haar rot färbte, aus den Fliegen, dem Rasiermesser und den Zuschauern, die Gesichter schnitten, scherzten und lachten. Verschiedene Gedanken durchschossen seinen Kopf: Von den Menschen gelyncht zu werden … daß der Friseur ihm die Gurgel durchschnitt … von den zwei jungen Burschen mißbraucht zu werden … ohne es zu wissen, ein Krebsgeschwür mit sich herumzutragen.

Wieder fragte Thomas Mach seine innere Stimme »Warum?« und meinte diesmal seine Gedankenflut. Dabei irritierte es ihn, Moser, den Friseur und die beiden Burschen in einem fort von drei Seiten zu sehen, als sei es völlig normal, alles immer von drei Seiten zu sehen. Aber die Stimme verweigerte ihm die Antwort. Nach einigen Sekunden hörte er ihren Befehl, daß er aufhören müsse zu denken und sich ruhig verhalten solle.

Er saß da, mit der violetten Paste in den Haaren und erkannte jetzt in den Spiegeln, daß der Friseur den ersten Burschen mit dem Rasiermesser unter der Lippe geschnitten hatte. Blut tropfte auf das Handtuch, lief über das Kinn des Kunden hinunter, färbte den Rasierschaum, zog die Fliegen an. Niemand rührte sich. Die Zuschauer am Eingang hörten auf zu schwätzen, und der Friseur riß eine Lade auf und drückte dem Mann einen Bimsstein in die Hand, den dieser wiederum gegen die Wunde preßte. Blut trocknete auf dem Rasiermesser. Thomas Mach registrierte, daß ein Triumphgefühl in seiner Brust aufstieg, als sei der Beweis erbracht, daß seine innere Stimme existierte.

Moser drehte den Wasserhahn auf, aber der Friseur bedeutete ihm hektisch, daß er die Wunde nicht mit Wasser reinigen wolle, nahm selbst den Bimsstein in die Hand und behandelte die Stelle unter der Lippe. Der zweite Bursche fand in einer der beiden Laden ein Hansaplastbriefchen, zog das Papier ab und reichte es dem Friseur, der es gekonnt auf die Wunde plazierte. Aber es war zu früh, die Wunde blutete weiter, weshalb der Friseur – offenbar plötzlich kopflos – das Wasser aufdrehte und den Burschen mit dem Gesicht unter den Strahl drückte. Das Wasser färbte sich rot und machte hellrote Spritzer auf dem Waschbecken. Es war natürlich nicht gefährlich, aber es sah gefährlich aus. Auch die Fliegen, die in der Stille summten, trugen ihren Teil dazu bei. Mit einem Griff legte der Friseur den Stuhl nach hinten, nahm ein Stück Verband, das der andere junge Mann ihm reichte, und drückte es mit dem Finger auf die Verletzung. Unerwarteterweise hörte die Wunde zu bluten auf.

Der Friseur rasierte rasch das Gesicht fertig, half

dem Kunden, der aus dem Stuhl taumelte, zum Sofa hin und wusch sich hierauf die Hände wie ein Schlächter. Ein heftiges Reden fing an, Streit flammte auf, erlosch, einige gingen, Neue kamen hinzu, während der Friseur das Waschbecken reinigte, seine Hände abtrocknete und mit einer Geste Mach aufforderte, als nächster Platz zu nehmen.

Thomas Mach erhob sich, setzte sich vor den Spiegel und ließ mit Ekel über sich ergehen, daß sein Kopf zur weiteren Behandlung über das Waschbecken gebeugt wurde, in dem noch einige rosa Tropfen zu erkennen waren. Der Friseur spülte inzwischen schon sein Haar, rote Farbe rann und spritzte auf das Email, dann shampoonierte er es, und als Thomas Mach aufblickte, sah er sich in den Spiegeln mit einer Perücke aus rotem Schaum. Er wußte nicht warum – jedenfalls spürte er, wie sein Glied sich versteifte. Er war nicht erregt, er hatte auch keine Phantasien, eher das Gefühl, ein Ding, eine Waffe, einen Pistolenlauf eingesteckt zu haben. Verzweifelt versuchte er, an etwas anderes zu denken, bis er in seinem Kopf hörte, daß er sich erheben und die Toilette aufsuchen müsse.

Thomas Mach wandte sich deshalb an Moser und trug ihm wie befohlen seinen Wunsch vor. Der Friseur zeigt auf die Straße zu einem Nebengebäude, und Thomas Mach erhob sich mit steifem Glied, ging auf die Neugierigen zu, die lachend und schreiend auseinanderliefen, und suchte die angegebene Tür. In der Mittagshitze der Straße bildete sich sofort eine Kinderschar, um »Bakschisch!« zu fordern, ihn nach seiner Herkunft und seinem Namen zu fragen und an seiner Kleidung zu zupfen. Sobald er sich jedoch einem der Kinder zuwandte, lief dieses laut kreischend davon. Der Schaum auf seinem Kopf fiel in sich zusammen und lief als Flüssigkeit über sein Gesicht, so daß er aussah wie ein heftig blutender Mann mit einer Kopfwunde.

»Ruhig!« sagte die innere Stimme, und so blieb er ruhig, erreichte die angelehnte Tür eines mit Kot und Urin beschmutzten Abtritts und trat in den furchtbarsten Gestank ein, den er jemals wahrgenommen hatte. Noch immer stand sein Glied in seiner Hose, er sah sich selbst in einem verstaubten, schräggestellten Belüftungsfenster gespiegelt und erschrak. Er war Jesus! Aber er fühlte sich nicht wie Jesus, sondern wie jemand, der ihn verspottete.

»Zurück!« wies ihn die Stimme an.

Ein Bus fuhr auf der Straße vorbei, auf dessen Trittbrettern Männer hingen, mit zerrissenen Hosen, barfuß oder kaputten Sandalen und schmutzigen Palästinensertüchern um den Hals – er dachte, daß er nicht auffiel in seiner Lächerlichkeit, aber er täuschte sich. Er war wieder ins Freie getreten, an Stoffläden mit Ballen bunter Tücher in den Auslagen vorbei. Es war ein Viertel mit verfallenen Häusern, Unrat und Schutthalden auf der Straße und Kindern, die aus allen Kellerlöchern und Hinterhöfen kamen. An den Wänden, von denen der Verputz abfiel, erkannte er vage Kreidezeichnungen und Kreideinschriften mit arabischen Buchstaben. Er fürchtete, sich verirrt zu haben, doch hörte er die Stimme in seinem Kopf, die »Weiter!« befahl.

Er sah jetzt einen Laden, bis zur Decke gefüllt mit Kartons, und wurde von den Kindern die Straße hinuntergeschoben, an Ruinen vorbei, alten Männern und Obstläden. Dann, nachdem er den »Salon« wieder betreten hatte, sah er sich erneut in den drei Spiegeln, das Hemd rot mit Farbe befleckt, rote Rinnspuren im Gesicht.

Er setzte sich unter dem Gelächter der Wartenden auf den Stuhl, wobei Moser ihn besorgt fragte, ob ihm nicht gut sei. Aber Thomas Mach durfte nicht antworten. Zweimal wurde sein Haar noch mit Shampoo gewaschen, dann leuchtete es rot auf seinem Kopf und wurde schließlich vom Friseur trocken massiert. Er roch dabei Tabakrauch, blickte auf und sah den Friseur von drei Seiten mit einer brennenden Zigarette im Mund.

Thomas Mach gab ihm ein paar Scheine aus der Hosentasche, betrachtete sich selbst im Spiegel und hatte zum ersten Mal in seinem Leben das Gefühl, das Böse in sich zu verspüren.

Er machte kehrt, um den Laden zu verlassen, als er die Kinder rufen hörte: »Dschinn! Dschinn!«, was, wie er wußte, böser Geist oder Dämon hieß. Das machte ihn stolz, und er genoß es, daß sie in einer großen Staubwolke vor ihm davonliefen.

Sie fuhren die Platanenallee der Shara Samal Abd an Nasir Richtung Kitkat-Platz hinauf, vor dem Mosers Hausboot auf dem Nil lag. Zuerst hatten sie eine Brücke überquert und auf die Sportplätze der Insel Al Gazira hinuntergeschaut, wo Thomas Mach Schüler, klein wie Stecknadeln, beim Sport sah, dann kamen sie an einer Polizeistation und einem Krankenhaus vorbei.

Thomas Machs Kopf war von Gedanken überschwemmt, es herrschte ein Durcheinander, wie er es noch nicht erlebt hatte. Zwischendurch beschimpfte seine innere Stimme »die Vernunft«, die ihn noch immer in ihren Klauen halte. Schließlich zeigte er gespielt müde auf einen Straßenhändler und kaufte sich, nachdem Moser entnervt angehalten hatte, ein schwarzes Polohemd und eine dazu passende Baseballkappe von Lacoste, weil seine innere Stimme auf dem Krokodil bestanden hatte. Daran, daß dem kleinen Stoffaufnäher der weiße Rand fehlte, erkannte er das Polohemd als Fälschung, wodurch das Kleidungsstück für ihn paradoxerweise an Wert gewann.

Niemals hätte Thomas Mach sich freiwillig ein Lacoste-Polo-Shirt gekauft. Lacostes gehörten zur Generation seiner Eltern. Ärzte in Wählendorf, der Apotheker und der Juwelier in Kaisersau trugen das grüne Krokodil. Aber der Straßenhändler hatte ansonsten nur kleinere Nummern anderer Fabrikate.

Erst im Auto, während er das T-Shirt wechselte,

fiel ihm ein, daß der Verkäufer ihn wegen seiner Haarfarbe ausgelacht hatte. Als er die Kappe aufsetzte, spürte er eine merkwürdige Leere in seinem Kopf, er nahm sie daher ab, und die Stimme teilte ihm mit, daß sie sich erst wieder meldete, wenn er die Kappe nicht mehr auf dem Kopf trug.

Er hatte also wenigstens die Möglichkeit, die innere Stimme nach Wunsch zu befragen.

Er betrachtete sich in dem kleinen Spiegel, der in die Sonnenblende eingelassen war. Mit dem roten Haar kam er sich selbst fremd vor, aber die schwarze Kappe und das schwarze Polohemd standen ihm überraschend gut, selbst die kleinen Krokodile sahen hier am Nil hübsch ironisch aus.

Von seinem Vater, der eine gelbe Baseballkappe beim Rasenmähen trug, wußte er, daß beim Original das Markenzeichen am Innenrand befestigt war, während es bei seiner Fälschung wie ein militärisches Rangabzeichen über dem Schild klebte.

Um Moser nicht den Anschein zu geben, er sei vollends verrückt geworden, überlegte er in seinem plötzlich leergeräumten Kopf hin und her, welches Gesprächsthema er anschneiden konnte. Er hob dabei kurz die Kappe, so als sei ihm heiß geworden, und hörte das Wort »Sufi«.

Das war genial. Die Sufis waren ohnedies etwas, worüber er gerne mehr erfahren hätte, und Moser schien, was seinen Lebenslauf betraf, der Richtige zu sein, den er danach fragen konnte.

Moser war über das Interesse Thomas Machs erfreut, und bevor Mach noch nachdenken konnte, hatte er schon erfahren, daß die Sufis die Mystiker des Islam waren. Der Begriff leitete sich von dem einfachen Wollgewand ab, das sie trugen. Es gab für sie neben der Askese verschiedene Mittel zum Erreichen intensiver mystischer Erfahrungen, vor allem Musik und Tanz. Das ganze Leben und Denken eines Sufis aber mußte von Gott bestimmt sein.

Das Hausboot

Vor dem Gartentor mit der Nummer 163 stiegen sie aus, und Moser suchte seinen Schlüssel.

Hinter der Böschung war ein Zaun aus Eisenstäben, weiter unten sah Thomas Mach auf dem Nil zwei große Restaurants auf Schiffen.

Sie stiegen die bröckeligen Stufen aus Beton hinunter in einen kleinen Garten am Ufer des Flußarms, der al-Bahr al-A'ma hieß, »der blinde Strom«, wie Moser übersetzte. Der Garten sah auf den ersten Blick verwahrlost aus. Wäsche hing an einem Strick, und davor bearbeitete ein alter Mann Holz mit einer Säge. Er trug eine braune Ghalabija und einen weißen Turban. Moser verwickelte ihn in ein Gespräch, bei dem der Mann, offenbar der Hausmeister, die Säge weglegte und dadurch zu verstehen gab, daß die Angelegenheit länger dauern würde. Ein paarmal warf er aus den Augenwinkeln einen Blick auf Thomas Mach, der diesen Blick registrierte und auf sein rotes Haar zurückführte. Als sich die Blicke häuften, spazierte er langsam zu den Hausbooten hin, über denen sich die Wolkenkratzer des anderen Ufers erhoben.

Die Hausboote sahen heruntergekommen und vermorscht aus, besonders ein braun und schwarz gestrichenes mit drei kleinen, weiß umrahmten Fenstern im ersten Stock, das ihn an ein quadratisches, schwimmendes Kino erinnerte, da er nirgendwo einen Balkon oder eine Veranda entdeckte. Sogar der Eingang über dem Steg war mit Holz verkleidet, und er glaubte, das gedämpfte Bellen von Hunden zu hören. (Das Boot erschien Thomas Mach deshalb besonders unheimlich.)

Davor, am Ufer, entdeckte er eine Betongrube mit vertrockneten Palmenzweigen und eine von zwei rostigen Eisenplatten provisorisch verdeckte Kompostgrube. Sie wirkte wie eine Falle, da, wenn man sie übersah, ein Sturz unvermeidlich war.

Thomas Mach wandte sich der anderen Seite zu, wo ein hübsches, blauweißes Boot im alten Stil ankerte. Die Boote waren alle mit Eisenketten und dicken Hanfseilen am Ufer vertäut, so daß man beim Gehen darauf achten mußte, nicht zu stolpern. Im Garten davor waren zwei Autositze abgestellt, unter denen eine fauchende Tigerkatze zwei Junge beschützte. Als er sich hinunterbeugte, sah Thomas Mach das Knochenstück eines Kiefers, vielleicht dem eines Hundes, auf der Erde.

Irgend etwas stimmte nicht, spürte er.

Der Hauswart sprach noch immer mit Moser. Aber oben, hinter dem Gartentor auf der Straße, entdeckte er eine Bewegung und dann Hut und Hemd Schäffers, des ehemaligen Polizisten, nur daß er diesmal eine Sonnenbrille trug. Es konnte kein Zufall sein, daß Schäffer im Nationalmuseum aufgetaucht war und jetzt an einem so abgelegenen Ort wie dem Ankerplatz der Hausboote. Aber weshalb folgte er ihm? Schäffer schien ihn nicht zu bemerken, das ging aus der unbefangenen Art und Weise hervor, wie er sich bewegte. Er holte ein Faltglas aus der Tasche und beobachtete Moser und den alten Mann. Dann schob er den Hut in den Nacken und nahm das blauweiße Boot ins Visier. Thomas Mach duckte sich und bemerkte dadurch im Gebüsch einen leeren Tierstall, eine Art Holzkäfig für Kleintiere. Davor lag Gerümpel und Alteisen. Als er den Kopf vorsichtig wieder hob, war Schäffer verschwunden. Thomas Mach musterte den Zaun und den Eingang zum Nebengrundstück, ohne etwas von ihm zu entdecken. Noch immer sprach Moser mit dem alten Mann, sie schienen nichts bemerkt zu haben. Deshalb wandte sich Thomas Mach jetzt dem Hausboot zu, das still und unauffällig vor ihm lag. Es hatte wie alle anderen im oberen Stock einen Vorbau mit kleinen Fenstern, deren Fliegengitter einen Blick in das Innere unmöglich machten. Der Steg war von Metallbögen für Heckenrosen eingefaßt und mündete in eine Veranda. Eine Kunststofftasche hing an einem Pfosten. Auf einem der beiden Rohrstühle hockte eine gefleckte Katze mit Bernsteinaugen, eine zweite, die soeben auftauchte, war grau und trug ein rotes Halsband. Was war an dem Hausboot so interessant, daß Schäffer es mit dem Fernglas beobachtet hatte? Wer hielt sich in ihm versteckt? Und weshalb war Schäffer gleichzeitig mit ihm hierhergekommen?

Gegenüber den Booten hatte der Hausmeister seine Hütte. Durch einen Türspalt erspähte Thomas Mach eine Kommode und ein Bett.

Im selben Augenblick schreckte ihn ein Fauchen auf, und als er sich umdrehte, sah er die graue Katze mit dem roten Halsband im Wasser schwimmen, daneben der vorhin noch an einem Pfosten schaukelnde Plastiksack.

Ein Fenster mit zerschlissenen Vorhängen wurde im oberen Stockwerk des Hausboots mit der Nummer 163 geöffnet. Die Vorhänge gerieten kurz in Bewegung, und dahinter, ganz deutlich, konnte Thomas Mach einen Schatten ausmachen, es war der Schatten eines Kopfes, der sich langsam zurückzog.

Jetzt wurde eine Tür im blauweißen Boot, von dem die Katze ins Wasser gefallen war, geöffnet, und eine junge Frau erschien und fragte irritiert auf englisch, was geschehen sei. Sie trug Jeans, Sandalen an den nackten Füßen und hatte einen blonden Zopf. Thomas Mach schätzte sie auf 25 Jahre. Währenddessen sah er die graue Katze im Wasser schwimmen, und es stellte sich heraus, daß sie der jungen Frau gehörte.

Thomas Mach machte ihr klar, daß ihre Katze, als sie nach dem Plastiksack gesprungen war, ins

Wasser gefallen sein mußte. Die junge Frau wirkte ziemlich abwesend, und auch ihre Verschlossenheit ließ keinen Zweifel daran aufkommen, daß sie viel zu tun hatte.

Als die Katze das Ufer erreicht hatte, verschwand die Frau wieder im Hausboot, ohne sich um den Plastiksack zu kümmern, der nun neben dem alten, am Steg vertäuten Ruderboot dahintrieb.

Er entdeckte, daß keines der Verandafenster, wie er geglaubt hatte, mit einem Fliegengitter versehen war; alle waren mit verschieden geriffelten Scheiben eingeglast oder einfach durch graue Pappendeckelstücke verdeckt. Unter den Fenstern der Veranda war ein Ziermuster aus Holzleisten angebracht, das wie der Grundriß eines geometrischen Irrgartens aussah. Das Hausboot schwamm auf dunkelblauen Tonnen im Wasser. Eigentlich stellte es eine Idylle dar, aber wenn er sich umdrehte, war da nur Gerümpel – der Stall, ein Stück Schlauch, ein dickes Kunststoffrohr, ein zusammengebrochener Korbsessel, eine schiefe Wäschezentrifuge, zerrissene Fauteuils, aus denen wie aus einer entzündeten Wunde Schaumstoff herausquoll, dann wiederum auf der anderen Seite das brackige Wasser, in dem sich verbogen, verzerrt, zittrig die Hausboote und der Himmel spiegelten. Er trat näher, ging über den Steg zum Eingang und registrierte mit Unbehagen, daß der Schatten des Geländers das Irrgartenmuster auf dem Boden fortzeichnete. In der Stille hörte er das Schiff ächzen. Es irritierte ihn, daß es bei jedem Schritt nachgab.

Mitten in seiner Versunkenheit rief ihn Moser, der jetzt aus der Hütte des Hauswarts herauskam, vor der einige magere Topfpflanzen standen. Der Hauswart folgte ihm und setzte seine Holzarbeit neben der Wäsche, die zum Trocknen an einem Seil hing, fort. Vor Mosers Hausboot fielen Thomas Mach vergilbte Palmenzweige, mehrere Platten verrostetes Wellblech, ein Autoreifen und zusammengeknüllte Zigarettenpackungen auf.

Moser deutete zu den Hochhäusern am anderen Ufer.

»Der Kai heißt Sharia Umm Kulthum – Sie kennen den Namen?« Thomas Mach verneinte.

Er erfuhr, daß Umm Kulthum eine berühmte Sängerin gewesen war, und erinnerte sich an das Musikstück, das er gehört hatte, als er mit dem Taxi zum Café Groppi unterwegs war und den Schlangenbeschwörer im Haustor gesehen hatte.

Obwohl er die Kappe aufgesetzt hatte, vernahm er plötzlich ein feines Klingen im Ohr, das ihn vor dem Hausboot warnte.

Eine Menge Kabel führte vom Ufer in das Schiff. Moser sperrte die Tür auf, und Thomas Mach folgte ihm in das erste Zimmer. Es sah notdürftig zusammengeflickt aus durch die weißen Platten an den Wänden, den roten, halbmorschen Bretterboden, die sichtbaren elektrischen Leitungen und die Unordnung, die in ihm herrschte. Auf dem kleinen Schreibtisch stand ein Computer, davor ein blauer

Kunststoffstuhl mit einem roten Kissen, ein gelbes Handtuch hing über der geöffneten Schranktür. In der Ecke befand sich ein breites Holzbett. Thomas Mach dachte, daß das Zimmer »intelligent« aussah, es fiel ihm nichts Besseres ein. Telefon, ein Papierkorb, CD-Player, von der Decke hing eine arabische Messinglampe, dann sah er die Kartons unter dem Bett und das Stoffpferdchen neben dem Computerbildschirm. Ein paar Schritte weiter gelangten sie auf den kleinen Balkon. Darunter spiegelten sich die Wolkenkratzer im Wasser.

Thomas Mach nahm Platz, und sein Blick blieb am roten Holzboden des Zimmers haften. Er sah aus wie mit Blut getränkt. Das kinoartige Hausboot nebenan machte auch von der Flußseite einen unheimlichen Eindruck. Wer lebte hier mit so wenig Fenstern, so wenig Licht? Er sah nur die Lamellen einer Ventilatorklappe sich wie zufällig und ohne Rhythmus bewegen und hörte wieder ein dumpfes Bellen. Gewohnheitsmäßig nahm er die Mütze ab.

Der Brief

Moser wollte von irgendwoher Drinks besorgen und verschwand, und kurz darauf hörte Mach vom oberen Stockwerk ein Husten und einige Schritte.

»Durchsuche den Schreibtisch«, ging es ihm durch den Kopf. Er war entschlossen, seiner inneren Stimme keinen Widerstand entgegenzusetzen, und ging in das Zimmer, wo er rasch der Reihe nach die Schreibtischladen öffnete. Die große in der Mitte war angefüllt mit Kugelschreibern, Büroklammern, einem Taschenmesser, einem Liliput-Weltatlas, Schecks, Füllfederpatronen, einem Namensstempel und einer faltbaren Taschenlupe. Er schob die Lade wieder zurück und lauschte. Es war still. Er zog die nächste Seitenlade heraus. Auf einem kleinen Haufen Papier lag ein gelbes Reclam-Taschenbuch: John Milton, *Das verlorene Paradies*, las er. Er schlug es auf, sah, daß viele Seiten mit Kommentaren versehen und angestrichen waren, und entdeckte als nächstes die Widmung: »Für Alfred von E.«. Er erkannte dieses »E.« sofort, denn es ähnelte einem griechischen Epsilon, wie er es in dem Studientagebuch Eva Blums gesehen hatte. Das bedeutete, daß Eva Blum das Buch Alfred Moser geschenkt hatte. Auf der Rückseite des Umschlags klebte ein Etikett: »Bookshop Lehnert & Landrock, 44 Sherifstreet, p.o.box 1013 – Cairo, Egypt.« Er steckte das kleine Buch, ohne zu zögern, in die Hosentasche. Dann vernahm er von oben ein leises Gespräch und gedämpftes Husten und Stöhnen, er durchwühlte daher auch die Papiere in der Lade, fand aber nur Aufstellungen von Götternamen und Umrechnungskurse in ägyptische Pfund. Als er die letzte Lade öffnete, erblickte er eine Beretta-92-Pistole und eine Handvoll Patronen. Darunter ein Bündel Briefe, das er rasch einsteckte. Kaum hatte er die Lade zugeschoben und auf dem kleinen Balkon über dem Fluß Platz genommen, als Moser an der offenen Tür vorbeilief und über den wippenden Steg ans Ufer sprang, wo er über die Treppe hinauf zur Straße eilte. Das war allerdings merkwürdig, es machte den Eindruck, als habe er Thomas Mach vergessen. Das Boot knarrte, und von irgendwoher war Musik zu hören. Thomas Mach nahm vorsichtig die Briefe heraus und untersuchte die Kuverts. Das erste enthielt Banknoten in verschiedenen Währungen: Schweizer Franken, Dollars, D-Mark, holländische Gulden. Das zweite einen Brief über die Schriftfunde von Nag Hammadi aus dem Jahr 1945. Thomas Mach überflog ihn und erfuhr, daß ein Bauer und sein Bruder einen roten Tonkrug fanden, in dem sie einen Dschinn, einen Dämon, vermuteten. Trotzdem zertrümmerten sie den Krug mit einer Axt und entdeckten ein Bündel in Leder gebundener Handschriften. Mehr als die Hälfte davon verwendete die Mutter der beiden aus Unwissenheit zum Anzünden von Feuer. Das alles schrieb Eva Blum, stellte Thomas Mach fest, an Alfred Moser, darüber gaben das Kuvert und die Unterschrift Auskunft – und natürlich erkannte er auch die Schriftzüge. Hastig las er weiter. Einige Monate später erfuhren die Brüder, daß der Mörder ihres Vaters in der Nähe sei, und ergriffen die Gelegenheit, seinen Tod zu rächen. Sie hackten dem Mörder außerdem die Glieder ab, rissen ihm das Herz heraus und verzehrten es gemeinsam als letzten Akt der Blutrache. Aus Angst vor der Polizei übergaben die Brüder die gefundenen Bücher einem Priester, der sie einem Geschichtslehrer zeigte. Dieser ließ sie in Kairo schätzen und auf dem Schwarzen Markt von einem Antiquitätenhändler verkaufen. Ägyptische Regierungsbeamte erstanden einen dieser sogenannten Codices und konfiszierten 10 – der 13 noch vorhandenen. Doch der 13. Codex, der außergewöhnlichste, wurde aus dem Land geschmuggelt. Er enthielt das Evangelium des Thomas und das Evangelium des Philippus. Dabei handelte es sich um 1500 Jahre alte koptische Übersetzungen griechischer Texte. Eva Blum schrieb weiter, daß ihr alles zusammen nicht aus dem Kopf gehe: der Mörder, die Blutrache, das Herzessen, die alten Funde. Übrigens werde heute der letzte Codex im Koptischen Museum von Kairo aufbewahrt, er habe sich im Besitz von C. G. Jung befunden, dem berühmten Psychoanalytiker aus der Schweiz. Die letzte Zeile des Briefes lautete: »In Liebe.«

Thomas Mach überflog auch die anderen Briefe, aus denen er schloß, daß Eva Blum mit Moser einen illegalen Antiquitätenhandel aufbaute. Außerdem war Moser ihr Geliebter gewesen, zumindest eine Zeitlang.

Thomas Mach legte die Briefe unter die Beretta in der Schublade und verstaute das gelbe Buch ebenfalls wieder im Schreibtisch. Draußen hörte er die Sägegeräusche des Hausmeisters, der seine Arbeit wiederaufgenommen hatte.

Die Geschichte mit der Blutrache erschreckte

Thomas Mach. Vor allem, daß die Brüder das Herz ihres Feindes gegessen hatten und daß auch Eva Blum davon fasziniert gewesen war.

»Irrtum«

Die Säge verrichtete vor dem Haus weiter ihre zaghafte Arbeit, und eine Stimme im oberen Stockwerk sprach mit sich selbst und hustete zwischendurch. Jeder Zug der Handsäge schien zu Thomas Mach jetzt zu sprechen und ihn zu verhöhnen: »Irr-tum! Irr-tum! Irr-tum!« schien sie ihm zuzurufen.

Thomas Mach legte die Kappe auf den schmutzigen Tisch aus Kunststoff und starrte auf das Wasser hinaus. Was ging ihn das alles eigentlich an? Wahrscheinlich war es das beste, sich aus dem Staub zu machen, dachte er – aber er blieb sitzen. Der Untersuchungsrichter Sonnenberg fiel ihm ein. Er sah ihn in seinem leinernen Sommersakko, wie er ihm von der Entdeckung der Nilquellen berichtete, und er erinnerte sich an die Geschichte des Weltumseglers James Cook. Sonnenberg hatte sie ihm erzählt, während sie die berühmte Partie des Amerikaners Paul Morphy gegen Henry Bird nachspielten, und zwar die mit dem 17. Zug, mit dem der Champion schwarz ziehend den Turm opfert, um die dritte Reihe zu öffnen und die Dame nach a3 ziehen zu können (Bird gab dann nach dem 29. Zug auf). Bird hatte Morphys Turmopfer für einen Irrtum gehalten, tatsächlich aber war es eine Täuschung gewesen. Auch Captain Cook hatte bei seiner Landung auf Hawai die von den Eingeborenen gehißten weißen Fahnen als Signal von Frieden und Freundschaft mißverstanden, in Wahrheit waren sie ein Warnzeichen dafür gewesen, daß ein Tabu in Kraft war und niemand draußen auf dem Wasser sein durfte. Nach der Landung war Cook dann bei einer bewaffneten Auseinandersetzung getötet und anschließend aufgegessen worden. Jahre später hatte sich ein Eingeborener gemeldet, der behauptete, die große Zehe von Captain Cook verspeist zu haben, was ihm bei seinem eigenen Stamm, der inzwischen »zivilisiert« worden war, eine Gerichtsverhandlung einbrachte, da man Kannibalismus bereits als Schande empfand. Dem Mann konnte jedoch keine Lüge nachgewiesen werden, und er wurde allmählich zu einer Touristenattraktion, zu »dem Mann, der Captain Cooks große Zehe verspeist hatte«. Diese Geschichte hatte Sonnenberg sehr amüsiert. Konrad Feldt, der Höllen- und Jenseitsforscher aus der Nationalbibliothek, kannte sie hingegen nicht. Er erfuhr sie erst von Thomas Mach und nickte nur. Sonnenberg und Feldt hatten nie längere Reisen unternommen, was recht merkwürdig war. Währenddessen hörte Thomas Mach noch immer das scharrende Geräusch der offenbar stumpfen Säge des Hausmeisters: »Irrtum! Irr-tum! Irr-tum!« Er blickte auf seine Uhr und vernahm die Anweisung, daß er die Pistole aus der Lade nehmen solle. Als er die Lade aufzog, hörte er, wie jemand im oberen Stockwerk rief.

»Alfred? Bist du da?« wurde die Frage wiederholt.

Thomas Mach ließ die Hand mit der Pistole fallen, so daß der Hausmeister sie nicht sehen konnte, trat aus der Tür und öffnete den Verschlag zur Treppe, die in den ersten Stock führte.

Von draußen hörte er die Säge noch lauter. »Irrtum! Irr-tum! Irr-tum!«

Er wußte nicht einmal, ob die Pistole geladen war. Das war jedoch egal, erfuhr er durch eine blitzartige Verfärbung seiner Gedanken, einer Art wortloser Nachricht, die er als Gesamtes wahrnahm. Der Ausdruck »Verfärbung der Gedanken«, den er dafür benutzte, hatte etwas mit dem Wechsel von Licht zu Schatten zu tun, so als ob ein dunkles Zimmer plötzlich erhellt und von Farben erfüllt würde. Nie beschwor diese Wahrnehmung irgend etwas, nie befahl sie. Sie machte sich nur bemerkbar. Man würde, dachte Thomas Mach weiter, ihn für verrückt halten, wenn er darüber sprach. (Es war seltsam, was ihm alles durch den Kopf ging.) Das größte aller Geheimnisse war, daß man seine Geheimnisse für sich behalten mußte, da nur die Geheimnisse, die man niemandem anvertraute, stark machten. Und jeder Mensch, wußte er schon lange, hatte Gedanken, die er unter keinen Umständen preisgab, aber das war etwas anderes.

Die Holzstiege knarrte leise. Er schwitzte und

stieg langsam höher, um nur ja kein Geräusch zu machen. Neben einem weißen Türpfosten sah er an der Wand Handabdrücke mit Blut wie ein Tapetenmuster. Auf der Tür war ein Emailschild in Arabisch und Deutsch angebracht: »Dr. Johann Moser, Facharzt für Augenkrankheiten«. Die Tür war einen Spaltbreit geöffnet, dahinter konnte er einen Kühlschrank erkennen mit Flaschen, die darauf abgestellt waren. Er blieb stehen und erschrak, als der Kühlschrank mit einem Klirren zu summen anfing. Gegenüber dem Kühlschrank bemerkte er, als er näher trat, ein Nirostawaschbekken mit Gläsern, einen gelben Schwamm und eine Thermosflasche. An der Türklinke hing ein durchsichtiger Nylonsack, zum Platzen gefüllt mit Abfall. Also mußte jemand hier wohnen. Auf dem Holzfußboden hatten weiße Farbkleckse ein nachlässiges Muster gebildet. Es konnte also sein, daß Mosers Vater im Hausboot noch immer seine Praxis hatte oder daß er hier lebte.

Die Pistole verlieh Thomas Mach Selbstvertrauen, andererseits war es auch möglich, daß er sich mit der Waffe in der Hand blamierte, wenn tatsächlich Mosers Vater zu Hause war. Sein Blick fiel im nächsten Zimmer – offenbar dem Wohnraum (der mit seinen kleinen Fenstern von außen einer geschlossenen Veranda ähnelte) – auf das Ölgemälde einer Kamelkarawane in der Wüste, die sich einer Oase näherte. Daneben hing ein kleineres Bild, das Alfred Moser und einen Araber darstellte, beide wie Beduinen gekleidet, mit Turban,

Ghalabija und Halstüchern. Sie hockten im Wüstensand beim Teekochen, Moser Holzstücke, der Araber einen Teekessel in der Hand, den er über ein offenes Feuer hielt. Dahinter ruhte ein Kamel. Links und rechts auf dem Fußboden lagen Matratzen mit roten Decken und abgestreifte Hausschuhe.

Thomas Mach konnte nahezu lautlos gehen, da dicke Teppiche auf dem Boden ausgebreitet waren. Der Raum war durch die vielen Fenster hell, Glasfiguren, Glühlampen, Luftballons, Holztiere und anderes hingen an Zwirnsfäden von der Dekke. Auf einem Tischchen stand ein leeres Aquarium, mit Steinen und Holzfiguren gefüllt und von roten und blauen Lampen beleuchtet.

»Alfred?« rief jemand in der Nähe. Die Frage ging in ein Husten und Keuchen über. Thomas Mach rührte sich nicht. Einzelne Schweißperlen liefen aus den Achseln seine Flanken hinunter. Er stand da, die Pistole in der Hand, gedämpft war die Säge zu hören und das Summen des Kühlschranks. Die Säge warnte nicht mehr vor Irrtümern, sondern sägte, als hätte sie mit nichts etwas zu tun außer einem Stück Holz.

Thomas Mach bewegte seine Füße nicht. Die Dinge, die von der Decke hingen, störten ihn. Quälend langsam drückte er die ausgeleierte Türklinke hinunter und spähte in einen Raum. Ein schwitzender Mann lag mit nacktem Oberkörper und schwarzen Shorts auf einem Bett und drehte ihm den Rücken zu. Der Raum mußte früher das

Behandlungszimmer gewesen sein. Verglaste weiße Schränke standen an den Wänden, in und auf diesen Schränken waren Medikamentenschachteln gestapelt. Plötzlich drehte sich der Mann auf dem Bett um, einen Revolver in der Hand.

Er sah sterbenskrank aus, aber seine Hände, die den Revolver hielten, zitterten nicht.

»Lassen Sie die Waffe fallen!« flüsterte der Mann bedrohlich. Er richtete sich auf, hustete und kam näher. Thomas Mach gehorchte, und die Pistole polterte auf den Boden.

Draußen hörte er jetzt ganz deutlich wieder die Geräusche der Säge: »Irr-tum, Irr-tum, Irr-tum.«

»Es ist ein Irrtum«, sagte Thomas Mach.

»Hat Schäffer Sie geschickt?« wollte der Mann noch immer flüsternd wissen und hob die Waffe auf.

»Nein. Ich dachte, er sei hier«, log Thomas Mach.

»Setzen Sie sich!« sagte der Mann kaum hörbar. »Sind Sie ein Freund von Moser?«

Plötzlich kam Thomas Mach eine Idee, und er antwortete: »Ich bin sein Vorgesetzter.«

In diesem Augenblick stiegen Moser und Schäffer die Treppen zum Garten herunter. Hatte Moser Schäffer gesucht? War der Hauswart auf ihn aufmerksam geworden, und hatte er deshalb so lange mit Moser geredet? Jedenfalls mußte Schäffer in der Nähe gewartet haben, vielleicht in einem Wagen oder einem Café.

Moser und Schäffer gingen inzwischen über den Steg und verschwanden unten im Hausboot.

Was mit Thomas Mach jetzt geschah, war für ihn selbst nicht erklärlich, aber er schrieb es seiner Angst zu. Die Welt erschien ihm auf einmal unausweichlich verbrecherisch. Alles wurde gelb. Eine gelbe, nur für ihn existierende Universalität trat an Stelle der trägen, dummen Alltagswirklichkeit. Die Wahrheit – und es war nicht erklärlich, daß dieses Wort noch eine Rolle spielte – bestand in der Rücksichtslosigkeit der eigenen Sätze, Gedanken und Handlungen.

Das alles »verstand« Thomas Mach plötzlich. Und gleichzeitig schwand seine Angst. Zwar war der Fremde bewaffnet, doch etwas Unsicheres ging von ihm aus; er hatte, spürte Thomas Mach, selbst Angst. Es war nur diese Angst, die ihn bis zu einem gewissen Grad unberechenbar und gefährlich machte.

Inzwischen waren Moser und Schäffer im Zimmer unter ihnen, und Thomas Mach glaubte, daß Moser absichtlich so laut sprach, um den Fremden zu warnen, während Schäffer Mosers gespielte Aufregung offenbar für echt hielt. Aber das war nur eine Interpretationsmöglichkeit, es konnte auch ganz anders sein.

»Sie haben Eva Blum näher gekannt?« fragte Schäffer lauernd.

»Wir haben für dieselbe Firma gearbeitet.«

»Ich habe hier einen Taschenkalender. Herr Blum erhielt ihn von der ägyptischen Polizei. Aus ihm geht hervor, daß Sie sich zwei Tage vor dem Selbstmord mit ihr verabredet haben.«

»Na und? Es gab genügend Gründe, sich zu verabreden.«

»Zum Beispiel –«

»Wollen Sie mich verhören –!« unterbrach ihn Moser.

»Haben Sie den Termin eingehalten –?«

Eine Pause entstand. Man hörte Papier rascheln, die Tasten des Computers klapperten.

»Bedauerlicherweise war ich zu diesem Zeitpunkt in Luxor. Sie können den Termin überprüfen, wenn Sie wollen.« Der Triumph in Mosers Stimme war nicht zu überhören.

(Der Fremde hockte angespannt da und hatte aufgehört, Thomas Mach anzustarren.)

»Das wundert mich nicht«, antwortete Schäffer kaltblütig. »Der Kalender ist fingiert. Ich habe es mehrfach überprüft. Aber weshalb? Liebesabenteuer? Geschäfte?«

Danach wollte Schäffer wissen, ob Moser mit Eva Blum intim gewesen sei –

Moser schnitt ihm sofort das Wort ab.

Oder ob er etwas von Liebschaften wisse, bohrte Schäffer ungerührt weiter.

Moser lachte. Es klang durchaus echt, fand Thomas Mach. »Ich interessiere mich nicht für anderer Leute Privatleben«, sagte er gespreizt.

»Ich schon«, antwortete Schäffer trocken. »Das

ist das einzige, was wirklich interessant ist: das Privatleben.«

Eine kurze Pause entstand.

»Melden Sie sich das nächste Mal an, bevor Sie kommen«, sagte Moser wie zum Abschied. »Ich empfange keine unangemeldeten Besuche.«

»Ich denke, sie war eine ziemliche Nutte«, gab Schäffer zurück, ohne auf Moser einzugehen. Und als Moser schwieg, fügte er hinzu: »Darauf können Sie Gift nehmen.«

(Der Fremde wischte sich mit der Hand über das nasse Gesicht und warf einen abwesenden Blick auf Thomas Mach, dann legte er den Revolver neben sich.)

»Wo ist übrigens Ihre Frau?« fragte Schäffer.

»Verschwinden Sie!« fuhr Moser ihn an.

Einen Moment lang, in dem sich Thomas Mach das schmutzige Lächeln Schäffers vorstellte, war es still. Überraschenderweise ging Schäffer dann wirklich. Geräuschvoll stieß er die Tür auf, stapfte festen Schrittes über den Steg ans Ufer und blieb dort stehen.

(Der schwitzende Fremde griff wieder nach dem Revolver.)

Langsam und mit erhobenen Augenbrauen, so als erwarte er eine unangenehme Auseinandersetzung, kehrte Schäffer zurück und öffnete ebenso geräuschvoll die Tür, wie er sie hinter sich geschlossen hatte.

»Ich möchte Sie noch etwas fragen«, hörte ihn Thomas Mach.

»Ich wüßte nicht, was es noch zu besprechen gäbe«, antwortete Moser schroff.

»Ist Ihnen Paul Eck bekannt? Er soll sich hier in Kairo aufhalten.« Die Frage war in lauerndem Tonfall gestellt.

»Weshalb fragen Sie gerade mich?« gab Moser ansatzlos zurück.

»Es ist nur ein Einfall. Sie kennen eine Menge Leute.«

»Nein«, unterbrach ihn Moser.

»Er hat einen Attentatsversuch unternommen.«

Es war still, so als wartete Schäffer auf eine Reaktion Mosers.

»Er versuchte, einen Politiker zu erschießen«, drängte Schäffer weiter, »man kam erst Monate später dahinter. Seine Waffe hat versagt, aber auf einem Foto der Staatspolizei hat man sie später zufällig entdeckt. Ich war damals noch bei der Kripo.«

»Und weshalb sind Sie –«

»Das tut nichts zur Sache«, unterbrach ihn Schäffer. »Er hat mit dem Attentatsversuch später geprahlt. Es gibt Zeugen. Nach dem Tod seines Vaters hat er eine Erbschaft gemacht, und als die Sache eng für ihn wurde, ist er abgehauen.«

»Wer hat Sie mit den Nachforschungen beauftragt –?«

»Eine Ergreiferprämie ist auf ihn ausgesetzt. Wenn Sie einen Hinweis haben, finden Sie mich im Golden-Hotel«, antwortete Schäffer, ohne auf Mosers Frage einzugehen.

Er wartete hartnäckig.

(Thomas Mach beobachtete inzwischen den Fremden. Seine Hand mit der Waffe zitterte jetzt, und Thomas Mach wußte, daß er den gesuchten Mann vor sich hatte.)

»Was mich interessieren würde«, begann Moser plötzlich, »wie viele Ermittlungen führen Sie gleichzeitig?«

»Der Fall Eva Blum ist eine klare Sache. Selbstmord. Er verschafft mir jedenfalls Gelegenheit, verdeckt nach Paul Eck zu fahnden«, antwortete Schäffer herablassend.

»Und wenn Sie ihn gefunden haben?«

»Das kommt darauf an«, fuhr Schäffer langsam fort. »Wir arbeiten auch mit der ägyptischen Polizei zusammen, falls er nicht freiwillig zurückkommt. Ägyptische Gefängnisse sollen sehr komfortabel sein.«

Er mußte rasch gegangen sein, denn er schritt schon über den Steg auf das Ufer zu. Der Hauswart hatte sein Sägen beendet und sich in seine kleine Hütte zurückgezogen. Schäffer setzte das Gespräch nicht länger fort, er eilte die Stufen hinauf zur Straße. Aber ehe Thomas Mach reagieren konnte, kehrte er zurück und machte zwei oder drei hastige Fotografien vom Hausboot, um dann endgültig hinter den Platanen zu verschwinden.

Alles wäre anders gelaufen, dachte Thomas Mach, wenn er sich nicht hätte die Haare färben lassen. Er blickte zu Paul Eck hin, der ohnmächtig auf sein Bett gefallen war, die Waffe in der schlaffen Hand.

Thomas Mach stand auf und schlich sich zur Treppe. Von unten kam ihm schon Moser entgegen.

»Ich habe das Gespräch gehört«, sagte Thomas Mach rasch.

Moser sackte in sich zusammen, nickte resigniert und ging ihm voraus auf den Balkon.

Das Wasser schillerte gelb von der Farbe des Hausboots. Schlaff hingen die Hemden und die Hose von der Wäscheleine am Ufer. Kein Mensch war zu sehen, nur die schwarzweißgefleckte Katze saß im Geäst eines Baums.

Thomas Mach hatte noch immer die Pistole im Kopf, die ihm Paul Eck abgenommen hatte.

»Ich denke, wir kümmern uns um den kranken Mann oben«, lenkte er ab.

Sie stiegen die Treppe wieder hinauf in den ersten Stock, und jetzt erschienen Thomas Mach die blutigen Handabdrücke an der Wand noch bedrohlicher als zuvor. Es war still, als sie das Wohnzimmer betraten, dann sahen sie, daß die Tür zum Zimmer des Fremden geschlossen war.

Moser klopfte.

»Ich bin's, Paul«, sagte er.

Er drückte die Klinke nieder und stieß die Tür

vorsichtig auf. Über seine Schulter sah Thomas Mach, daß der Fremde mit geschlossenen Augen auf dem Bett lag.

Moser öffnete einen der weißen Medikamentenschränke, entnahm ihm eine hellblaue Wasserflasche aus Kunststoff und ein Päckchen Tabletten, während Thomas Mach die dahinter gereihten Bücher überflog: Es handelte sich um medizinische Fachliteratur aus den fünfziger Jahren: Atlanten über Augenkrankheiten, anatomische und gerichtsmedizinische Lehrbücher, stellte er erst jetzt fest.

Moser hob den Kopf des Fremden vom Kissen, steckte ihm eine Tablette in den Mund und setzte die Wasserflasche an dessen Lippen. Wortlos schluckte der Patient die Medizin.

Dabei sah Thomas Mach seinen Revolver aus dem Kissen ragen, Mosers Beretta hingegen lag auf einem Karton. Thomas Mach bückte sich rasch und steckte sie ein.

Der Fremde sprach nichts, atmete schwer und stöhnte.

»Der Arzt kommt in einer Stunde«, sagte Moser. Er ließ die Jalousien herunter und nahm auf dem Bettrand Platz.

Thomas Mach zog ein Buch über Augenkrankheiten aus dem Medikamentenschrank und ließ sich auf einen Stuhl nieder. Er konnte sich jedoch nicht konzentrieren, stellte es wieder zurück und ging neuerlich hinunter. Eilig verstaute er die Pistole in der Schreibtischlade.

Kurz darauf erschien Moser. Er trat auf den Balkon, griff in seine Jackentasche, holte eine Lupe heraus, die er sich ins Auge klemmte, und entnahm einer Schachtel farbige Tonscherben. Offenbar wollte er Zeit gewinnen.

»Das Labyrinth von Hawara … Es liegt in der Oase Fayoum … Sie werden in zwei Tagen dorthin fahren. Die Griechen bewunderten es mehr als die Pyramiden.« Er schob die rotbraunen und dunkelblauen Scherben mit einer Sonde, die sich in der Schachtel befunden hatte, wie Puzzleteile zusammen. Thomas Mach verstand nicht, nach welchem imaginären Muster er die Teile sortierte.

»Der griechische Historiker Herodot behauptete, selbst durch das Labyrinth gewandert zu sein«, fuhr Moser fort, »es bestand aus Tausenden unterirdischen und oberirdischen Kammern und Gängen. Die unterirdischen wollten ihm die Aufseher nicht zeigen, sie sagten, es stünden die Särge der Könige, die das Labyrinth gebaut haben, und der heiligen Krokodile darin. Die oberirdischen waren Kreuz- und Querwege durch Höfe mit buntester Ausschmückung … von dort stammen diese Tonscherben.«

Thomas Mach wußte, worauf Moser anspielte. Konrad Feldt in der Nationalbibliothek hatte ihm einen Kupferstich von Athanasius Kircher, den er sehr verehrte, gezeigt. Kircher hatte das Labyrinth aufgrund der antiken Beschreibungen rekonstruiert, und Thomas Mach hatte versucht, sich in den geometrischen Figuren des Grundrisses zurechtzufinden. Das Labyrinth zerfiel in unzählige kleine Labyrinthe, die wieder Labyrinthe bildeten. Es gab unentwirrbare Irrgänge, Stufen, Säulen aus Porphyr, Götterbilder, Bildsäulen von Königen und wunderlichen Tiergestalten.

»Was ist mit Ihrem Freund Paul Eck?« fragte Thomas Mach.

Moser hob den Kopf.

»Er hat Malaria«, sagte er rasch. Wahrscheinlich hatte er nur auf Thomas Machs Frage gewartet.

»Er hat sich zu lange im Nildelta aufgehalten. Ich kenne Eck seit meiner Universitätszeit. Wir haben beide Medizin studiert. Und das Studium abgebrochen. Er hat einen Job als Medikamentenvertreter angenommen, und ich hab's mit Theologie probiert. Er brachte mir jedes Jahr einen Kalender oder hin und wieder ein Lexikon – alles Kundengeschenke. Allmählich wurde er drogenabhängig. Damals lebte mein Großvater noch bei meiner Mutter in Wien. Er war Augenarzt, ein Spezialist für den Sehnerv. Er verschwieg mir, daß er bei der SS war und mit Häftlingen medizinische Experimente durchgeführt hat. Die Menschen wurden getötet, ihre Augen herausgeschnitten und ans Kaiser-Wilhelm-Institut für Anthropologie geschickt. Dort hatte man Transplantationen von Augen einer bestimmten Fliegenart auf eine andere vorgenommen. Dabei hat man festgestellt, daß sich die Augenfarbe bei den Transplantatempfängern weitervererbte, und daher geglaubt, man könne bei Experimenten mit Menschen herausfinden, wie die Gene wirken. Daraus ist ein Projekt entstanden, die Augen von Menschen mit körpereigenen Stoffen umzufärben. Mein Großvater war daran beteiligt. Ich ahnte, daß irgend etwas nicht mit ihm stimmte. Als seine Vergangenheit aufgedeckt wurde, verschwand er spurlos. Ich fand in der Toilette hinter dem Türchen für den Absperrhahn nur einen Revolver mit abgesägtem Lauf und eine Schachtel Patronen. Übrigens alles verrostet. Erst nach einem Jahr ließ er uns eine Nachricht zukommen, daß er in Ägypten sei, wo er in einem Krankenhaus arbeitete. Später hat er dieses Hausboot in Kairo gemietet und oben im ersten Stock eine illegale Praxis aufgemacht. Aber nach einem Streit mit dem Besitzer erlitt er einen Schlaganfall. Damals kam ich zum ersten Mal nach Kairo. Ich blieb auch nach seinem Tod noch hier, denn die Vorstellung, auf dem Wasser zu wohnen, gefiel mir.«

Er vermied es, Thomas Mach anzusehen.

»Einige Zeit lebte ich von Gelegenheitsarbeiten, bis ich meine Frau kennenlernte. Ihr Vater war Deutscher, ihre Mutter Ägypterin ...« Er machte eine Pause, in der er auf den Nil blickte. »Meine Frau ist heute morgen zu ihren Eltern gezogen, wegen Eck. Darum habe ich so lange mit dem Hauswart gesprochen. Er machte mich darauf aufmerksam, und ich versuchte vergeblich, sie zurückzuholen. Als ich wieder hierherkam, stieg Schäffer aus einem Wagen und sprach mich an.«

»Wie hat Eck Sie gefunden?« fragte Thomas Mach.

»Über unser Reisebüro. Er buchte eine Studienreise und fuhr nach Luxor, um sich die Königsgräber anzusehen. Dort trafen wir uns. Vor der Rückfahrt sprang er ab und verschwand nach Port Said. Monate später reiste er nach Kairo und erzählte mir von dem Attentatsversuch auf einen rechtsradikalen Politiker. Jedenfalls schien es mir, daß ich ihn nicht aus dem Hausboot weisen durfte, da er krank war und mich bat, ihn zu verstecken.«

»Und Schäffer?« fragte Thomas Mach. »Kannte er Schäffer?«

»Ja, Schäffer arbeitete bei der Kriminalpolizei. Er hat in Österreich einen Verdächtigen auf der Flucht erschossen, und man drängte ihn, den Dienst zu quittieren … Paul Eck wurde von ihm verhört, als sein Vater am Neusiedler See verschwand. Der Fall erregte ziemliches Aufsehen. Es stellte sich aber heraus, daß es sich um einen Unfall gehandelt hatte, das Segelboot von Ecks Vater war bei einem Sturm gekentert …«

»Und Eck hat seinen Vater damals beerbt?«

»Ja. Er wollte sich am Reisebüro beteiligen, es kam jedoch nicht mehr dazu.«

Moser packte die Scherben und die Sonde wieder ein und sagte: »Ich bin heute zu nervös.«

»Und wie ist das mit Eva Blum«, wollte Thomas Mach wissen, er bildete sich ein, daß er der Lösung des Rätsels nahe war.

In diesem Augenblick knarrte das Hausboot so heftig, daß Thomas Mach an zerspringendes Holz dachte. Er hörte auch das Wasser an die Bordwand schlagen. Dann sah er mehrere Sportboote mit Athleten vorbeirudern, zugleich fing ein Schaukeln und Wippen an, und ein höllischer Lärm machte jedes Gespräch unmöglich. Er kam vom Begleitmotorboot und dem Trainer, der über ein Megaphon Anweisungen brüllte, um die Ruderer zu einer höheren Schlagzahl anzutreiben.

Thomas Mach spürte, daß er Wasser unter den Füßen hatte.

Als nächstes hörte er im oberen Stockwerk Teller und Gläser vom Tisch fallen und zerbrechen. Erst als die Athleten längst vorübergerudert waren, beruhigte sich das Hausboot wieder.

Die Hunde

Moser war, nachdem das Geschirr zu Boden gepoltert und zerbrochen war, die Treppe hinaufgelaufen und kehrte jetzt im oberen Stockwerk die Scherben zusammen, denn Thomas Mach vernahm ein rhythmisches Klirren.

Währenddessen trat ein großgewachsener junger Mann in Jeans, Turnschuhen, brauner Sportjacke und grünem Hemd ein. Seine Stirn war niedrig, und Nase, Ohren, Augen und Mund auffallend groß. Thomas Mach schätzte ihn auf Anfang Zwanzig. Er war höflich, aber schweigsam, nahm gelassen Platz und fragte auf englisch, ob Moser »oben« sei. Dabei zündete er sich eine Zigarette an.

Thomas Mach nickte.

Er wohne nebenan auf dem Hausboot mit den kleinen Fenstern, sagte der junge Mann.

»Ist es ein Kino?«

»Ein was?« Der junge Mann sah Mach verwundert an, als habe er es mit einem Verrückten zu tun. »Nein … es sind drei besonders scharfe Hunde im Haus – Kampfhunde.«

Er warf das brennende Zündholz ins Wasser, wo es mit einem kaum vernehmbaren Zischen verschwand.

»Sie sind gefährlich«, fügte er spöttisch hinzu und machte einen tiefen Zug. Das Hausboot sei schalldicht, so daß man die Hunde nur gedämpft bellen höre. Er sprach mit Thomas Mach wie mit einem Kind.

»Sind Sie Hundetrainer?« fragte Thomas Mach mit gespieltem Erstaunen.

»Nein, Soldat. Aber ich kenne die Hunde.« Der junge Mann musterte ihn mißbilligend. Es war ihm anzusehen, daß er Machs rotes Haar komisch fand. Und natürlich auch die Krokodile auf der Baseballmütze und dem Polohemd.

»Sie sind ein Freund von Alfred?« fragte er und blickte gelangweilt zum Wasser hinunter.

»Ja«, gab Thomas Mach zurück. »Ich bin sein Chef.«

»Oh«, antwortete der junge Mann und zog es von da ab vor, zu schweigen. Erst als Thomas Mach das Thema wechselte, wurde er gesprächig.

»Ja«, sagte er, »es ist schön, auf einem Hausboot zu wohnen. Wenn man sich im ersten Stock duscht, regnet es in der darunterliegenden Küche.« Er verzog keine Miene. »Früher wurde öfters eingebrochen, aber jetzt, seit wir die Hunde haben, nicht mehr.« Die Boote seien ziemlich desolat, wenn ein Wasserhahn repariert würde, sei er am nächsten Tag schon wieder kaputt, 14 Tage später aber funktioniere er plötzlich anstandslos. Die Mieter wechselten häufig, meist jedes erste oder zweite Jahr, das sei gut, denn man könne sich nicht ausweichen. Man müsse Rücksicht aufeinander nehmen. Man könne sich nur verstellen oder verstecken. Aber die Leute seien sehr mit sich selbst beschäftigt. Einige seien allerdings nur sporadisch da und verwendeten das Hausboot als Absteige.

Er zündete sich eine weitere Zigarette an. Plötzlich begann das Licht zu flackern, obwohl es nicht eingeschaltet worden war.

Der junge Mann lachte und erklärte, daß jemand ein »Zusatzgerät« eingeschaltet habe. Er liebe es, wiederholte er, auf einem Hausboot zu wohnen. Im Sommer sei es heißer als anderswo, dann müsse man die Fenster öffnen und die Spatzen und Mücken kämen herein, daher verwende man Moskitonetze. Das Klo ginge direkt in den Fluß. Früher hätte es viel mehr Hausboote gegeben, aber der Staat habe damit »aufgeräumt«, weil sich »Gesindel« darin versteckt hätte. Verbrecher.

Thomas Mach dachte an Paul Eck und fragte sich, ob der junge Mann Bescheid wußte. Nach allem, was er gesagt hatte, bestand kein Zweifel darüber.

»Sie kennen Eck? Paul Eck?« fragte Thomas Mach nebenbei und blickte auf die Tischplatte. Der junge Mann erstarrte und antwortete nicht.

»Er liegt oben und ist krank«, ergänzte Thomas Mach. Jetzt blickte auch der junge Mann angestrengt auf die Tischplatte.

»Sie sind ein Freund von ihm?« fragte er, ohne ihn anzusehen.

Thomas Mach nickte, und als der junge Mann ihn noch immer nicht ansah, bejahte er die Frage.

»Ich bewache ihn«, sagte der junge Mann rasch. Er bemühte sich, Thomas Mach in die Augen zu sehen.

»Warum?«

»Warum? Er ist verrückt. Alfred hat mir gesagt, er leidet unter Verfolgungswahn. Er glaubt, daß jemand ihn ermorden oder verhaften will.«

»Und was werden Sie tun, wenn ihn jemand wirklich verhaftet?«

»Dann erschieße ich denjenigen. Ich habe eine Waffe.« Er lachte. Thomas Mach registrierte, daß das Geräusch des Zusammenkehrens aufgehört hatte, und lenkte den jungen Mann wieder ab.

»Wie tief ist das Wasser?«

»Das Wasser? Hier? Zwei Meter, auch am Ufer, sonst läuft das Hausboot auf Grund.«

Thomas Mach nickte und wartete darauf, daß er zur Sache kommen würde. Der junge Mann war jetzt nicht mehr argwöhnisch. Er grinste und lehnte sich rauchend zurück.

»Normalerweise ist es still wie im Grab. Bei

Hochwasser ist das anders. Wenn dann vergessen wird, die Kette und das Seil zum Ufer zu verlängern, dann kann es passieren, daß die Lufttanks unter dem Boot sich mit Wasser füllen und alles in die Tiefe ziehen. Das geht innerhalb von Minuten.« Er lachte lautlos und warf die Zigarettenkippe ins Wasser, wo sie sich langsam auflöste.

Ob er einen solchen Fall kenne, wollte Thomas Mach wissen, der Moser die Treppe herunterkommen hörte.

»In Ägypten«, antwortete der junge Mann großspurig und grinste, »gibt es nur halbe Unfälle.«

Eine Pause entstand, in der Thomas Mach die Hunde gedämpft bellen hörte. Auch der junge Mann schien ihrem Bellen zu lauschen, er öffnete leicht den Mund und konzentrierte sich, als könnte er die Laute verstehen, die die Tiere von sich gaben.

Nekyia

Sie fuhren die Corniche hinunter, vorbei an zwei Aussichtsbooten, die vollgestopft mit Touristen auf dem Nil kurvten, dann zweigten sie nach links ab auf die Stelzenautobahn und blickten auf die mit Gerümpel bedeckten Flachdächer, die braungelben Hauskuben und die engen Einkaufsstraßen. An den großen, sandfarbenen Kuppeln erkannte Thomas Mach, daß sie sich vor den Mameluckengräbern befanden, die Eva Blum in ihrem Studienreiseführer beschrieben und abgebildet hatte. Sie waren die Orientierungspunkte einer der beiden Totenstädte von Kairo.

Es konnte sein, daß Moser ihm das Grab seines Großvaters zeigen wollte, dachte Mach, das war aber nicht wahrscheinlich.

Gerade verlor eine Frau auf dem Gehsteig einen Sack Orangen, die über die Fahrbahn kollerten. Moser bremste scharf, und Thomas Mach registrierte erstaunt, daß sich aus dem Schatten des Gehsteigs junge Männer erhoben, die sich auf die Straße stürzten und begannen, die Orangen aufzuklauben. Die Autos hupten, aber keines hielt an, um darauf zu warten, bis die jungen Männer mit dem Aufklauben fertig sein würden.

Moser parkte an der gelben Mauer direkt vor einem Kratzbild, für das sogar ein Rahmen gezeichnet worden war. Hinter den Mauern wuchsen hohe Platanen und Eukalyptusbäume, die Schatten warfen. Während sie dahingingen, begleiteten sie die Fliegen eines Misthaufens und sein Gestank.

Die Gräber waren betonierte Gruften, umgeben von Gebäuden, in denen sich die Angehörigen bei Begräbnissen oder an Gedenktagen trafen. Inzwischen wohnten Zuwanderer in ihnen, die die leerstehenden Häuser aus Wohnungsnot besetzt hatten.

Als sie in eine Seitengasse abbogen, stapften sie sofort in weichem Sand. Die gelben Häuser links und rechts sahen vornehm, aber verfallen aus, die

Fenster waren vergittert oder mit schweren Balken verschlossen.

Vor einem der Totenhäuser stapelten sich blaue Kunststoffässer, Hühner stiegen herum, und eine alte Frau erschien lautlos in einem Türrahmen. Wie zum Kontrast hing ein rotblühender Strauch über einer Mauer. Ein Bub kam ihnen entgegen, mit einem Ball in der Hand, in Hose und Pullover, aber ohne Schuhe. Kaum hatte er Thomas Mach gesehen, ließ er den Ball fallen und lief davon.

»Dschinn!« rief er aufgebracht, »Dschinn!«

»Man hält Sie für einen Dämon, setzen Sie lieber Ihre Kappe auf«, sagte Moser. Thomas Mach setzte sich die Sportmütze mit dem Schild nach hinten auf, um seinen Nacken vor der Sonne zu schützen, wodurch seine Seitenhaare aber erst recht auffällig abstanden. Also drehte er die Kappe um, denn diesmal war es eine ganze Schar Kinder, die aus sicherer Entfernung den Dschinn anstarrte.

Ein Taubenschwarm zog inzwischen lautlos über den Himmel, als ein Schuß fiel und einer der Vögel hinter ein Gebäude stürzte. Thomas Mach blieb irritiert stehen, aber Moser sagte, daß man hier auf alle Vögel schieße, um sich eine Mahlzeit zu verschaffen.

In einer der Quergassen, in die sie einbogen, parkte ein Auto, das mit einem Vorhangstoff zugedeckt war und seltsam bedrohlich aussah. Daneben lungerte ein junger, kräftiger Mann. Er trug eine Sonnenbrille, Sandalen an den nackten Füßen, einen grau in grau gemusterten Pullover und rauchte eine Zigarette. Es schien, als wollte er ihnen den Weg verstellen. Moser blieb stehen und sprach mit ihm auf arabisch. Der Bursche nickte nur oder schüttelte den Kopf. Schließlich sagte Moser, sie müßten umkehren und einen anderen Weg nehmen, der junge Mann verweigere ihnen den Durchgang.

Thomas Mach spürte jedoch, daß es ein Fehler war, umzukehren. Der Bursche stand da, die Hände an den Hüften. Hinter ihm, auf einem Steinhaufen, waren Pflanzen in blechernen Speiseölbehältern abgestellt.

Thomas Mach dachte plötzlich, daß es ein guter Platz zum Sterben sei, er wußte aber, daß ihm nichts geschehen würde.

Als er auf gleicher Höhe war, sprach ihn der Bursche an. Obwohl Thomas Mach nicht verstand, was er sagte, hörte er aus einer kurzen Heiserkeit, einer Atempause heraus, daß er seiner Sache nicht sicher war.

»Er will eine Zigarette von Ihnen«, rief Moser von weitem und kam zögernd näher, kramte dabei in der Jacke und streckte dem jungen Mann eine zerknitterte Packung hin.

Mit geziert gespreizten Fingern nahm dieser eine Zigarette heraus, ohne sich zu bedanken.

Ein paar Totenhäuser weiter, vor einer frisch dunkelgrün gestrichenen Tür, lagen gewaschene Teppiche zum Trocknen in der Sonne. Erst jetzt bemerkte Thomas Mach, daß der Bursche mit zwei anderen, von denen einer ein Fahrrad schob, ihnen folgte. Vor ihnen stand ein kleiner Bub mit einem Gartenschlauch und füllte eine Wasserflasche.

Rasch klopfte Moser an eine Tür, und eine hübsche Frau mit Ohrringen, rosa Kopftuch und einem dunkelblauen langen Kleid empfing sie. Moser erklärte ihm, bevor sie eintraten, daß er sich mit ihr verabredet habe. Es war angenehm kühl. Im Dämmerlicht erkannte Thomas Mach ein Schlafzimmer durch eine angelehnte Tür. Die Räume waren ungewöhnlich hoch. Die Frau ging ihnen voran, öffnete eine weitere Tür, und Thomas Mach stand vom Sonnenlicht geblendet in einem Hinterhof. Alles war sauber gekehrt. An der Wand, deren Verputz in großen Flächen abgefallen war, befanden sich zwei weißgekalkte, viereckige Tafeln in arabischer Schrift, mit der Hand beschrieben.

»Das ist das Grab von Eva Blums Mutter«, sagte Moser, »und daneben das ihres Mannes, eines Eisenbahningenieurs. Sie hat ihn nach dem Tod von Evas Vater kennengelernt und ist ihm nach Kairo gefolgt. Eva blieb in Wien. Als ihre Mutter zum zweiten Mal heiratete, war Eva gerade vierzehn und lebte bei ihren Großeltern.«

In der anderen Ecke des Hofs sah Thomas Mach einen Brotbackofen, Hühnersteigen und einen Hasenstall, einen Haufen Lumpen, Bretter und einen Blechkübel mit leeren Konservenbüchsen.

Moser gab der Frau einen Geldschein, und sie gingen wieder durch den Korridor zurück.

Draußen, im grellen Licht der Straße, warteten

bereits fünf Burschen. Thomas Mach zündete sich eine Zigarette an, die ihm Moser angeboten hatte, und lächelte.

Aus dem nächsten Totenhaus winkte ihnen ein Greis zu. Er trug einen weißen Turban, sein Mund war zahnlos, und seine großen Ohren verliehen ihm etwas Groteskes. Das Grab befand sich in einem Hof mit Topfpflanzen, durch den man in ein zweites Gebäude trat. Es war dunkel, sobald die Tür geschlossen wurde. Allmählich erkannte Thomas Mach ein Schlafzimmer mit einem Fernsehapparat, daneben eine Küche, in der eine dicke Frau Tee kochte. Der Alte ging in das Schlafzimmer und zog unter dem Bett mehrere Kartons hervor, worauf sich Moser mit ihm auf arabisch unterhielt. Sie öffneten die Kartons und holten in Watte verpackte Figuren und mehrere Amphoren heraus. Moser begutachtete sie mit einer Taschenlampe, die der Alte aus seiner Ghalabija holte, und schien mit ihm zu verhandeln. Schließlich steckte er dem Mann verstohlen einen Packen Geldscheine zu. Thomas Mach blieb inzwischen an der Tür zur Küche stehen und tat so, als interessierte er sich für die Einrichtung.

Auf der Straße standen noch immer die fünf Burschen. Moser verteilte Pfundnoten und Zigaretten an sie, während der Alte aus dem Totenhaus getreten war und die jungen Männer aufforderte, zu verschwinden.

Als Moser und Mach zum Auto zurückgingen, folgten sie ihnen noch ein kurzes Stück. Die Burschen sprachen miteinander kein Wort, man hörte nur ihre Fahrräder scheppern.

Ein grüner Topf lag vor ihnen im Sand und ein Kamm, an dem die meisten Zähne fehlten. Die Sonne brannte heiß herunter.

Aus einer verwahrlosten Grabmoschee trat bald darauf ein Mann mit einem Gewehr und zwei toten Tauben in den Händen.

Thomas Mach hielt, als er den Mann mit dem Gewehr erreicht hatte, an. Ein Hund trabte herbei, und aus den Ruinen kamen Kinder in schmutzigen Kleidern gekrochen und begannen, Thomas Mach zu umringen und auf sein Haar zu zeigen.

Er war schließlich froh, daß Moser ihm vorauseilte, denn er stellte fest, daß er die Orientierung verloren hatte.

Der Kalligraph

Da das Auto über keine Klimaanlage verfügte, bildeten sich auf Thomas Machs Polohemd rasch Schweißflecken. Sie passierten einen Gemüsemarkt, der Platz war gelb getupft von zerquetschten Zitronen. Plakate zeigten die Porträts von Politikern, davor verkauften Fellachenfamilien Zwiebeln und Oliven, und ein Mann mit rotem Turban schritt vor seinem Eselgespann die Straße hinunter.

»Ich habe noch ein Schriftbild abzuholen, das

ich bei einem Kalligraphen in Auftrag gegeben habe. Wollen Sie mich begleiten?« fragte Moser.

Thomas Mach stimmte freudig zu.

Auf Umwegen verließen sie die Totenstadt.

Unterwegs sah Thomas Mach einen gläsernen Kubus mit Hochzeitskleidern, die aussahen wie riesige tote Falter.

Er war schläfrig, und doch hätte er nicht einschlafen können. Die Stromabnehmer einer Straßenbahn blitzten an der Oberleitung, und Thomas Mach versuchte, seine Gedanken über Eva Blums Selbstmord zu unterdrücken. Er fühlte sich nicht zuständig, ihren mysteriösen Tod aufzuklären, das war Schäffers Sache und die Angelegenheit ihres Mannes. Abgesehen davon, daß sein beruflicher Auftrag ohnedies nichts damit zu tun hatte.

Sie bogen in eine breite Nebenstraße ein, in der die Häuser im islamischen Stil erbaut waren. Die Gegend wurde gepflegter, die Geschäfte hatten beleuchtete Auslagen, und Polizisten patrouillierten auf den Gehsteigen. Hinter der nächsten Straßenecke stießen sie auf den Präsidentenpalast, der von einer Mauer und Bäumen umgeben war. Moser hielt vor einem eindrucksvollen Wohnhaus und stieg aus. Neben dem Haustor hockten Männer auf Stühlen. Thomas Mach konnte ihre Gesichter nicht erkennen, weil sie unter einer Palme saßen, die über den Eisenzaun des Vorgartens wucherte. Ein Messingschild zeigte an, daß der Sinai-Wachdienst sein Büro im ersten Stock hatte. Schon am Eingangstor stand ein uniformierter Beamter, der sie aufmerksam musterte.

Thomas Mach konnte das Mißtrauen, das ihm entgegengebracht wurde, körperlich spüren.

Natürlich ging es um seine roten Haare. Während sie den Flur des fensterlosen Treppenhauses betraten, nahm er sich vor, nur das zu sagen, was er vorher in seinem Kopf hörte. Im ersten Stock fiel das Ganglicht aus. Eine Tür öffnete sich, ein Posten des Sinai-Wachdienstes erschien und forderte sie auf, nicht weiterzugehen. Erst als das Licht wieder eingeschaltet war, durften sie in den nächsten Stock steigen. Der Gang war ockergelb, das Holzgeländer und der Handlauf schwarz. Moser läutete an einer Tür, und es dauerte eine Weile, bis sie geöffnet wurde. Dahinter stand ein kleiner Mann in einem Kaftan mit einer unförmig großen Hornbrille in der Hand. Er war so alt, daß alles an ihm unwirklich aussah. Er setzte die Brille auf die Nase und wirkte mit seinem zu großen Turban jetzt noch kleiner und insektenhafter. Wieder nahm er die Brille ab. Moser begrüßte ihn und stellte ihn als Professor Al Naggar vor.

»Come in«, sagte der Professor freundlich, aber sichtlich halb blind ohne Brille. Die Wohnung war ungelüftet und seit einer Ewigkeit nicht mehr renoviert worden. Manchmal tauchte aus dem verschmierten Dunkelblau der Wandfarbe eine zerbröckelnde, weiße Lilie des ehemaligen Musters auf. Alle Türen waren ausgehängt, und so konnte Thomas Mach einen Blick in die Küche mit altmodischen Möbeln werfen. Die Einrichtung war vor gut fünfzig oder sechzig Jahren gekauft worden: eine abgesessene Ledergarnitur, Tischchen aus Mahagoniholz, ausgebleichte Teppiche. Der Türstock zum Schlafzimmer gab den Blick auf ein Messingdoppelbett frei und auf Fotografien eines Mannes, der vermutlich der Professor in jungen Jahren gewesen war. Die Lüster waren eingeschaltet, da die Läden geschlossen waren.

Professor Al Naggar führte sie zum Schreibtisch, auf dem Stöße von Papier nur einen kleinen Platz frei ließen. Dieser Platz wurde zur Gänze von einem Blatt eingenommen, das mit winzigen arabischen Schriftzeichen bedeckt war. Jedes dieser Schriftzeichen war scharf und deutlich lesbar hingemalt worden. Es handelte sich, wie der Professor feierlich erklärte, um das vollständige Heilige Buch, den Koran.

»Hier«, der Professor stülpte sich eine auf dem Tisch liegende Lupenbrille auf die Nase und zeigte mit einem Bambusrohr auf die letzte Zeile, »die 114. und letzte Sure, die den Namen »Die Menschen« hat – bis dahin bin ich gekommen.«

Er legte die Lupenbrille ab und griff wieder nach den dicken Gläsern in der schwarzen Fassung. Seine Augen waren matt und ruhig, die Iris hatte sich von einem Braun in ein Blaßgrün verfärbt, in dem man noch Reste der ursprünglichen Farbe erkennen konnte.

Thomas Mach fragte sich, ob der Professor schon jemals die Läden und die Fenster geöffnet habe, um zu lüften oder das Morgenlicht zu sehen.

Zu seiner Überraschung antwortete Herr Al Naggar auf Machs Gedanken, als könne er sie lesen.

»Jedes Öffnen und Schließen der Läden oder gar der Balkontür wird registriert«, sagte er, »die Aussicht geht direkt auf den Präsidentenpalast hinaus. Es ist mir strengstens verboten, eine Fotografie aus einem der Fenster zu machen. Jedes Möbelstück, das ich hinein- oder herausschaffe, wird aufgeschrieben, weshalb ich in den letzten dreißig Jahren alles so belassen habe, wie es ist. Mein Fernsehapparat ist ein Museumsstück. Die Farbe an den Wänden blättert ab. Einmal hat ein Schüler von mir versucht, vom Fenster aus den Präsidentenpalast zu fotografieren. Sofort läutete ein Wachbeamter an der Tür, der zuerst eine Anzeige erstatten wollte, sich aber auf meine Bitte überreden ließ, nur den Film zu beschlagnahmen. Am nächsten Tag erschien der Beamte wieder und forderte mich auf, den Fotoapparat abzugeben. Da ich jedoch keine Kamera besitze, konnte ich der Bitte nicht entsprechen. Ich erhielt einen zweiten Brief, in dem man mir drohte, mir die Wohnung zu kündigen, wenn ich den Fotoapparat nicht ablieferte. Ich kaufte daher eine nicht mehr funktionsfähige Balgkamera, die ich im Büro unter mir abgab. Seither läßt man mich in Ruhe. Aber sehen Sie: Durch den Alterungsprozeß der Läden sind Ritzen und Sprünge entstanden.« Er stand auf und führte Thomas Mach an eines der Fenster heran, »durch die man unbemerkt auf die Straße und den Palast hinaussieht, sogar fotografieren könnte man, sofern man einen geeigneten Apparat hätte und das Bedürfnis danach verspürte.«

Thomas Mach blickte durch einen Spalt auf Häuser im orientalischen Stil, verschiedene Geschäfte und Arkadengänge. Er drehte sich um, erkannte einige schön gerahmte kalligraphische Darstellungen an der Wand und wollte Herrn Al Naggar danach fragen.

Wieder antwortete der Professor, noch bevor Thomas Mach die Frage gestellt hatte.

»Das sind Suren in Kufischrift«, erklärte er. Sofort erinnerte sich Thomas Mach an die Fotografien in Eva Blums Studientagebuch, die er am Vorabend gesehen hatte. »Diese hier heißt verkürzend Basmala und wird vor jeder bedeutsamen Handlung gesprochen: Vor Antritt einer Reise, einem wichtigen Geschäft, politischen Reden, einer Mahlzeit oder einem ehelichen Beischlaf«, fuhr der Professor fort. »Die Basmala wurde von Gott auf die Brust Adams, den Flügel Gabriels und die Zunge Jesu geschrieben, sie schützt vor dem bösen Blick und dem schädlichen Einfluß der Dschinnen. Mein Vater hat sie geschrieben, mein Großvater, mein Urgroßvater. In unserer Familie gibt es seit 27 Generationen Kalligraphen ... Die Schüler, die zu mir kommen, wollen die Meisterschaft im Schreiben des Buchstabens Bà erlernen, vor allem aber des Punktes unter dem Bà. Es gibt nur eine einzige Position für diesen Punkt … Jeder Buchstabe muß die siebenfache Masse dieses Punktes haben, nicht mehr und nicht weniger.«

Er ließ sich erschöpft auf den Stuhl seines Schreibtischs fallen und griff nach dem Bambusrohr, das – wie er sagte – qualam hieß. Darin steckte eine Metallfeder.

»Sie wollen die 36. Sure heute abholen … Sie ist noch nicht fertig, schlimm, ich weiß, aber ich fühle mich in den letzten Tagen krank.«

Zabbalin

Daraufhin mußte Moser einen Mann aufsuchen, der als Glasbläser arbeitete und dem Reisebüro als Chauffeur zur Verfügung stand. Gerne willigte Thomas Mach wieder ein, ihn zu begleiten. Sie fuhren jetzt auf das Mokkatamgebirge zu, die gelben Mauern und die kubischen Grabhäuser der Totenstadt lagen unter ihnen. Von oben sah sie aus wie eine archäologische Ausgrabungsstätte.

Die Asphaltstraße brach jählings ab, und sie holperten zwischen Hochspannungsmasten auf einen Steinbruch zu. Dabei überholten sie Müllkarren und mit Müll beladene Lastwagen. Hinter einer Biegung begann das Dorf der Zabbalin, der »Müllmenschen«, wie Moser knapp anmerkte, das auf dem Weg lag. Bevor er noch das Dorf sah, nahm ihm ein in der Luftröhre brennender Fäulnisgestank den Atem.

Die Abfallhaufen türmten sich vor den Häusern bis zum ersten Stockwerk, die Eingänge waren mit Unrat verstopft, manchmal schlängelten sich die Halden wie ein sich ergießender Abwasserstrom in Garagen und Höfe, in die man von außen hineinsehen konnte. Sogar die Treppenhäuser waren vollgestopft mit Weggeworfenem. Kinder krochen darauf herum und versuchten, in dem chaotischen Durcheinander etwas zu finden. Ziegen, Schweine und Hunde suchten nach Freßbarem. Geplatzte Müllsäcke lagerten in wüstem Durcheinander zwischen Hausruinen, und hinter jeder Straßenekke bildeten sich Dunst- und Staubwolken. Es gab Gebäude mit Geschäften, aber in den Läden stapelten sich nur vollgestopfte Plastiksäcke. Hinter halb heruntergelassenen Rollos quoll Unrat auf den Gehsteig, noch in den aufgeräumtesten Straßen lagen knöcheltief Papier- und Abfallreste. Die Fassaden der Häuser sahen aus, als hätte eine schreckliche Gewalt gewütet und unverputzte Ziegelwände, eingeschlagene Fenster und notdürftig mit Kunststoffplatten zusammengeflickte Haustüren hinterlassen. Ein verrostetes Autowrack – scheinbar ausgegraben aus einem Kanalschacht – diente als Klettergerüst für Kinder. Hinter den dick verstaubten Scheiben saß jemand und arbeitete an etwas. Vielleicht erstickte er auch langsam am penetranten Geruch.

Am Straßenrand bemerkte Thomas Mach erstaunt und entsetzt zugleich zwei Frauen beim Einkaufen vor Kisten mit Gemüse und Obst, daneben Schulkinder in blauen Uniformen mit kleinen Rucksäcken und ein Geschäft für Brot und Lebensmittel; dazwischen lagen Benzinfässer, ein kehrender Mann tauchte auf, und irgendwo sahen sie einen Flecken des Nachmittagssommerlichts, das diese scheinbar zusammengebrochene Welt wie eine Epiphanie aufleuchten ließ.

Dann wiederum erblickten sie aus dem schaukelnden Fahrzeug ein gefliestes Café mit Gästen, die zwischen Müllbergen seelenruhig Wasserpfeife rauchten und den Zucker im Teeglas umrührten. Es stank immer entsetzlicher nach Verwesung.

Das Auto wurde inzwischen von den Schlaglöchern so heftig durcheinandergeschüttelt, daß Thomas Mach sich festhalten mußte, um nicht mit dem Kopf gegen die Windschutzscheibe zu stoßen.

Ein abgerissenes Gebäude war zum Sammelbecken für schmutziges Grundwasser geworden. Zwei Tankwagen mit Pumpen waren davor abgestellt, die die Kloake aus der Grube entfernen sollten.

Die benachbarte Autowerkstatt war in Betrieb, und zwei ölverschmierte Mechaniker waren unter einen Wagen gekrochen, um den Motor zu reparieren.

Ununterbrochen begegneten sie weiteren Müllfahrzeugen mit Kindern, die auf den grünen und gelben Kunststoffsäcken saßen oder halb in einem Haufen eingegraben waren und den Eindruck von Leichen erweckten.

Hinter der Autowerkstatt erreichten die Abfallberge eine solche Höhe, daß die Häuser kaum mehr zu sehen waren, und es hatte den Anschein, daß es nur noch Schmutz und Zerbrochenes, Zerstörtes, Stinkendes und Breiiges gab.

Sie hielten vor einem Talbecken, das bis oben hin angefüllt war mit getrocknetem Kot. Die gewaltige Senkgrube war in den Fels gesprengt, und die fünfstöckigen braunen Wohnhäuser am Rand sahen aus wie faule Zähne. Vor den Gebäuden sackte in Schlieren Müll in das Becken, in dem ein Bagger mit Förderband den Unrat zu einer Abfüllanlage schafften. Der trockene See aus dem Kot von Ziegen, Schweinen, Menschen, Hunden und Katzen stellte einen Wert dar, erklärte Moser, man verkaufte ihn als Kompost an die Plantagenbesitzer in der Wüste.

Rudel von Hunden liefen umher und suchten nach Aas. Am Ufer lagen weggeworfene Autoreifen, irgendwo sang ein Kinderchor »Old McDonald had some fun« auf arabisch. Kein Mensch war zu sehen. Während sie langsam weiterfuhren und Thomas Mach die Plastikfetzen auffielen, die sich in dem Kompost befanden (weil die Tiere offenbar Verpackungsmaterial mitgefressen hatten), sagte Moser nebenbei, daß die Zabbalin außer Metallen, Aluminium, Glas und alten Textilien auch Kunststofftaschen aussortierten und an die Recycler ablieferten. Mit Spezialmaschinen machten diese daraus wiederverwertbares Material. Die meisten Sammler litten an Asthma, denn sie müßten die nicht verwertbaren Stoffe verbrennen, wodurch giftige Substanzen entstünden.

Thomas Mach sah gelbschwarze Rauchsäulen zwischen den Müllhügeln aufsteigen.

Je länger sie fuhren, desto weniger achtete Thomas Mach auf den Unrat und um so mehr auf die Menschen. Vor allem waren Frauen, manche verschleiert, zu sehen mit Kisten oder Bündeln auf den Köpfen. Die Kinder – unter ihnen verunstaltete und blinde – spielten Verstecken. Hinter einem Bus, aus dessen Dach der Auspuff rauchte, liefen bellende Hunde her, die Thomas Mach an das Hausboot mit den kleinen Fenstern denken ließen.

Die Konservendose

Als erstes löste sich der würgende, muffige und zugleich scharfe Müllgestank auf.

Erleichtert sah Thomas Mach bald darauf die Grabhausruinen, die ihm beim ersten Mal noch Schrecken eingejagt hatten.

Moser erklärte, daß der Glasbläser erst um diese Zeit in der Werkstatt anzutreffen sei, weshalb sie noch einmal die Totenstadt aufsuchen müßten.

Eine schmale schattige Gasse führte ein kurzes Stück bergauf. Vor einem Schuttberg mit Türöffnung saß ein Greis hinter einem Haufen Blechdosen, von denen er die Etiketten ablöste.

Sein Kofferradio wies nur noch Reste des Gehäuses auf.

Thomas Mach folgte Moser in einen dunklen Raum, in dem der Bildschirm eines Fernsehapparates flimmerte. Eine Gestalt drehte an etwas, das zu brennen und glühen anfing. Es war heiß und stickig. Thomas Mach taumelte, erhielt einen Hokker untergeschoben, und auf den Ruf eines Arbeiters brachte ein Bub eine große Wasserflasche, aus der Thomas Mach hastig und lange trank. Als er die halbe Wasserflasche geleert hatte, stellte ihm Moser den Glasbläser vor. Sein Name war Ihab Masoud.

Jeder Gegenstand, die Hocker, die schiefen Regale mit Glasglocken, Kerzenständern und Parfümfläschchen – alles war von dickem Staub bedeckt. Es hatte den Anschein, als sei die Glasbläserei im Treibsand versunken.

Moser wollte mit Ihab Masoud einen Termin vereinbaren, er ließ sich jedoch Zeit und fing an zu scherzen. Die Hitze war so drückend, daß Thomas Mach fliehen mußte. Er wankte hinaus und hörte gleich darauf im Freien, wie etwas neben seinem Kopf gegen die Wand schlug. Es war eine Konservenbüchse, die zurücksprang und vor seine Füße kollerte. Der Greis, dem er vorhin begegnet war, sah ihn böse an. Er hob eine andere Büchse auf, um sie nach ihm zu werfen, aber zufällig erschien Moser, um sich die Füße zu vertreten. Er riet Thomas Mach, im Nebenhaus auf dem Flachdach zu warten, von wo aus er einen schönen Ausblick habe.

Auf dem Dach häuften sich Hunderte mit Glaswaren gefüllte Steigen: Gläser, Flaschen, Vasen, Christbaumschmuck, und über eine Mauer konnte er tatsächlich weit über die Totenstadt sehen: das Mokkatamgebirge mit dem Bezirk der Zabbalin lag in einem undurchdringlichen Dunst, von dem sich nur schattenhaft Minarette abhoben und Umrisse von Hochhäusern, ein Sendeturm, Baukräne und Palmen. Um eines der Totenhäuser, sah er, hatten sich Menschen versammelt, in Schwarz gehüllte Frauen und Männer. Nach einer Weile verschwanden sie in dem Gebäude, auf dessen Dach ein Stock mit einem schwarzen Tuch aufgepflanzt war. Es war merkwürdig still.

»Eva Blum«, sagte Moser hinter ihm und riß ihn aus seinem Schauen, »kam regelmäßig mit ihrer Studiengruppe hierher. Sie verschaffte Masoud kleine Geschäfte. Er war ihr Chauffeur in Kairo.«

Gerade als Moser den letzten Satz aussprach, fuhr ein grüner Renault in einer Staubwolke heran und hielt mit laufendem Motor.

Schäffer und Blum quetschten sich aus dem Wagen, blieben stehen und blickten sich vorsichtig um.

Moser bedeutete ihm, still zu sein, doch Thomas Mach zuckte mit den Schultern und stieg die Treppe hinunter.

Kaum hatte er die Straße erreicht, als Schäffer vor ihn trat.

»Sie hier?« sagte er.

»Was wollen Sie?« gab Thomas Mach zurück.

»Es ist wegen meiner Frau«, unterbrach Blum,

der herbeieilte, um keine Feindseligkeiten aufkommen zu lassen. »Herr Ihab Masoud war ihr Chauffeur, ich wollte ihn kennenlernen.«

Während er das sagte, erschien Moser mit finsterem Gesicht. Er blickte auf die Uhr, auf das Auto, auf Blum und seufzte.

»Ich hasse es, wenn mir jemand nachspioniert«, sagte Moser schroff. Dabei trafen, absichtlich oder unabsichtlich, einige Speicheltropfen die Gläser von Schäffers Sonnenbrille.

Schäffer zuckte zusammen. Er schwankte offensichtlich zwischen dem Entschluß, Moser zu verprügeln oder zurückzuspucken.

»Geben Sie acht«, preßte er zwischen den Lippen hervor. Er sah bedrohlich aus.

»Hören Sie auf, mich zu verfolgen«, entgegnete Moser barsch. Schweiß bedeckte seine Stirn, er griff in seine Jackentasche und setzte seine dunkle Sonnenbrille auf, wie um Schäffer nachzuäffen.

»Ich verstehe nicht, wovon Sie sprechen«, mischte sich Blum wieder ein, um die Angelegenheit zu beruhigen. »Aber es gibt sicher keinen Grund für einen Streit.«

»Doch, den gibt es«, widersprach Moser mit einer Sturheit, die Thomas Mach nicht erwartet hätte.

»Sonst noch was?« unterbrach ihn Schäffer bedrohlich. Thomas Mach roch seinen Atem.

In diesem Augenblick traf eine Konservenbüchse Schäffers Kopf. Thomas Mach beobachtete in Zeitlupe, wie sie die Haut auseinanderschnitt. Er hatte sie nicht kommen sehen, aber im Moment des

Auftreffens entstand an Schäffers Schläfe etwas wie ein Mund, der sich öffnete und Blut von sich gab.

Es dauerte, bis Schäffer realisiert hatte, was geschehen war. Erst als er mit der Hand zur Schläfe fuhr und seine blutigen Finger sah, begriff er, daß er verletzt war. Er schüttelte ungläubig den Kopf.

»Irgend etwas erregt den Mann dort«, rief Blum aufgebracht und wies auf den Alten vor der Glasbläserei.

Der Greis hatte eine weitere Konservendose aufgehoben, während er aufgebracht schrie und wild gestikulierte.

»Das hat nicht mir gegolten«, sagte Schäffer drohend.

Sein Hemd war auf einer Seite von Blut besudelt, und die Wunde sah übel aus.

Moser beruhigte den Alten durch Zurufe, bis er sich zurückzog. Hierauf zeigte er mit dem ausgestreckten Arm zum Zabbalinbezirk und bemerkte, als handle es sich um die selbstverständlichste Auskunft: »Dort drüben gibt es ein Krankenhaus.«

Blum nickte.

Es irritierte Thomas Mach, daß er Schäffer zu den Zabbalin schickte, doch er sagte nichts.

Der Kranke

Im Restaurant Felfela aßen und tranken sie unter dem bunten Glasdach.

Sie sprachen nur wenig, aber nach dem Essen

nahm sich Thomas Mach vor, Moser den Reiseprospekt mit den Schriftzeichen zu zeigen.

Draußen war es dunkel.

An den Plantanen und den Schiffslokalen auf dem Wasser erkannte er zu seiner Verwunderung, daß sie wieder zu den Hausbooten unterwegs waren.

Sie stiegen die Treppe hinter dem Gartentor Nummer 163 hinunter, eilten über den Steg, und Moser sperrte die Tür auf. Er schaltete dreimal das Licht aus und ein und rief leise: »Amr!« Nach dem dritten Mal trat der junge Soldat, mit dem Thomas Mach gesprochen hatte, aus einer Seitentür, die er vorher nicht beachtet hatte. Rasch steckte er seine Pistole ein. Thomas Mach konnte nur einen flüchtigen Blick in einen unordentlichen Büroraum mit einer Matratze auf dem Fußboden und nachlässig hingeworfene Zeitungsseiten erkennen. Das Zimmer mit dem Bett und dem Computer, in dem er sich befand, war unverändert, die Tür zum Balkon offen.

Moser sprach leise mit dem jungen Mann, forderte ihn sodann auf, wieder in das Büro zurückzukehren, und stieg mit Thomas Mach die Treppe in den ersten Stock hinauf, wo er wieder dreimal das Licht aus- und einschaltete und an die Tür zum Krankenzimmer klopfte.

»Ich bin's!« sagte Moser. Er drehte sich Thomas Mach zu und forderte ihn auf, draußen zu bleiben.

»Dreh das Licht an«, flüsterte Paul Eck mit schwacher Stimme. Durch den Spalt zwischen Tür und Türstock konnte Thomas Mach in das Zimmer blicken.

Paul Eck lag bleich und verschwitzt auf seinem Bett, die Waffe neben seinem Kissen.

»Ich habe gehört, der Arzt war hier«, sagte Moser.

Eck nickte mühsam.

Moser griff nach einer Plastikflasche mit Wasser und reichte sie Eck.

»Morgen kommt Ihab«, fuhr er fort.

Eck setzte die Flasche ab und fragte mißtrauisch: »Warum?«

»Amr hat Nachtwache. Er wußte es vorher nicht.«

»Ihab Masoud ist es nicht gewöhnt zu schießen«, widersprach Paul Eck aufgeregt.

»Das stimmt nicht«, widersprach Moser. »Er war Soldat.«

Paul Eck trank wieder. Plötzlich setzte er sich auf: »Wo ist der Rothaarige?« fragte er. »Ist er hier?« Er griff nach der Waffe und deutete zur Tür.

Mit einem Mal sah sich Thomas Mach selbst von der anderen Seite durch den Türspalt. Es war nur ein blitzartiges Bild gewesen, doch ihm fiel ein, daß ihm das Sichselbstsehen schon in der Kindheit zum ersten Mal widerfahren war.

Langsam ließ Paul Eck die Waffe sinken, und seine Hand neben sich auf das Bett fallen. Er sprach Moser im Fieber jetzt mit »Sie« an.

»Was ist mit Ihrer Frau? Sobald ich kann, werde ich mich aus dem Staub machen – sagen Sie ihr das. Nehmen Sie das ganze Geld aus meiner Jacke. Ich brauche es nicht!«

Er sank ohne ein vorheriges Anzeichen ohnmächtig nach hinten, und sein Kopf fiel zur Seite.

Moser trocknete Paul Eck mit einem Handtuch das Gesicht ab und legte einen mit kaltem Wasser getränkten Waschlappen auf seine Stirn. Dann fühlte er seinen Puls und verließ vorsichtig, um ihn nicht aufzuwecken, das Zimmer. Aber kaum hatte er die Tür erreicht, als Paul Eck sich wieder aufsetzte und nach ihm rief.

Jetzt erst entdeckte Thomas Mach ein Schlangenpräparat in einem Glasgefäß, das mit einem vergilbten Etikett beschriftet war, auf dem er: »Elaphe longissima (Äskulapnatter)« las. Ihm fiel auf, daß auch die deutsche Bezeichnung in Klammern angeführt war, und er schloß daraus, daß es dem Großvater von Alfred Moser gehört hatte und ein Symbol für seinen Arztberuf darstellte. Das Gefäß stand unter dem Wüstenbild an der Wand, und die Ätherflüssigkeit und das Schlangenpräparat im Glas hatten denselben Farbton wie der gemalte Sand.

»Ich wollte Ihnen die Wahrheit sagen, über das mißlungene Attentat«, stammelte Paul Eck. »Es war auf einer Wahlversammlung, und ich hatte zufällig eine Waffe bei mir. Ich schwöre, daß ich es nicht geplant hatte.«

»Schlaf jetzt«, sagte Moser. Er nahm ihm die Waffe aus der Hand und schob sie unter das Kissen. Eck fing an, sich zu beruhigen, und Moser wartete, bis er die Augen geschlossen hatte und gleichmäßig atmete.

Die Dunkelheit irritierte Thomas Mach, als sie das Hausboot verließen. Sie täuschte ihm vor, daß es viel später sei, als es war.

Die Schrift

Auf dem Weg zurück in das Sheraton-Hotel gelangten sie zu einer Moschee, vor der eine Menschenansammlung das Weiterfahren nahezu unmöglich machte. Die Kuppeln und der Eingang waren mit Lampen, Leuchtschriften und Girlanden geschmückt, und die Gläubigen strömten von allen Seiten herbei. Ein Stück weiter glitzerte und blitzte es noch auffallender, und beim schrittweisen Näherkommen entdeckten sie durch die Windschutzscheibe einen kleinen Vergnügungspark.

In bemalten Schiffchen schaukelten Kinder andächtig im Halbdunkel. Die Schiffchen sahen aus wie umgedrehte, grellrote Tschakos, auf die in allen Farben Bilder gemalt waren: ein geflügeltes Pferd, geöffnete Hände mit Augen, Sultane mit Krummsäbeln, Fische und Nixen. Der Lärm draußen war so stark, daß sie das Motorengeräusch des Wagens kaum noch wahrnahmen.

»Es ist irgendein Totenfest«, brummte Moser. »Tut mir leid.«

Thomas Mach war erschöpft. Ein Ringelspiel

aus selbstgebastelten Raketen drehte sich im Kreis, und vor einem Zelt wimmelte es von Kindern, die ein Ticket für das Karussell oder die Schaukel lösen wollten. Jemand klopfte an das Seitenfenster, und Thomas Mach erkannte im Gewühl eine Schwarze, die ihn dazu überreden wollte, auszusteigen und sich an einem Schießstand als Schütze zu versuchen. Dabei schwenkte sie ein Gewehr in der Hand. Da es ohnedies aussichtlos erschien, durch die Menge zu kommen, hielt Moser an und verließ mit Thomas Mach den Wagen. Von der Moschee fiel spärliches Licht auf die zwei Schießstände, die aus primitiv zusammengeschweißten Eisenkästen bestanden. Der eine war mit einem Drahtgeflecht bespannt, auf das Papierkugeln gesteckt worden waren. Zwei rostige englische Stahlhelme lagen als Dekoration davor. Die Türen vor dem Drahtgeflecht waren geöffnet wie bei einem Altar. Der Kasten selbst, bemerkte er, ruhte auf einem gleich großen Schrank, der auf kleine Räder montiert war.

Moser nahm das Gewehr, das ihm hingehalten wurde, und zielte auf die Papierkugeln, während Thomas Mach zu der anderen Bude abgedrängt wurde.

Die Menge drückte ihn an den Schießstand und die Schwarze heran, die ihn noch immer anlachte.

Er sah, daß vor einem eisernen Kasten eine weißgestrichene Skelettpuppe aufgestellt war, mit Papierkugeln in den Augenhöhlen. Der Schießstandbesitzer saß auf einer Blechtonne und reparierte ein aufgeklapptes Gewehr. Als Thomas Mach anlegte, wandte er sich gespannt dem Fremden zu, der mit zwei Schüssen die Papierkugeln in den Augenhöhlen des Skeletts zerplatzen ließ. Thomas Mach spürte, wie man ihm auf die Schultern klopfte.

Moser reichte der Schwarzen eine Banknote, worauf sie Thomas Mach animieren wollte, weiterzuschießen, aber das Gedränge wurde ihm langsam zu gefährlich, und er fürchtete, bald nicht mehr die Autotür öffnen zu können. Energisch schob er sich durch die Menschenmenge zum Wagen hin, stieß Körper beiseite und setzte sich endlich auf seinen Platz.

Beim Weiterfahren erblickten sie ein beleuchtetes rotes Zelt, das mit Arabesken geschmückt und mitten über der Straße errichtet worden war. Männer hockten darin und lauschten dem klagenden Rezitieren eines Imams, das von einem Lautsprecher verstärkt wurde. Während der Zeremonie fuhren Autos mit lauten Motorengeräuschen und eingeschalteten Scheinwerfern durch das Zelt, und Thomas Mach versuchte, das Gesicht des Imams auszumachen, aber er erkannte nur die Kleider und Turbane der Gläubigen.

Sie erreichten um Mitternacht das Hotel, und Moser nahm im Wagen gespannt den Prospekt mit den handschriftlichen Notizen Eva Blums an sich, den Thomas Mach aus dem Zimmer holte. Er knipste im Wagen die Deckenlampe an und sagte dann, es sei vielleicht ein Brief, vielleicht eine Nachricht.

»Woher haben Sie es?« wollte Moser wissen.

Thomas Mach erklärte es ihm mit knappen Worten, da er ihm noch immer mißtraute.

»Sie möchten wissen, was das Ganze bedeutet?« fragte Moser, sich in die Aufzeichnung vertiefend. »Ich denke, es ist in koptischer Schrift abgefaßt. Die Kopten sind orthodoxe Christen in Ägypten.«

Thomas Mach nickte nur, und Moser gab ihm nach einigem Nachdenken den Prospekt mit den Worten zurück: »Warten Sie bis morgen.«

Kufi

Vor dem Einschlafen betrachtete Thomas Mach wieder die Fotografie mit der Kufi-Schrift in Eva Blums Studientagebuch. Die Schrift war eckig und in schwarzer Farbe auf eine weiße Wand gemalt. Ein schwarzer, quadratischer Rahmen umgab das weiße Feld. Insgesamt waren drei Fotografien mit verschiedenen Sprüchen aus dem Koran eingeklebt. Alle hatten einen religiösen Sinn, den Thomas Mach nur begriff, weil Eva Blum ihn mit ein paar handgeschriebenen Sätzen erklärt hatte. Für einen Sekundenbruchteil erlag er der Täuschung, die Zeichen auf den Fotos pulsierten, doch gleichzeitig wurde ihm bewußt, daß er einschlief.

18. November, Kairo

Der Klavierstimmer

Ein heftiges Klopfen an der Zimmertür weckte ihn. Gereizt stand Thomas Mach auf. Draußen, im matt beleuchteten Hotelgang standen Blum und Schäffer, Blum eine Nylontasche in der Hand, Schäffer mit einem großen Pflaster an der Schläfe.

»Sagen Sie Moser, daß ich ihn heute aufsuchen werde. Sagen Sie ihm, wenn er nicht zu Hause ist, hetze ich ihm die Polizei auf den Hals.« Schäffer kniff die Augen zusammen. »Ich mußte in dem verdammten Müll-Hospital dreimal am Kopf genäht werden. Ich denke, ich habe das Ding Ihretwegen abbekommen, ich meine wegen Ihrer roten Haare –«

»Ich bin in einer Viertelstunde im Frühstücksraum. Aber ich rede nur mit Ihnen«, sagte Thomas Mach zu Blum und schloß energisch die Tür. Er haßte den Gedanken an den Frühstücksraum, aber es war die einzige Möglichkeit, Schäffer loszuwerden.

Er ging zielbewußt auf den Balkon und blickte hinunter auf die Straße.

In Gedanken stellte er sich vor, einen Looping zu drehen, dann trat er zurück und betrachtete sein Spiegelbild mit den roten Haaren in der gläsernen Balkontür. Ehrlich gesagt, gefiel es ihm gar nicht. Aber kaum begann er zu überlegen, was er tun sollte, als er die Anweisung erhielt, Gel auf das Haar zu verteilen und es hoch zu frisieren, wie einen Hahnenkamm.

Er ging folgsam in das Badezimmer und verrieb das Gel mit den Fingerspitzen.

Er durfte nur nicht darüber nachdenken, wie Farbe und Frisur auf die Menschen wirkten. Sie waren nicht als Reiz für sie gedacht, sondern Teil der Abmachung, die er einhielt.

»Welche Abmachung?« fragte er sich, während er ans Werk ging, seine Haare aufzufrisieren. Es hatte nie eine Abmachung gegeben, die innere Stimme hatte sich nur gemeldet oder geschwiegen.

Das Gel machte sein Haar fest, aber nicht steif, und als er mit der feuchten Hand über die Frisur strich, sackte sie in sich zusammen. Trotzdem sah sie noch immer aus, als habe ein starker Wind die Haare in die Luft gewirbelt.

Gedankenverloren entsorgte er das vom Färbemittel rote T-Shirt im Papierkorb.

Bevor er sich ankleidete und das Zimmer verließ, steckte er den Reiseprospekt mit der Schrift Eva Blums unter sein Polohemd. Danach kämmte er das Stirnhaar senkrecht in die Höhe und lauschte dabei auf Zustimmung oder Kritik seiner inneren Stimme, doch es blieb still.

Als er den Lift betrat, registrierte er, daß der uniformierte Boy die Augen aufriß. Er sah sich jetzt (wie im Frisiersalon) von drei Seiten in den Spiegeln, und er mußte zugeben, daß es nicht sehr vertrauenerweckend war, was er zu Gesicht bekam. Eigentlich paßte die zu hoch geratene Frisur nicht zu ihm. Sie gab ihm etwas Besserwisserisches und Idiotisches. Sein Gesicht erschien ihm in dem grellen weißen Licht wie gepudert.

»Stan Laurel!« sagte seine innere Stimme langsam, als wollte sie ihn verhöhnen.

Blum saß allein an einem Tisch. Auf dem Nebenstuhl, als weißer Zipfel gut sichtbar, die Nylontasche.

Blum ließ sich nichts anmerken, als Thomas Mach sich setzte, dabei irritierte ihn dessen Frisur mit Sicherheit. Kaum hatte Thomas Mach Platz genommen, als ein uniformierter Kellner erschien und nach seiner Zimmernummer fragte. Er wandte kein Auge von ihm, hörte auch nicht zu, was Blum sagte, sondern starrte Thomas Mach bloß an und lief mit lachendem Gesicht davon.

»Two coffees and milk«, rief Blum ihm nach.

»Ich trinke keinen Kaffee«, widersprach Thomas Mach.

»One coffee and one tea«, korrigierte sich Blum laut. Die Leute vom Nebentisch blickten zu ihnen herüber.

Sie warteten auf die heißen Getränke, und als Thomas Mach keine Anstalten traf, sich etwas vom Büffet zu holen, begann Blum einige Gegenstände aus der Nylontasche auszupacken. Vorsichtig legte er eine beschädigte Armbanduhr auf den Tisch.

Es folgten ein arg ramponierter Lippenstift, die Reste eines Taschenspiegels und ein Ehering.

»Das sind die Dinge, die man bei meiner Frau fand«, sagte er.

Die Uhr hatte kein Glas mehr, und die Zeiger waren verbogen. Es war eine viereckige Longines mit Krokodillederband, das Thomas Mach sofort in Beziehung zu den Krokodilen auf seiner Baseballkappe und dem Polohemd brachte. Aber davon konnte Blum nichts wissen. Er nahm die Uhr in die Hand, beugte sich über sie und studierte die Kratzer auf dem Ziffernblatt. Dann legte er sie zurück auf den Tisch, griff nach dem Taschenspiegel, von dem noch Splitter am Rand des Aluminiumrahmens vorhanden waren, und bemühte sich, darin sein Abbild zu sehen, was ihm nur gelang, als er mit dem Spiegel danach suchte.

Schließlich hob er den ramponierten Lippenstift auf, drehte daran und war nicht erstaunt, daß nichts mehr zum Vorschein kam.

Den Ring hatte Blum inzwischen auf seinen kleinen Finger gesteckt, so als fürchtete er, ihn zu verlieren.

»Ich möchte Sie bitten, den Fall zu übernehmen«, sagte Blum plötzlich. »Ich denke, Inspektor Schäffer besitzt nicht die notwendige … Sensibilität –«

Thomas Mach spürte, daß er schweigen mußte, und schwieg.

»Ich möchte wissen, wie meine Frau hier gelebt hat«, fuhr Blum fort. Er machte eine lange Pause.

Thomas Mach betrachtete die Gegenstände auf dem Tisch, ohne einen Gedanken im Kopf.

»Ich arbeite als Intoneur bei der Firma Bösendorfer in Wien, die weltberühmt ist für ihre Klaviere«, begann Blum wieder zaghaft. »Ich stimme die Instrumente.« Er stockte.

»Das hat mich schon immer interessiert«, hörte Thomas Mach sich sagen. »Ist es schwierig?«

»Man muß sehr viel Übung darin haben.« Blum hörte auf zu sprechen und schien an etwas anderes zu denken.

»Ich möchte zurückfliegen und Sie ersuchen, mir zu berichten, was Sie über meine Frau in Erfahrung gebracht haben«, sagte er plötzlich. »Selbstverständlich bin ich bereit, Sie dafür zu entschädigen.«

»Ich habe keine Begabung dafür«, antwortete Thomas Mach schnell, bevor er noch eine innere Anweisung erhielt.

»Ich vertraue Ihnen«, überging Blum seinen Einwand.

Er trank hastig seinen Kaffee aus, stellte die Tasse auf den Tisch und verstaute die Gegenstände wieder in seiner weißen Nylontasche.

»Den Spiegel lasse ich Ihnen da«, sagte er, als er sich erhob. Er verbeugte sich und machte sich eilig davon.

Noch immer schwieg Thomas Mach verblüfft.

Als er den Handspiegel öffnete, fiel ein Splitter heraus, und Thomas Mach sah darin sein Auge wie durch ein Guckloch aus einer anderen Welt.

Laut quakend stob eine Ente vor ihnen auf, aber mit ihren gestutzten Flügeln gelang ihr nur ein plumper Sprung, so daß sie vom Kotflügel erfaßt und zur Seite geschleudert wurde. Thomas Mach sah den kleinen Strick um ihren Hals, mit dem sie gefangen gewesen war, und einen zornigen Fellachen, der ihnen nachschrie. Der Geflügelmarkt erstreckte sich unter einer breiten Brücke bis zum Busbahnhof, wo sich Händler und Käufer mit den wartenden Fahrgästen mischten.

Etwas später erreichten sie einen von Wasser überschwemmten Platz.

Auf den ersten Blick sah Thomas Mach nur aufgeschüttete Erde und die Köpfe von Männern, die aus Gräben herausragten, während gleichzeitig Moser von den zahlreichen Wasserrohrbrüchen sprach, die sich in Kairo ereigneten.

Ein Stück weiter brach die Straße vor einer riesigen Baustelle ab.

Sie holperten um den Krater herum und näherten sich hüttenartig-niedrigen Häusern, die unter weißen Staubwolken versanken. Ursprünglich hatten sie (wie Eva Blums Studientagebuch es vorsah) die Ibn-Tulun-Moschee und die Al-Azhar-Universität aufsuchen wollen, aber Moser wollte vorher noch etwas erledigen.

Die Siedlung lag am Rand eines Kalksteinbruchs. Männer zerkleinerten die Blöcke und warfen sie in eine Mühle, wo sie zu Gips zermahlen wurden. Vor den niedrigen Häusern waren braune Papiersäcke mit Gips aufgeschichtet – es sah aus wie in einem Dorf, das sich vor Granateinschlägen schützt. Zwischen den Säcken fielen Thomas Mach alte Männer und Frauen auf, Hühner und Hunde. Moser hatte sich offenbar verfahren, denn sie kamen (das Auto und die Windschutzscheibe mit Gipsstaub bedeckt) wieder zurück zu dem Platz, der von Wasser überschwemmt war. Inzwischen hatte man Pumpen aufgestellt, Kinder sprangen in den Pfützen, Vögel tranken. Es war heiß, und Thomas Mach öffnete das Seitenfenster. Der Blick durch die mit weißem Staub bedeckte Windschutzscheibe war wie durch einen Filter, und der Geruch von stickigem Rauch drang in den Wagen.

Nach einigen Minuten sahen sie den anderen Teil des Viertels, es lag in der stechenden Sonne, und aus verschiedenen Höfen stiegen schwarze Rauchsäulen empor.

»Die Straße war abgesperrt, ich mußte einen Umweg nehmen«, sagte Moser erklärend und hielt an. »Ich habe eine Verabredung.«

»Hier?«

»Ja. In einer Töpferei.« Er machte sich in eine schmale Gasse davon, in der kaputte Stühle, aufgeschichtete Kanalrohre und Schüsseln aus Ton riesige Stapel bildeten.

Thomas Mach wartete eine endlose Viertelstunde in der Hitze, dann folgte er Moser in die schmutzige Gasse.

Ein hübsches kleines Mädchen mit einer Haarspange, Thomas Mach schätzte es auf zehn Jahre, kam ihm in einer grünen Jacke entgegen. Thomas Mach griff in seine Tasche, gab ihr eine Pfundnote und ging weiter. Das Mädchen blieb daraufhin an seiner Seite und begann arabisch auf ihn einzureden. Er wollte ihm gerade antworten, als eine schwarze Rauchschwade die Gasse entlanggekrochen kam wie ein schwebendes, giftiges Tier. Über einem Tor stand etwas in verblaßter arabischer Schrift. Unfertige große Vasen und Amphoren türmten sich vor den dunkelblau gestrichenen Häusern. Als die Rauchschwade ihn erreichte, fing er an, heftig zu husten. Er machte rasch einige Schritte nach vorne. Wieder zog eine schwarze Rauchschwade durch die Gasse, sie war noch dichter als die erste und löste in ihm neuerlich einen Hustenanfall aus. Seine Augen tränten, und bevor er noch verstand, daß das Mädchen ihn warnen wollte, erschien Moser. Er war mit der Umgebung offenbar vertraut und ärgerte sich über Thomas Machs Neugier.

»Sie hätten besser im Wagen bleiben sollen«, tadelte er ihn, als sie wieder losfuhren. »Ich vermittle Töpferwaren nach Luxor, aber in den nächsten Tagen werden die Betriebe von den Behörden gesperrt, wegen des giftigen Rauchs aus den Brennöfen.«

Er ließ Thomas Mach merken, daß es ihm auf die Nerven ging, sich zu rechtfertigen.

Sie bummelten hinter einem Schulbus her, aus

dessen Fenstern Mädchen Papierschnitzel warfen. Einige Straßenzüge lang folgten sie ihm, dann bogen sie vor den langen braunen Buden der Dattelverkäufer in einen riesigen Park mit Palmen ab.

Die Entzifferung

Im Garten vor dem Koptischen Museum trillerten und zwitscherten die Spatzen auf riesigen Gummibäumen. Als sie, von Licht- und Schattenmustern überflossen, auf den Eingang zuschritten, nahm Thomas Mach Moser plötzlich wie zum ersten Mal wahr: Er hatte ein eher ländliches, bäuerliches Gesicht, in dem die Unterlippe spöttisch nach unten gebogen war. Am Kinn hatte er eine deutliche Narbe, und ein dünner Schnurrbart gab ihm etwas Studentenhaftes. Er trug heute, wie Thomas Mach auch, Schwarz. Außerdem fiel ihm die Stahlbrille auf, mit den in der Sonne sich verdunkelnden Gläsern. Sein Haar war stark gelockt und weniger rötlich, als er es zuletzt registriert hatte. Aber am deutlichsten empfand er eine gewisse Verwandtschaft mit ihm.

Sie betraten die Vorhalle und gingen, nachdem Moser mit der Kassiererin gesprochen hatte, durch eine braune Tür in einen langen Gang. Einzelne Fenster waren mit einem Gitter aus gedrechseltem Holz verziert, das Thomas Mach zuerst an einen Beichtstuhl denken ließ, von dem Moser aber sagte, es werde Mashrabiya genannt und bezeichne einen bestimmten koptischen Stil, den man überall in Ägypten antreffen könne.

Das Sonnenlicht funkelte und flirrte zwischen den Holzstäben und zeichnete ein kunstvolles Ornament in die Luft. Es war, als würden Spitzen aus schwarzem Tuch von hinten beleuchtet. An manchen Stellen kam ein wabenförmiges Muster zum Vorschein, an anderen wiederum hatte man den Eindruck, als handle es sich um glimmende Glasfenster. Das Licht hypnotisierte ihn. Bei der nächsten Fensternische blieb sein Blick am Fußboden aus Steinplatten haften, wo die Mashrabiya-Gitter aus Licht und Schatten ein unscharfes Ornament bildeten, das ihn an eine Wasseroberfläche denken ließ. Unwillkürlich traten sie hinein, und er sah, daß Moser für einen Schritt lang darin eingehüllt war wie von einer durchsichtigen, sich bewegenden und leuchtenden Tätowierung.

Behutsam öffnete Moser die braune Tür zum Bibliothekssaal. Der Raum bestand aus zwei hohen Etagen, die mit Bücherregalen gefüllt waren. Die weißen Beleuchtungskugeln waren eingeschaltet, und durch die Fenster, die groß wie in einer Kirche waren, blickte man in blendend grelles Sonnenlicht und darin blinkendes Laub.

An einem der in der Mitte aufgestellten Lesetische saß ein Mann mit kurzgeschnittenen Haaren. Als er erstaunt den Kopf hob und sich umdrehte, blickte Thomas Mach in ein Kindergesicht, das ihn mit einer Mischung aus Höflichkeit und Zurückhaltung musterte. Der junge Mann erhob sich, schloß langsam den Folianten vor ihm und reichte Moser die Hand. Dabei blieb sein Gesicht ernst und abwesend.

»Ist es möglich, daß ich Sie ein paar Minuten spreche, Herr Dr. Gast?« fragte Moser.

Er stellte Thomas Mach vor, der einen kaum merkbaren Händedruck fühlte.

»Es ist im Lesesaal nicht erlaubt zu sprechen«, raunte der Wissenschaftler und führte sie zwischen den Säulen zu einer anderen Tür am Ende des Ganges.

Sie waren allein. Die Lesetische waren aufgeräumt, die Leitern vor den Regalen zusammengelegt.

Der junge Wissenschaftler wartete, bis sie den Saal verlassen hatten, dann drehte er das Licht der Beleuchtungskugeln ab, ohne daß es dadurch dunkler wurde, da die Bibliothek vom Sonnenlicht ohnedies durchflutet war.

Dr. Gast trug ein kurzärmeliges Hemd mit Krawatte, eine hellgraue Sommerhose und Mokassins. Seine dunkelbraune Hornbrille betonte das Aussehen eines jungen Akademikers der Geisteswissenschaften.

Im oberen Stockwerk brach das Licht durch die Fenster wie eine Flut aus Helligkeit. Sie betraten einen großen Seminarraum, in dessen Mitte wieder ein langer Tisch stand, der das Licht von außen kalt widerspiegelte. Trotz der Hitze war es angenehm kühl. Hinter verglasten Schranktüren lagen Bücher, Codices, Hefte.

Fotobände in der Größe von Atlanten waren auf einem Tisch aufgeschlagen und zeigten vergrößerte Stücke von Papyri und Pergamenten. Dr. Gast nahm an einem Lichttisch Platz und warf einen kurzen Blick auf die kleinen braunen Fetzen vor sich. Ungeordnet lagen sie da, wie antike, von einem Kuvert abgerissene Briefmarken. Dr. Gast, dessen Gesicht von unten beleuchtet wurde, kontrollierte mit Hilfe des Lichts und anhand des Faserverlaufs, ob die einzelnen Teile zusammenpaßten.

Er setzte eine gelbe Schutzbrille auf und schaltete eine UV-Lampe ein. Die mit brauner Tinte geschriebenen Buchstaben traten nun deutlicher hervor. Neben ihm lagen eine Lupe, ein runder Konvexspiegel und eine Schachtel mit weiteren Papierfetzen, die er nur mit einer Pinzette anfaßte.

Das könne er leider nicht mit Sicherheit sagen, antwortete der Wissenschaftler auf die Frage Mosers, was er entziffere. Vor zwei Jahren sei in Berlin ein stark beschädigtes Papyrus in den Beständen gefunden worden, dessen Schrift man sich bemühe zu entziffern.

Er nahm die gelbe Schutzbrille wieder ab, zog das Ultraviolettlicht aus der Steckdose und schaltete den Lichttisch aus. Sodann verstaute er die goldbraunen Papierfetzen, die brüchig waren, wie Tabakblätter in der Schachtel.

»Wir vermuten, daß die Papyri aus Berlin und Kairo zusammengehören und einen unbekannten Psalm darstellen.«

Thomas Mach erfuhr, daß Dr. Gast Theologe war mit einer Ausbildung in Koptisch und einem Forschungsauftrag der Wiener Nationalbibliothek, die die größte Papyrus-Sammlung der Welt besitze, wie er stolz betonte. Mit der Pinzette in der Hand setzte er sich zu ihnen an den Tisch und lehnte sich zurück. Auf dem spiegelnden Tisch stand eine lange Reihe Zettelkästen, in der anderen Ecke des Raums ein Computer, dessen Bildschirm eingeschaltet war und dunkelbraune Schriftzeichen auf Papyrus zeigte.

»Das«, deutete der Wissenschaftler auf den Bildschirm, »ist die Berliner Seite. Die ganze Sache ist ziemlich verzwickt.« Ein Teil der Papyri stamme aus den Kartonagen von Mumienhüllen. Die Schriftstücke seien damals mit Leim zu einer pappmachéartigen Masse zusammengekleistert, mit Gips überzogen und nach dem Trocknen bunt bemalt worden. »Zu Kartonage verarbeitete Papyri dienten aber auch als Füllmaterial für die lederüberzogenen Codices«, fuhr er fort, »sogar für die Sohlen koptischer Pantoffel wurden sie verwendet oder als Wickelstoff von Tiermumien. Bei den Grabungen in einem ägytpischen Dorf ließ ein Arbeiter versehentlich eine Krokodilsmumie fallen, die zerbrach – zutage traten medizinische Papyri.«

Um Moser ein Zeichen zu geben, holte Thomas Mach den Prospekt des Reisebüros unauffällig aus seinem Polohemd heraus und legte ihn auf den Tisch, in der Hoffnung, Moser werde ihn sehen und sich an den Zweck des Besuchs erinnern. Aber

Moser hatte ein strahlendes Lächeln aufgesetzt und hing an den Lippen des jungen Wissenschaftlers. Natürlich interessierte er sich für Dr. Gasts Geschichten. Hatte er nicht versucht, Tonscherben aus dem Fayoum zusammenzusetzen? Inzwischen hatte Dr. Gast erklärt, daß das Hauptkontingent der schriftlichen Quellen aus antiken Müllplätzen stamme. »Am Anfang war der Mist«, lachte er. Wie es auch heute noch üblich sei, habe man Haushaltsabfall oder alte Papyri weggeworfen – in die Ruinen eines verlassenen Hauses oder in die Wüste. Die Müllhaufen seien mit der Zeit vom Sand zugeweht worden. Die Papyri in jenen Schichten, die nicht vom Nilwasser aufgeweicht worden waren, hätten sich unversehrt erhalten. Auf der Suche nach fruchtbarer Erde hätten die Fellachen dann diese ehemaligen Müllplätze umgegraben. Da sich der antike Müll, der mit verschiedenen tierischen und pflanzlichen Abfällen durchsetzt gewesen sei, unter dem Einfluß des Nilwassers zu einer mineralstoffreichen Erde umgewandelt habe, sei dieses Material zur Düngung besonders begehrt gewesen. An anderen Orten blieben Papyri deshalb erhalten, weil sie in luftdicht verschlossenen Gefäßen eine Feuersbrunst überstanden hätten – führte Dr. Gast weiter aus – und so nicht verbrannten, sondern karbonisierten.

Er sprang auf, öffnete einen Glasschrank und holte zwei Folianten hervor, in denen Schriftstükke abgebildet waren. »Die schwarze Tinte läßt sich auf dem grauschwarzen, verkohlten Papyrusblatt noch immer erkennen. Man kann sie durch spezielle fotografische Aufnahmen noch verdeutlichen. Die Restaurierung ist dann eine Sache der Papyrologen.«

Nur langsam begriff Thomas Mach, daß er sich in einem anderen Land mit einer anderen Zeitrechnung befand und daß Moser und Dr. Gast sich bereits daran gewöhnt hatten.

»Am wichtigsten ist die Art und der Zustand der verwendeten Tinte«, dozierte Dr. Gast weiter. »Sie bestimmt vor allem die konservatorischen Maßnahmen. Da jede Faser Tintenspuren aufweisen kann, muß sehr genau mit Mikroskop und Lichtlupe gearbeitet werden.« Er war aufgestanden und ging im Raum herum. Moser stellte weitere Fragen und kam schließlich auf die verschiedenen Schriften und über die Schriften auf die koptische zu reden. Thomas Mach erfuhr, daß sie auf dem griechischen Alphabet beruhte, welches man durch acht Zusatzzeichen ergänzte, um spezielle Lautwerte der ägyptischen Sprache ausdrükken zu können.

»Können Sie auch das lesen?« fragte Moser und überrumpelte Thomas Mach, indem er nach dem Reiseprospekt mit Eva Blums Handschrift griff und ihn Dr. Gast reichte. Der Wissenschaftler hob verwundert die Brauen. Er ging um den Tisch herum, setzte sich und legte die Pinzette weg, ohne den Blick von der Schrift abzuwenden.

»Was ist das?« fragte er in die Stille.

»Eine Nachricht – an mich«, gab Moser zurück.

Thomas Mach war sich unsicher, ob er log oder nicht. Wenn es eine Nachricht an ihn war, lag die Lösung auf dem Tisch. Aber mit derselben Wahrscheinlichkeit konnte er gelogen haben, um Dr. Gast, den er offenbar weniger gut kannte, als Thomas Mach angenommen hatte, zu bewegen, die Schrift zu entziffern.

»Es ist koptisch. Und zwar bohairisch. Man unterscheidet fünf Dialekte: das oberägyptische Gaidisch, das unterägyptische Bohairisch, Achmimisch, Subachmimisch und eben Fayoumisch. Jedenfalls ist es sehr schnell geschrieben. Außerdem fehlerhaft. Ich kann nicht sagen, ob absichtlich oder unabsichtlich. Es ist im ersten Monat des Jahres aufgezeichnet worden, denn es beginnt mit dem Wort Muharram – Muharram heißt auf arabisch der erste Monat des Jahres. Es kann aber auch an den ersten Monat des Jahres gerichtet sein, denn es ist mit einem Rufzeichen versehen. Ich kann es Ihnen nur sehr oberflächlich übersetzen. Es ist immer eine Frage der Zeit und oft des Glücks, etwas zu entziffern, vor allem aber, es richtig zu deuten. Die ersten Worte nach Muharram heißen: ›Erinnere dich‹ … das nächste kann ich nicht lesen … ›Augen, die auf dich gerichtet sind‹ … ›Stimmen zittern‹ … ›erinnere dich, Körper‹ … ›erinnere dich, Körper‹, das ist das Ende der Aufzeichnung … Lassen Sie es mich noch einmal versuchen: ›Erinnere dich, erinnere dich, Körper.‹ Es ist also ein Körper gemeint, ein fremder oder der eigene.«

Es entstand eine lange Pause, in der Moser unbeweglich dasaß.

»›Erinnere dich … Augen, die auf dich gerichtet … die Stimme nach dir zitterte … erinnere dich, Körper‹ – es klingt wie ein Liebesbrief und ein Abschiedsbrief zugleich.«

Er drehte den Reiseprospekt um und betrachtete ihn: »Was ist das?« fragte er.

»Ein Prospekt für Pilger- und Studienreisen«, antwortete Moser rasch und nahm ihn an sich.

Thomas Mach bemerkte, daß Dr. Gast wegen der Respektlosigkeit, mit der Moser ihm den Prospekt aus der Hand genommen hatte, wütend wurde.

Moser gab plötzlich vor, in Eile zu sein.

»Ich darf Sie anrufen? Ihre Nummer habe ich – danke.«

Er lief so rasch die Treppen hinunter, daß Thomas Mach ihm nur mit Mühe folgen konnte. Er eilte durch die Mashrabiya-Lichtspiele aus den Gangfenstern, die vergeblich versuchten, ihn in ihren Netzen zu fangen, und durch den Park. Erst auf der Straße hielt er an und stieß hervor, wie unangenehm ihm die ganze Angelegenheit sei. Er blies die Luft geräuschvoll aus den Wangen. Ohne Mach anzusehen, sagte er:

»Ich bin ein Idiot, daß ich mich überhaupt darauf eingelassen habe.«

Der Nil lag von einem blendenden Silberschleier verhangen da, und die Schiffe auf ihm waren gegen das Sonnenlicht nur als Silhouetten erkennbar. Auch der Himmel hatte die gleiche Silberfarbe angenommen, die aussah wie glimmender Nebel. Sie fuhren im hellen Dunst an der Corniche entlang, unter den Schattenflecken von Bäumen und Büschen, Häusern und Straßenbeleuchtungen. Die ganze Zeit über sprachen sie nicht.

Thomas Mach hatte Eva Blum nie gesehen, aber nun, als er neben sich den Mann sah, den sie geliebt hatte, drängte sich die Frage auf, wer Moser wirklich war. Er war gewiß wendig und verstand es, eine unangenehme Situation in den Griff zu bekommen. Außerdem machte er den Eindruck, Bescheid zu wissen, und er war kein Angeber. Im Gegenteil, er hatte Geduld und Verständnis für ungewöhnliche Zwischenfälle, wie er durch sein Verhalten im Friseursalon bewiesen hatte. Dazu kam, daß er großzügig war, sonst hätte er nicht Paul Eck auf seinem Hausboot Zuflucht gewährt.

Sie hatten inzwischen Sajeda, ein Armenviertel erreicht, und Thomas Machs Gedanken verstrickten sich immer mehr in die Beziehung von Moser und Eva Blum. Was sollte er tun? Er griff in der Tasche der Safarijacke nach dem Spiegel, den Eva Blum bei ihrem Selbstmord in der Hand gehalten hatte. Als er ihn aufklappen wollte, warf Moser einen flüchtigen Blick darauf, aber Thomas Mach steckte ihn rasch wieder ein.

Offenbar wollte Moser seine Tour fortsetzen, als sei nichts geschehen. Sie hielten vor der Ibn-Tulun-Moschee an, aber Thomas Mach verspürte plötzlich Lust »auf einen Abstecher in die Wirklichkeit«. Eva Blums Studientagebuch, empfand er immer stärker, bestimmte nicht nur über seine Reise, sondern zwang ihm auch eine andere Persönlichkeit auf, der er sich mehr und mehr widersetzte.

Er öffnete die Wagentür in der Absicht, selbst über den Verlauf des Tages zu entscheiden.

Draußen in der Mittagshitze hatte er das Gefühl, aus einer Ohnmacht zu erwachen. An der Mauer der Moschee saß ein alter Obsthändler und bot Guaven, Orangen und Trauben zum Kauf an. Thomas Mach erstand eine Orange, die saftig war und süß schmeckte. Die Süße der Frucht stieg ihm zu Kopf wie Alkohol.

Moser ermahnte ihn zwar, die Moschee zu besichtigen, aber Thomas Mach lachte nur und ließ sich einfach treiben.

Vor einem kleinen Fleischerladen hing ein halbes Rind, eingewickelt in ein weißes Leinentuch. Ein Verkäufer bediente einige Frauen, die geduldig, mit Nylonbeuteln in den Händen, auf ihre Anteile warteten. Daneben hackte ein Mann in einer gestreiften Ghalabija Rinderfüße auseinander. Zwei Gedanken schossen durch Thomas Machs Kopf: die Erinnerung an den Tod und das Verlangen nach Gefahr. In hundert Jahren, wenn alle längst gestorben sein würden, fiel ihm ein, würde es dieses Bild nicht mehr geben. Der Gedanke kippte im selben Atemzug um, so daß er alles betrachtete, als sei es schon tot, als sei die Welt um ihn herum bereits von Toten bevölkert, auch die Gebäude und den Himmel bezog er mit ein: Totenhäuser, ein Totenhimmel. Das Verlangen nach Gefahr versickerte in dieser Vorstellung, es verschwand in ihr und entfaltete von dort aus seine Wirkung. Er verließ die »Tierhinrichtungsstätte«, wie er den Ort für sich nannte, und ging unter dem dürftigen Schatten einiger Eukalyptusbäume die Ibn-Tulun-Straße hinunter.

An ihrem Ende befand sich ein kleines Café mit aufgestapelten braunen Stühlen und einem Muster aus schwarzen Windrädern auf weißen Fliesen an der Hauswand. Die Männer – alle blau gekleidet – starrten ihn an. Ein Stück weiter war ein roter Wagen abgestellt, der einer Drehorgel ähnelte und mit weißen Buchstaben und einer gelben Verzierung bemalt war.

Thomas Mach drehte sich nach Moser um und sah dabei eine Katze unter dem eingewickelten Rinderkadaver Blut vom Boden auflecken.

»Das ist kein gutes Viertel«, sagte Moser, der ihm nachgeeilt war, nervös.

Die blaugekleideten Männer starrten sie noch immer an.

»Weiter«, hörte Thomas Mach in seinem Kopf.

Die beiden Buben hinter dem Wagen verkauften

Ful, ein Bohnengericht, erfuhr er, und er trat heran und verlangte eine Portion. Sofort wurde ihm ein Papierteller mit der Speise gereicht, er bezahlte und machte sich daran, sie mit einem Plastiklöffel zu essen.

Die Männer vor dem Café hatten Kapuzen oder die Takija aufgesetzt und ließen keinen Zweifel aufkommen, daß ihnen der junge Mann mit den roten Haaren nicht gefiel.

Das Essen schmeckte ihm.

Um sich abzulenken, las er das Straßenschild über seinem Kopf, auf dem Haret el Tabbakh zu lesen war.

Langsam ging Thomas Mach an den Männern vorbei. Über dem Eingang des Cafés hing ein ausgestopfter Kinderhandschuh. Die Männer blickten ihn mit ernsthaften Gesichtern an. Moser schwieg. Offenbar wußte er, daß sein Reden sinnlos war.

Einige Zeit folgten sie einer Frau, die einen Sack auf dem Kopf trug. Keine Kinder ließen sich blikken, niemand begrüßte ihn mit »Welcome« oder fragte nach seinem Namen.

In der Nische eines Hauses arbeiteten drei Männer emsig an Perlmutteinlegearbeiten, wie man sie überall als Souvenirs auf den Märkten sehen konnte. Als sie Thomas Mach bemerkten, drehten sie ihm rasch den Rücken zu und arbeiteten, ohne aufzusehen, weiter.

»Es ist besser, wir kehren um«, sagte Moser bestimmt. Aber für Thomas Mach stand fest, daß er weitergehen würde.

Ein Felukenmacher hobelte ein paar Schritte weiter in einem staubigen Hof an einem Boot. Sobald er Thomas Mach sah, spuckte er aus und begab sich in die Hütte, in der er das Klappfenster, das zur Straße führte, schloß.

Thomas Mach, noch immer Ful essend, betrachtete das Boot in aller Ruhe, bevor er weiterging.

Als nächstes erreichte er eine Kohlenhandlung, an der die Neonschriften und das Ladenschild verblaßt und zerbröckelt waren.

Neugierig betrat er das verfallene Nachbarhaus. Von der Treppe zum nächsten Stockwerk fehlten dort einige Stufen, an deren Stellen nur große Spalten gähnten; auch das Geländer war nur noch zum Teil vorhanden. Er stellte sich erstaunt so auf, daß er die weitere Treppe sehen konnte, die bis in den zweiten Stock schadhaft war. Soeben sprangen zwei Kinder ohne große Vorsicht über die Spalten.

Wieder auf der Straße, blieb er vor der benachbarten Werkstatt stehen. Ein Schmied mit einer Taucherbrille, die er über seine eigentlichen Gläser gestülpt hatte, arbeitete halb im Freien an Vorhangringen. Der Mann war weißhaarig, schlank, trug ein buntgeflicktes Hemd und eine speckige Lederschürze und ließ Thomas Mach an den Glasbläser denken.

Die Gasse wurde enger und führte zu Läden, die fast alle geschlossen waren. Moser hielt sich einige Schritte hinter ihm und gab vor, nichts mit ihm zu tun zu haben. Die Sonne fiel schräg von oben in die schattige Gasse, sie erreichte nicht einmal den ersten Stock der alten Häuser.

Allmählich wurde die Gegend gepflegter, die Geschäfte verschwanden, und sie gingen im Schatten einer langen Mauer wieder auf die Ibn-Tulun-Moschee zu.

In der Moschee

Die Schneckenform der Außenstiege an dem Minarett fiel ihm schon von weitem auf (im Sandboden des Außenhofs sah er dann als erstes zwei verrostete Sägeblätter und ein Büschel Taubenfedern). Innen waren die Gebäude karg und abgewohnt. Überall auf den Wänden fand er Inschriften, mit Kreide geschrieben oder mit einem spitzen Gegenstand in den Verputz geritzt, mitunter waren die braungelben Mauern so dicht mit weißen Schriftzeichen bedeckt, daß Thomas Mach an ein Gestöber aus Buchstaben dachte.

Sie fuhren durch das Verkehrsgewühl zur Al-Azhar-Moschee und aßen in der Nähe am Bazar Khan el Khalili zu Mittag.

Thomas Mach war müde. Der Spaziergang hatte ihn zugleich inspiriert und angestrengt, und das Sitzen tat ihm wohl. Auch Moser war einsilbig. Sichtlich ging ihm Thomas Mach mit seinem Eigensinn auf die Nerven. Er rauchte nervös eine Zigarette und schien über irgend etwas nachzugrübeln. Später schlenderten sie durch die schmalen, verdeckten Gassen des Bazars, in denen die Souvenirhändler und Juweliere in winzigen Läden Touristen anlockten. Von dort aus stiegen sie vor der heftig befahrenen Sharia al Azhar in die dunkle Unterführung hinunter. Inmitten des Gedränges hatten Straßenverkäufer primitive Verkaufsstände aus umgedrehten Kisten errichtet, wo sie Feuerzeuge, Papiertaschentücher und Krimskrams feilboten. Eine alte, schwarzgekleidete Frau packte gerade Kinderspielzeug aus, blaugelbe Schildkröten, die, schob man sie an, über den Boden krabbelten.

Auf der anderen Seite bestickten zwei Männer vor einem Tuchgeschäft ein prächtiges schwarzsamtenes Tuch mit Koranversen. In der Auslage war ein Exemplar des Heiligen Buches aufgeschlagen. Thomas Mach hatte das Gefühl, den Schlüssel vor sich zu haben, mit dem er das Leben in diesem fremden Land würde verstehen können. Das Buch war in einem fetten Schwarz gedruckt, und die Buchstaben schienen die Rufe der Muezzins wiederzugeben, die Menschenansammlungen, die Ghalabijas und Turbane, das Geschrei, die Form der Hausboote und die kleinen Wellen des Nil. Es wimmelte auch von winzigen schwarzen Schlangen, fand er.

Moser wartete vor der Al-Azhar-Moschee und rauchte. Wortlos trat er mit ihm in einen Raum, in dem sie die Schuhe ausziehen und abgeben mußten. Was Thomas Mach auch später in Erinnerung blieb, waren der Torwärter neben dem Eingang und das Pult, hinter dem er stand. Der Mann übernahm die Schuhe jedes Eintretenden zur Aufbewahrung. Das Pult, auf dem sie übergeben wurden, war schwarz, aber die darauf immer wieder abgestellten Schuhe hatten die weiße Grundfarbe an vielen Stellen zum Vorschein gebracht. Natürlich waren die zufälligen schwarzen und weißen Farbinseln ohne tieferen Sinn, und doch erschlossen sie irgend etwas, von dem Thomas Mach nicht wußte, ob es existierte. Ganz deutlich glaubte er jedoch die Umrisse eines Schiffs zu erkennen, es sah primitiv aus, mit einem Mann auf dem Oberdeck und einem hohen Segel.

Ein wollener Teppich erregte gleich darauf seine Aufmerksamkeit. Ehe er aber noch das Muster »verstanden« hatte, war Moser schon vorausgeeilt, und Thomas Mach folgte ihm mit einem rätselhaften Farbenfragment im Kopf, das ihn benommen machte.

Der weite, von Arkaden umstandene Hof sah aus wie eine Fläche aus Eis. Im weißen Marmor spiegelten sich die Säulen, und die Gläubigen wurden von seitenverkehrten und auf dem Kopf stehenden Doppelgängern begleitet.

In den Säulengängen schliefen Männer auf roten Teppichen und träumten vielleicht, dachte Thomas Mach. Oder sie studierten in kleinen Gruppen heilige Schriften. Andere wiederum meditierten selbstversunken.

Thomas Mach nahm Platz, lehnte sich an eine Wand und überließ sich genußvoll dem Schwindel, den der Anblick der unzähligen Ventilatoren an der Decke in ihm auslöste. Später erschienen ein Mann und eine alte Frau in Schwarz. Die Frau nahm ein Pflaster von einem Auge, das geschwollen und geschlossen war, und der Mann richtete es ihr wieder, aber es klebte jetzt nicht mehr an der Haut, weswegen sie es mit einer Hand festhalten mußte.

Wenn Thomas Mach später an den Steinfußboden und die Wände zurückdachte, sah er nur ins Riesige vergrößerte Einzelheiten. Die Fliesen stellten grüne Achtecke in einem Ornament von sternförmigen Fünfecken dar, Quadrate, Rechtecke und schwarze kreisförmige Scheiben. Die Scheiben waren so abgetreten, daß unter der schwarzen Oberfläche braune Flecken zum Vorschein kamen. Andere wiederum glänzten und reflektierten verschwommen das Licht wie uralte Parabolspiegel.

Nach einiger Zeit erhob sich Thomas Mach. Schweigend spazierten sie ein Stück zurück zum Basar Khan el Khalili, wo Moser ein renoviertes Verwaltungsgebäude betrat, in das ihm Thomas Mach automatisch folgte.

Der Sheikh der Sheikhs

Moser eilte schon die Wendeltreppe hinauf in den nächsten Stock.

Der Gang war dunkelbraun und fleckig.

Im ersten Stock standen breite geblümte Fauteuils, die mit einem grünen Tuch bedeckt waren. Darüber hing ein gerahmter kalligraphischer Spruch. Ein Mann kniete vor den Fauteuils und beugte sein Gesicht bis hinunter auf den Parkettboden. Schamerfüllt blickte Thomas Mach weg.

Im nächsten Stockwerk war der Vorraum mit Marmor ausgekleidet, vier Fauteuils standen vor einer offenen Bürotür, hinter der ein beleibter Mann, dem die Hose bis zur Brust reichte, auf einem Ledersessel thronte. Sein Schreibtisch war über und über mit Akten und Papieren, Luftpostbriefen und Zeitungsausschnitten bedeckt. Zur Fensterseite hin, auf einem Tischchen mit blauweiß geblümter Linoleumplatte, stand wie eine Kaaba ein schwarzer Safe mit weiteren abgelegten Papierstücken darauf. Der beleibte Mann trug sein graues Haar kurzgeschnitten und eine eindrucksvolle Hornbrille. Die schwarzen Hosenträger über dem weißen Hemd gaben ihm etwas Untergeordnetes, obwohl er eine Seidenkrawatte trug.

Ein dickes Buch, zerschlissen mit abgewetztem Einband, aus dem beschriftete Seiten herausragten, nahm das Zentrum der Papierlandschaft auf dem Schreibtisch ein. Durch das geschlossene Fenster über dem Safe sah Thomas Mach den blauen Himmel und die Spitzen des Minaretts der Hussein-Moschee.

Der beleibte Mann, Thomas Mach hielt ihn für einen Sekretär, ließ Tee für sie bringen und telefonierte.

Nacheinander erschienen nun sechs Männer, die

Thomas Mach in Augenschein nahmen und fragten, woher er komme.

Moser beantwortete alle Fragen offenbar zu ihrer Zufriedenheit auf arabisch.

»Der Sufimeister erkundigt sich, welche Fragen Sie ihm stellen wollen«, sagte Moser beiläufig.

Verwirrt errötete er: Moser hatte nicht vergessen, daß er ihn nach den Sufis gefragt hatte, und überraschte ihn nun damit, daß er einen berühmten Gelehrten sprechen durfte.

»Über die innere Stimme«, antwortete Thomas Mach. Er war selbst erstaunt, daß er diese Antwort gegeben hatte.

Moser übersetzte, während Thomas Mach auf der vergeblichen Suche nach einem Bild durch das Fenster schaute. Er rührte die Tasse Tee nicht an, da er zu nervös war, um zu trinken. Von der Tasse glitt sein Blick auf den gesprenkelten Einband des dicken Buchs und fand dort eine Darstellung, die er kannte: Das Etikett war abgerissen, die arabische Schrift darauf so verblaßt, daß sie nicht mehr entzifferbar war. Der speckige Einband glänzte unter dem Licht der Leuchtstoffröhren, und Thomas Mach las daraus, wie es der Mauerfotograf in Wien ihn gelehrt hatte, eine Summe von Gedanken, die vermutlich Lehren der Sufis waren: Kein Zweifel, der Einband glich dem Abbild einer Galaxie, mit dem Fernrohr betrachtet. Und jeder der hellen Partikel und Flecken war ein Stern, ein Planet, ein Mond eines Gedankensystems.

Unvermutet erschien der Sufimeister in dem engen Raum. Einer der jungen Männer in Ghalabijas stürzte auf ihn zu und küßte ihm schmatzend die Hände. Die beiden älteren, die Anzüge trugen, schienen mit seinem Anblick vertrauter zu sein.

Der Gelehrte war wirklich eine bemerkenswerte Erscheinung. Er trug einen schwarzen Kaftan aus schwerem Stoff, darunter ein weißes, kragenloses Hemd und einen roten, krempenlosen Filzhut, der mit weißen Tüchern umwickelt war. Eine große Goldbrille saß auf seiner knorrigen Nase, die ihm etwas Furchtloses verlieh. Vermutlich hatte er eine Glatze oder Halbglatze, und ein grauer, kurzgeschnittener Kinnbart umrahmte das energische Gesicht. Er hieß Hassan, wie Thomas Mach der mit Goldbuchstaben bedruckten Visitenkarte entnahm, und war »Sheikh der Sheikhs« und Leiter des Obersten Sufi-Rats. Moser schien ihn zu kennen, aber nicht gut genug, um auf Ehrerbietungen verzichten zu können: Jedenfalls küßte auch er dem Sheikh die Hand.

Der Sheikh drehte sich um, öffnete eine Tür und betrat sein Arbeitszimmer.

Thomas Mach registrierte als erstes den Geruch von abgestandenem Zigarettenrauch, dann sah er Kippen und Stummel in Aschenbechern und auf dem Teppichboden. Der Schreibtisch war leergeräumt. Zwei Telefonapparate standen darauf, ein Terminkalender und verschiedenes aus Alabaster: Brieföffner, Vase, Tintenfaß.

Sheikh Hassan nahm auf einem wuchtigen Drehstuhl aus Holz und schwarzem Leder Platz und setzte ein mißmutiges Gesicht auf. Verdrossen starrte er auf das Kunststoffgrünzeug in den Töpfen, die im Raum verteilt waren. Hinter den Glastüren von Einbauschränken lagen Aktenstöße. Thomas Mach fiel auf, daß die Türen mit Vorhängeschlössern versperrt waren.

Hinter dem Sheikh hing ein gerahmtes Farbfoto des ägyptischen Präsidenten. Eifrig wurden Kaffee und Wasser serviert, dann ließ man den Würdenträger mit Moser und Thomas Mach allein.

»Ich bin nur ein Fellache, und ich spreche nicht Englisch«, sagte der Sheikh noch vor Mosers erster Frage. Er machte noch immer einen mißmutigen Eindruck.

Anfangs redete Moser allein. Nach kurzem Nachdenken antwortete der Sheikh und betrachtete Thomas Mach dabei aufmerksam.

»Der Sheikh sagt, daß die Verwirrtheit ein bestimmtes Stadium der geistigen Entwicklung sei«, übersetzte Moser endlich. »Eine innere Stimme könne gleichermaßen Inspiration bedeuten wie üble Eingebung. Er will genauer wissen, was es mit der inneren Stimme auf sich hat.«

»Ich habe niemandem gesagt, ich sei verwirrt«, unterbrach ihn Thomas Mach.

»Der Sheikh bringt«, sagte Moser, nachdem er mit dem Gelehrten gesprochen hatte, »die innere Stimme nicht unbedingt in Zusammenhang mit Verwirrtheit. Er hat mich gefragt, ob Ihr Haar von Natur aus rot ist und wenn nicht, weshalb Sie es gefärbt haben. Er weiß natürlich, daß es gefärbt ist, und er schließt daraus und aus Ihrer Frage, daß Sie einer inneren Stimme folgen.«

Die Schrift »Schweigen« schwebte für die anderen unsichtbar in riesigen Lettern an Thomas Machs Auge vorüber. Dann bildeten sich Gedanken, die ihm auftrugen, den Sheikh abzulenken. Er vernahm das Wort »Zufall« und hörte, als er seine Frage aussprach, ein höhnisches Gelächter in seinem Kopf.

»Ich möchte wissen«, sagte Thomas Mach plötzlich, »was der Sheikh vom Zufall hält.«

»Weshalb Zufall?« fuhr Moser irritiert dazwischen. »Davon war nicht die Rede. Der Sheikh –«

»Fragen Sie ihn«, wiederholte Thomas Mach hartnäckig, »was er vom Zufall hält.«

Moser machte keine weiteren Einwände mehr, sondern erklärte Sheikh Hassan etwas. Dieser nickte mehrmals und gab darauf zur Antwort, daß es »natürlich« keinen Zufall gebe. Alles hänge zusammen. Auch die Gegensätze bildeten einen Zusammenhang. Zwar gebe es einen freien Willen, aber Allah wisse im voraus, wie die Menschen sich entscheiden würden, und es existiere ein Urbuch, in dem jedes Ereignis aufgeschrieben sei. Im Islam werde im Monat Sha'bàn ein Feiertag begangen, vom vierzehnten auf den fünfzehnten, die Vollmondnacht: Leilat al-Bara'a. Es sei die Nacht, in der die Geschicke für das kommende Jahr festgesetzt würden.

Und während Moser noch übersetzte, sprach der Sheikh weiter. Er habe den Eindruck, der junge Mann sei auf der Suche nach etwas. Er sehe Dinge und mache sich einen Reim darauf. Aber es falle ihm schwer, in der Vielfalt eine Einheit zu erkennen. Der Mensch sehe bloß Bruchstücke der Dinge, da sein Geist in Denkstrukturen gefangen sei, die die Welt nur in kleinen Stücken auffassen könnten.

Der Sheikh machte eine Pause, bis Moser mit der Übersetzung geendet hatte. Währenddessen blickte er mit vorgeschobenem Unterkiefer auf die Schreibtischplatte, was ihm etwas Entschlossenes verlieh. Als Moser geendet hatte, hob er streng den Zeigefinger und erklärte Thomas Mach, daß er ihm eine alte Sufi-Geschichte erzählen werde. Sie stamme von Al Ghazali, dem berühmten Sufimeister.

»Ein Wanderzirkus«, begann er, »hatte seinen Elefanten in einem Stall in der Nähe eines Dorfes untergebracht, dessen Bewohner noch nie einen Elefanten gesehen hatten. Vier Neugierige hörten von dem verborgenen Wunder und faßten den Entschluß, es zu ergründen. In dem Stall war jedoch kein Licht vorhanden, daher beschlossen sie, die Untersuchung wohl oder übel im Dunklen vorzunehmen. Der erste bekam das Ohr des Elefanten zu fassen und hielt es für einen Fächer. Der zweite faßte ein Bein an und verglich es mit einer lebenden Säule, der dritte legte seine Hand auf den Rücken des Tiers, den er für eine Art Thron hielt, während der vierte den Rüssel des Elefanten zwischen die Finger bekam und energisch behauptete, das Tier habe die Gestalt einer Wasserpfeife. Jeder von ihnen hatte nur einen Teil des Elefanten erfühlt, den er mit einem bekannten Begriff umschrieb, aber niemand konnte sich ein vollständiges Bild machen. Das Ergebnis war Verwirrung. Kein Dorfbewohner verstand, worüber die vier sprachen, und die vier Männer zerstritten sich untereinander, da jeder von ihnen davon überzeugt war, mit seiner Beschreibung recht zu haben.«

In der getäfelten Holzwand war ein Erker eingebaut, der durch breite Streifen Pergament abgedeckt war. Durch diese fiel jetzt das Sonnenlicht in einem intensiven Gelb, das, wie Thomas Mach dachte, dem Sheikh eine Art Heiligenschein verlieh. Während Moser noch immer übersetzte, hatte Sheikh Hassan ein grimmiges Gesicht aufgesetzt. Natürlich begriff Thomas Mach das Gleichnis, und er verstand auch, wie es seine Situation beschrieb.

Als Moser geendet hatte, erhielt Thomas Mach in seinem Kopf die Anweisung, die Vorbestimmung in Frage zu stellen, wenn es zugleich einen freien Willen gebe, und Thomas Mach tat es, so gut er konnte.

Der Sheikh erhob sich würdevoll.

»Das Glaubensbekenntnis des Islam ist gegründet auf koranische Aussagen«, sagte er, »es nennt ausdrücklich die Vorherbestimmung seitens Allah.«

Er griff in ein Fach, nahm ein mit roten Schriftzeichen beschriebenes Rundholz heraus und reichte es Thomas Mach zum Abschied.

Auf dem Gang herrschte reges Leben. Moser holte ihn rasch ein und bat ihn, ihm das Stück Holz zu zeigen.

»Es ist die 114. Sure«, sagte er, nachdem er einen Blick darauf geworfen hatte, »die letzte, die Professor Al Naggar, dem Kalligraphen, auf dem Blatt Papier fehlte, auf das er den Koran geschrieben hat. Sie erinnern sich? Sie heißt: ›Die Menschen‹ und ist eine Schutzsure.«

Thomas Mach nickte.

Ohne Eile verließen sie das Gebäude.

Sie nahmen auf den Stühlen eines Cafés im Freien Platz. Im Laden nebenan waren bis zur Decke (mit üppigen Golddruckornamenten verzierte) Bücher gestapelt, davor saßen drei Männer, die rauchten und Tee tranken. Ein Stück weiter lag ein Berg staubiger Reiseschreibmaschinen.

Da keine Bedienung erschien, wanderten sie weiter zum Bazar und ließen sich am Khan el Khalili im Café Fishawi nieder, an dem sie schon einmal vorbeigekommen waren. Moser bestellte zwei Wasserpfeifen und Tee. Sie wurden rasch gebracht, und Thomas Mach, der noch nie Wasserpfeife geraucht hatte, sog den aromatischen Rauch ein und beobachtete sich dabei verstohlen in einem der großen, auf der gegenüberliegenden Seite angebrachten Spiegel. In Gedanken ging er jetzt das Gespräch mit dem Sheikh noch einmal durch und fand, daß er sich gar nicht übel gehalten hatte. Andererseits hatte ihm die Geschichte mit dem Elefanten ziemlich gefallen.

Der Tee wurde auf einem Messingtablett serviert, und Thomas Mach sah auf den Sitzen der freien Stühle Lotosblumen. Die weiße Teekanne war ausgeschlagen, aber er fand die schwarzen Flecken im Email anregend. Das Café gefiel ihm überhaupt. Es lag in einer schmalen Gasse zwischen vierstöckigen Gebäuden. In seinen Gasträumen war es daher so dunkel, daß er fast nichts erkennen konnte.

Ein Wohlgefühl breitete sich in ihm aus. Über der Straße war ein grünes Sonnendach gespannt. Ein Schuhputzer bot seine Dienste an, ein Straßenverkäufer wollte ihm ein Feuerzeug andrehen, ein Händler zeigte ihm eine Auswahl lederner Brieftaschen. Für eine unbestimmte Zeit döste Thomas Mach mit halbgeschlossenen Augen dahin. Als er sie wieder aufschlug, war Moser gegangen.

Einschlafgedanken

Im Studientagebuch von Eva Blum war für den nächsten Tag die Oase Fayoum vorgesehen, und Thomas Mach studierte ihre Hinweise und Bildunterschriften, betrachtete ihre Zeichnungen und die Fotografien und legte, bevor er das Licht ausdrehte, den Reiseprospekt mit Eva Blums koptisch geschriebenen Zeilen und das Rundholz mit der Schutzsure in den Koffer. Er hatte das Bedürfnis, wie sonst nach langen Segelflügen, die Bilder, die er gesehen hatte, an sich vorüberziehen zu lassen, aber er brachte keine Ordnung in den Ablauf, die Chronik zerfiel in eine Summe von Einzelheiten.

19. November, Fayoum

Hawara

Der alte Mohamed saß vor dem Hotel im Wagen und übte den Kreuz- und den Achtknoten, die er beherrschte, ohne auf seine Finger zu sehen. Er nickte Thomas Mach mit ernstem Gesicht zu, verlor aber kein weiteres Wort, sondern reichte ihm eine Karte, auf der Moser ihm in schwer lesbarer Handschrift mitteilte, daß er verhindert sei und sich dafür entschuldige. Machs Besuch in der Oase Fayoum sei von den Behörden genehmigt worden, er werde selbstverständlich unter Polizeischutz gestellt. Thomas Mach verstand nicht, warum er bewacht wurde, und es schien ihm auch aussichtslos, danach zu fragen.

Der alte Mohamed hatte seine Augen aufgerissen, als er Thomas Machs rotes Haar sah. Er sagte aber nichts, sondern warf ihm nur fortwährend verstohlene Blicke zu. Er verstand kaum Englisch, und Thomas Mach fragte sich, weshalb Moser nicht den jungen Mohamed oder die Dolmetscherin geschickt hatte, aber bald gewöhnte er sich an den alten Mann, und schließlich fand er es angenehm, mit ihm zu fahren.

Er schlief ein, blinzelte einmal und sah die gelbe Wüste vor sich, flach und sandig, und darüber, durch die getönte Windschutzscheibe, das Violett des Himmels. Niedriges Dorngebüsch, Starkstrommasten, Häuser einer aus dem Boden gestampften Siedlung, Militärbaracken und Kasernen lösten einander ab. Plakate warben für japanische Autos, Getränke, Urlaubsorte und technische Geräte. Der Wagen fuhr langsamer, erreichte eine Kreuzung und hielt vor einem Wachgebäude, aus dem ein junger Mann mit Lederjacke und Uniformierte mit Maschinenpistolen traten, die Mohameds Papiere studierten und Thomas Mach, der im Fond saß, prüfende Blicke zuwarfen. Es dauerte eine Zeitlang, in der Mohamed wie schon so oft den doppelten Palstek knüpfte. Ein dunkelbrauner Kombiwagen rollte von irgendwoher heran, vermutlich war er hinter dem Wachgebäude versteckt gewesen. Er drehte um, und Thomas Mach sah im Laderaum vier Polizisten mit Maschinenpistolen, die Mohameds Auto neugierig musterten. Vorne saßen zwei weitere Polizeibeamte, hatte Thomas Mach registriert. Der Wagen blieb hinter ihnen stehen.

Als sie die Erlaubnis zur Weiterfahrt erhielten, erklärte ihm der Alte, daß der Polizeischutz auf das Attentat vor dem Hatshepsut-Tempel zurückzuführen sei, bei dem sechzig Touristen getötet worden waren. Die Terroristen der extremistischen Gruppe Dshihad stammten aus dem Gebiet um Asiut und der Oase Fayoum. Sie hatten Selbstmord begangen oder waren von der Polizei erschossen worden, weshalb die Regierung Racheakte von Verwandten der Getöteten an Touristen befürchtete. Mohamed erklärte es langwierig, nickte, wenn er der Meinung war, Thomas Mach habe es verstanden und wiederholte es endlos, solange er glaubte, daß sein Gegenüber nicht nachvollziehen konnte, was er meinte. Thomas Mach wußte aber, worüber der alte Mohamed ihn aufklären wollte, er verstand nur nicht jede Einzelheit. Aber der alte Mann war ein argwöhnischer Entzifferer des Mienenspiels. Keine Regung entging ihm, auch ließ er sich nicht täuschen, wenn Thomas Mach vorgab zu verstehen, ohne wirklich verstanden zu haben. Dabei glitten Mohameds Augen immer wieder zu Thomas Machs roten Haaren ab, bestimmt hatte er die Farbe von der Begegnung am Flughafen anders in Erinnerung.

Fast übergangslos begann der Pflanzengürtel. Der Polizeiwagen folgte ihnen in einiger Entfernung, überholte sie und ließ sich wieder zurückfallen. Rechter Hand sah Thomas Mach eine Fabrik, es folgten eine Moschee, Felder, Dattelpalmen, Wasserbüffel und Esel. Auf den Feldern und Wiesen zogen Ochsen Pflüge und weideten Kühe.

Die Luft war dunstig und der Himmel milchig blau. Eigentlich waren es Eindrücke, die ihn friedlich stimmen sollten, aber Thomas Mach hatte das Gefühl, daß etwas nicht stimmte. Seine innere Stimme schwieg, und Mohamed drehte das Radio auf, aus dem laut das Gebet eines Imam zu hören war. Ein Kuhreiher flatterte über die Straße, und die flachen Felder waren jetzt von Kanälen durchzogen, an denen Menschen ihre Arbeit verrichteten. Durfte er Atem holen, oder war es nur eine Täuschung?

In den Siedlungen waren auf den Dächern hölzerne Steigen für Geflügel hingeworfen, vor kleinen Teichen tränkten Fellachen ihr Vieh, und ab und zu sichtete er einen roten Traktor. Alles, was er sah, war in die Ferne gerückt. Die Straße war nahezu unbefahren, ein Mann mit Turban kam ihnen einmal mit einem Esel entgegen, der unter den Maispflanzen, mit denen er beladen war, fast verschwand. Selten stand ein großes Werbeplakat am Straßenrand, häufiger entdeckte er Heuhaufen, Dattelpalmen und ein Teefeld, hinter dem dann ein Bub mit einer Ziegenherde erschien. Das Dorf, das sie erreichten, war aus grauen Nilschlammziegeln errichtet, darunter mischten sich kleine Häuser aus gebranntem Lehm, die mit Fernsehantennen ausgestattet waren, und einige Plakate mit arabischen Schriftzügen.

Die Landschaft hatte etwas Abgeschiedenes, Biblisches und zugleich Abweisendes. Aber vielleicht bildete er sich das nur ein, weil er, sobald er nicht mehr durch das Seitenfenster blickte, die vier Polizisten mit ihren Maschinenpistolen im Kombiwagen sah, der das Auto wieder überholt hatte. Der Polizeiwagen hielt vor einer Getränkebude, an der Fahrräder lehnten. Endlich schob ein Mann seinen Kopf durch das Fenster. Ohne auszusteigen, kaufte der Polizeibeamte hinter dem Lenkrad einige Limonadendosen, wobei er Mohamed mit

Gesten bedeutete, nicht den Motor abzustellen. Es roch nach verbranntem Laub. Kurz darauf passierten sie ein Dorf mit einem großen Taubenhaus, Kindern, Rindvieh, Pferdewagen und einer Eisenbahnstation. Die elektrische Leitung lief von einem schiefen Mast zum nächsten und zeichnete ein Schattenmuster auf den Asphalt. Sie überquerten eine Brücke und sahen Frauen am Kanal Geschirr spülen und ein Stück weiter Feuer unter einer Benzintonne, in der eine Flüssigkeit dampfte. Wie schon einmal dachte Thomas Mach, daß er zu dieser Welt gehörte. Es war ein unsentimentaler Gedanke, und er schien ihm richtig zu sein.

Hinter der Siedlung begann wieder die Wüste.

Sie bogen nach einigen Minuten zu einer Nebenstraße ab und fuhren auf eine Pyramide zu, die vor ihnen lag. Noch bevor sie das Monument erreicht hatten, mußten sie an einer Straßensperre anhalten, hinter der sich ein Ticketverkäufer und mehrere Polizisten versammelt hatten.

Thomas Mach verstand zuerst die Aufregung nicht, erfuhr aber dann von Mohamed, der jetzt den Achtknoten übte, daß sie der erste Besuch der Pyramide von Hawara und des Labyrinths seit mehr als vier Monaten waren.

Die Pyramide sah aus wie der Buckel eines Sauriers, der mit dem Kopf im Sand nach Nahrung sucht, und vom berühmten Labyrinth des Herodot, über das er mit Konrad Feldt in der Nationalbibliothek und später mit Moser gesprochen hatte, war überhaupt nichts zu sehen. Nichts von der großartigen Beschreibung und nichts von der Zeichnung des Athanasius Kircher.

Er stieg aus, passierte die Schranke und blieb vor einem gelben Schild stehen mit der Aufschrift: »Danger, please no walking near the cemetery.«

Die Stufenpyramide war halb verwittert. Kleine Sandhügel mit Steinen umgaben sie, vereinzelt grünte ein dorniger Strauch. Es sah aus, als sei das Bauwerk von einem Sandmeer umspült, dessen Wellen zum Stillstand gekommen waren.

Soweit er sich erinnern konnte, hatte Eva Blum in ihrem Reiseführer von der Pyramide geschwärmt, er fand aber nichts Bemerkenswertes daran. Auf der rechten Seite erstreckte sich der ehemalige römische Friedhof, in dem die Mumien mit den Porträts gefunden worden waren, die die Gesichter der Toten darstellten und etwas Ikonenhaftes hatten. Auf der linken Seite befand sich, wie es ein zweisprachiger, halb verrosteter Metallpfeil anzeigte, das Labyrinth. Während er sich auf den Weg machte, hörte er hinter sich aufgeregte Rufe. Er drehte sich um und stellte fest, daß man ihn aufforderte, umzukehren. Aber ohne sich darum zu kümmern, ging er weiter. Das Feld aus Sand war sehr weit und wegen der kleinen und größeren Hügel unübersichtlich. Plötzlich stand er vor einem Wüstenfuchs, der ihn mit seinen Fledermausohren bewegungslos anstarrte, bis er erschrocken davonjagte. Thomas Mach folgte seiner Spur im Sand und hörte das Knistern von zerbrechenden

Tonscherben unter seinen staubigen Timberland-Boots.

Es war heiß, und die kleinen Fliegen ließen nicht von ihm ab. Vor ihm im Staub lagen Scherben von Amphoren und Töpfen sowie Henkel und Endstücke von Gefäßen, die an den spiralförmigen Windungen zu erkennen waren.

»Amphora«, sagte eine Stimme hinter ihm. Erschrocken drehte sich Thomas Mach um und blickte in das jugendliche, schnurrbärtige Gesicht eines Polizisten. Er trug ein Barett und streckte ihm rotbraune Scherben hin. Thomas Mach nahm die Tonstücke in die Hand und betrachtete sie. Die Scherben erinnerten ihn an die Vasen, die er im Töpferviertel in Kairo gesehen hatte, und er nahm an, es handle sich um einige der vielen Splitter, die vom Labyrinth übriggeblieben waren. Er sah Moser auf dem Hausboot vor sich, mit der Lupe und den kleinen Tonstücken, die er aus der Schachtel genommen hatte, um sie zusammenzusetzen, und fragte sich, wie viele Scherben, die unter dem Sand lagen, er jetzt mit jedem Schritt zertrat. Vermutlich hatte man ihn deswegen aufhalten wollen, dachte er, und bemerkte jetzt von weitem die Menschengruppe, die ihm folgte.

Nur Mohamed war im Auto sitzen geblieben.

Es war ein merkwürdiges Gefühl für ihn, auf dem Labyrinth zu stehen, das für Herodot ein Weltwunder gewesen war. Rund um ihn Wüste, Tier- und Menschenkot, Fliegen und Knochenreste. Er kletterte, den Blick zu Boden gewandt, langsam auf den Trümmern weiter und fand Schnekkenhäuser, eine Muschelschale, ein verblichenes menschliches Schulterblatt.

Aus der Ferne hörte er von dort, wo die Telegrafendrähte schwarze Linien in den Himmel zogen, einen Traktor brummen und einen Büffel brüllen. Eine Bachstelze flog auf, und allmählich wurde ein Ausläufer der Oase sichtbar mit Orangenbäumen und Palmen. Knisternd und knirschend zerbrachen die Scherben noch immer unter seinen Sohlen. Das Knistern hatte etwas von dem elektrischen Geräusch, wenn aus einer Stromleitung Funken stieben, und so dachte er einen Sekundenbruchteil lang an die Nervenbahnen und Synapsen eines riesigen Gehirns unter seinen Füßen, das sich an weit zurückliegende Ereignisse erinnerte.

Als sie das Labyrinth durchschritten hatten, erreichten sie einen stillen, dunkelbraunen Kanal, vor dem ein Fellache auf einem Esel ritt. Der Mann war klein, barfüßig und mit einem blütenweißen Turban, einem hellblauen Schal und einem roten Kaftan bekleidet. Obwohl keine Gefahr bestand und nirgendwo eine Waffe zu sehen war, ahnte Thomas Mach, daß sich der Tod so zeigen würde, sobald seine Zeit gekommen war: unerwartet und doch selbstverständlich, ebenso freundlich wie unerbittlich, auf dieselbe Weise harmlos wie hinterlistig. Vor dem Esel, der geduldig dastand, wuchsen spärliche Grasbüschel und Dornengestrüpp. Hinter ihm lag der Kanal, in dem sich die Orangenbäume traumklar spiegelten. Der Mann rührte sich nicht, auch der Polizist schwieg, und Thomas Mach war in diese seltsame Stille eingeschlossen, die sich erst löste, als der Mann sich davonmachte. Sie sahen ihn dann auf dem Rückweg am anderen Ufer so nahe am Wasser, daß er darin auf dem Kopf schwebend und den zappelnden Esel zwischen den Schenkeln tragend zu reiten schien. Der Mann beobachtete sie nur aus den Augenwinkeln, denn solange Thomas Mach zu ihm hinüberschaute, blickte er starr geradeaus.

Unter einer hohen Palme auf der anderen Seite war ein blaugestrichener Tankwagen mit weißer Beschriftung abgestellt. Zu Thomas Machs Füßen lagen jetzt Säulenreste mit Bruchstücken von Ornamenten. Er stieß auf mehr und mehr dieser weißen, schweren Trümmer, halb verschüttet vom Sand. Drüben, von der anderen Seite des Kanals, beobachteten ihn schweigend buntgekleidete Kinder. Wahrscheinlich bestaunten sie ihn deshalb so sehr, weil seit langer Zeit niemand das Trümmerfeld betreten hatte.

Der Mann auf dem Esel beachtete die Kinder nicht, sondern ritt gemächlich an ihnen vorbei.

Vor der Pyramide stieß Thomas Mach auf die Menschengruppe, die ihm gefolgt war. Ein schlanker Alter mit Schnurrbart und Turban in einer weiten Ghalabija und ein Dicker mit rotem Tarbusch, weißem Halstuch und blauem Kaftan kamen ihm, gefolgt von weiteren Polizisten, entgegen. Der Alte sprach ein arabisch gefärbtes Englisch und führte ihn zu immer größeren Säulenresten, die im Sand steckten. Bei jedem Säulenstück streckte er die Hand aus und sagte: »Labyrinth.« Eine der Säulen sah aus wie die steinerne Nachbildung eines Elefantenfußes und erinnerte Thomas Mach an die Geschichte, die der Sufimeister ihm von dem Tier im dunklen Stall erzählt hatte.

Der Eingang zur Pyramide war mit einem Türstock aus rostigem Eisen versehen. Zuerst mußten sie über größere Trümmer steigen, dann blieb der Alte stehen und sagte, er heiße Sayed. Thomas Mach gab ihm rasch Geld, das er unauffällig einsteckte. Lächelnd stieg der Alte voran.

Die Rampe, in die Stufen geschlagen waren, war übersät mit Stroh und großen schwarzen Vogelfedern. Nach wenigen Schritten schon stießen sie auf Grundwasser. Im klaren Wasser waren Tonscherben zu sehen und eine sich auflösende Zeitungsseite mit einer fetten Schlagzeile. Das Wasser verschwand in der Dunkelheit, und Sayed warf zur Demonstration einen Stein in die Tiefe, wo er nach einigen Augenblicken glucksend aufschlug.

Als sie wieder ins Freie traten, erhoben sich mehrere Milane von einem Sandhügel wie Totengeister.

Thomas Mach und die Männer wanderten um die Pyramide herum, und während er Bakschisch an den Dicken und die beiden Polizisten verteilte, zeigte ihm der Alte einen menschlichen Oberschenkelknochen, Fingerglieder sowie Rippen und Zehen einer Mumie, die er unter mehreren, von der Pyramide abgebrochenen Lehmziegelsteinen versteckt hielt. Der dicke Mann lachte. Jedesmal, wenn Sayed Knochen oder Mumienstücke im Gräberfeld fand, setzte er wieder das gleiche Lachen auf, gleichgültig ob es ein Rumpf war, ein Schädeldach, ein Unterkieferknochen oder ein Zahn. Sayed fand auch Reste einer Halskette aus Kalkstein und Mumienbinden. Schließlich blieben sie vor einem Loch im Sand stehen, das Thomas Mach auf den ersten Blick für eine Müllgrube hielt. Tatsächlich war es gefüllt mit größeren Tonscherben und menschlichen Knochen, einigen Stücken Stoff und Bruchstücken eines Korbs, die im Unterteil eines Sargs gesammelt waren.

Die Pyramide stand so gegen die Sonne, daß ihre schattige Seite Thomas Mach an einen Wal erinnerte. Dann fiel sein Blick wieder auf den Boden. In den Ziegeln aus Nilschlamm entdeckte er Reste alten Strohs. Er hob den Kopf und bemerkte in der Ferne einen rauchenden Fabrikschlot und Hochspannungsleitungen. Langsam gingen sie zurück. Überall in den Gruben zwischen den Hügeln lagen Haufen von Tierkot. Einmal blitzte etwas im Sonnenlicht auf. Thomas Mach bückte sich und fand ein Stück Glas. Es war auf einer Seite mit blauen Strichen bemalt, die von einem Muster stammen konnten, vielleicht aus einem Mosaik. Sayed betrachtete das blitzende Glas neugierig. »Labyrinth«, sagte er und nickte. Thomas Mach faßte es als Einverständnis auf, daß er das Glasstück behalten durfte, und steckte es ein.

Der Wagen vor ihnen mit den Polizisten fuhr mit hoher Geschwindigkeit. In einem Oasendorf spielte eine Schar Kinder, von denen eines einen Zaubererhut aus blauem Papier mit goldenen und silbernen Sternen auf dem Kopf trug. Der Muezzin rief über einen Lautsprecher zum Gebet auf. Während Thomas Mach an die Terroristen des Dshihad dachte, die in solchen Dörfern herangewachsen waren, sah er unter einem Zeltdach, das auf einem Stangengerüst befestigt war, Fellachen jausnen, dahinter graste ein Kamel. In einem Palmenwäldchen verrichtete ein Bienenzüchter im weißen Imkeranzug, auf dem Kopf einen Tropenhelm mit Netz, seine Arbeit. Unvermutet tauchte – zunächst nur als Verwirrspiel, da es schien, als täuschte eine Fata Morgana ein Stück Himmel im Wüstensand vor – der Qarun-See auf. Aus einer rostigen Salzfabrik floß schmutzig-schaumiges Wasser in einen Abfluß. (Gleich darauf lag ein toter Wasserbüffel am Ufer.) Es roch nach Meer. Noch nie war Thomas Mach vom Anblick des Wassers so gefesselt gewesen, wie durch den perlgrau und blau schimmernden Wüstensee. Kinder badeten in seinen sanften Wellen, andere suchten, Jutesäcke in den Händen, im seichten Wasser nach Muscheln. Ein Ruderboot trieb in der Nähe des Ufers dahin, ein weißes Aussichtsschiff mit Sonnendach schwamm in der Mitte. Aus dem Ruderboot warfen drei Männer ein Netz aus. Mohamed war sichtlich stolz auf die Wirkung, die der Wüstensee hervorrief. Weiter vorne sah Thomas Mach die Ruinen eines Ziegelbaus ohne Türen und Fenster im Wasser. Daneben lagen Boote schief im Sand. Bevor er das Gebäude endgültig aus den Augen verlor, bemerkte er einen Mann, der, ein Gewehr in der Hand, in das knietiefe Wasser stieg und in der Ruine verschwand.

Vor dem Restaurant »Auberge du Lac« boten Bauern Körbe zum Kauf an. Thomas Mach wurde in den Speisesaal begleitet. Es war ein lichter Raum mit weißen Möbeln, Tischtüchern und grünen Pflanzen in Kupfertöpfen. Als er nach dem Essen zuerst in einen großen Garten und dann auf eine Terrasse trat, sang dort eine schlanke Dame, begleitet von einer Kapelle. Thomas Mach nahm an der Mauer Platz, die vor dem Ufer zum See errichtet war.

Die Terrasse am See war offenbar einer von Eva Blums bevorzugten Orten in Ägypten gewesen. In der Mitte des Gartens erstreckte sich ein großer, geschwungener Swimmingpool, rundherum Palmen und mit Schilf gedeckte Sonnenschirme, unter denen Gartenmöbel standen. Rasch füllte sich die Anlage, und bald war kein einziger Sitz mehr frei. Hinter der Terrasse stand eine Reihe von weißen Bungalows mit halbkugelförmigen Kuppeldächern und am Ufer ein vierstöckiger Taubenschlag. Die Vögel flogen aus und ein.

Die Balladen der Sängerin bezauberten ihn. Trotz seiner roten Stan-Laurel-Frisur nahm niemand an ihm Anstoß. Das kam ihm großartig vor.

Während der Kellner Pfefferminztee und Datteln brachte, sah er den stetig sich verändernden Luftfiguren zu, die die Tauben in den Himmel zeichneten. Später erschien der Manager, ein Mann in den Sechzigern mit einem tadellosen braunen Anzug, Erol-Flynn-Schnurrbart und drei Zahnlükken. Er erbot sich, ihm die Zimmer zu zeigen, die er mit den künftigen Teilnehmern der Studienreisen beziehen würde. Thomas Mach spürte aber, daß er niemals hierher zurückkommen würde. Daher lud er den Manager ein, Platz zu nehmen. Er fragte ihn nach Eva Blum, aber er tat es so ungeschickt, daß er nur ein beziehungsreiches Lächeln erhielt. Hartnäckig bohrte er weiter und bekam endlich so viel aus ihm heraus, daß Eva Blum das Hotel liebte und immer wieder hierhergekommen war. Allein? Anstelle einer Antwort lud der Hotelmanager ihn mit seinem Begleiter zu einer Bootsfahrt ein. Und da der alte Mohamed, der vor dem Helnan Shepheard Hotel in Kairo eine eigene Feluke besaß, für gewöhnlich die Gäste auf den See ruderte, wie der Manager sagte, stimmte Thomas Mach zu.

Die Musik machte ihn schwer und unempfindlicher gegen seine Nöte. Er liebte die Menschen um sich herum und fühlte sich ihnen zugehörig. Natürlich wußte er, daß sich diese Stimmung bald verflüchtigen würde, aber jetzt, im geheimen, genoß er dieses Gefühl der Annäherung. Das Lied der Sängerin, hatte ihm der Manager im Weggehen gesagt, hieß »lessa faker«, was soviel bedeutete wie: »Erinnerst du dich noch?«

Der Kellner in schwarzen Hosen und weißem Hemd stellte eine frische Tasse Pfefferminztee vor ihn hin. Zufällig blickte Thomas Mach beim Umrühren über die niedrige Mauer zum See hinunter, wo er armselig gekleidete Kinder mit struppigem Haar und Erdflecken an den Beinen und Händen entdeckte, die offenbar auf seinen Blick nur gewartet hatten, sich erhoben und ihm gefärbte Muschelketten anboten. Er wußte nicht, woher er die Gewißheit nahm, doch war ihm jetzt, als sei er dabei, die Erinnerung eines fremden, unbekannten Menschen zu sehen. Die Kinder auf der anderen Seite der Mauer zauberten eine um die andere Muschelkette hervor, kletterten über die Mauer und streckten schweigend die Hände aus, und Thomas Mach verteilte Geld an sie.

Endlich erschien der alte Mohamed. Er ging ihm geschmeidig voraus zu einem Pier, auf dem Männer hockten und ihn stumm anstarrten. Von der Terrasse her war der Gesang nur noch gedämpft zu hören.

Mohamed band ein Ruderboot mit einem kleinen Segel los, reichte Thomas Mach die Hand und half ihm in das schaukelnde Boot. Das Wasser und der Dunst, der vom See aufstieg, waren blau und rosa. Gemächlich ruderte Mohamed hinaus, und zum ersten Mal vermeinte Thomas Mach ein Lächeln in seinem Gesicht zu sehen. Gegen den Horizont hin erkannte er im Dunst eine Erhebung aus Sand. Er spürte, daß ihn irgend etwas hierher gezogen hatte … In der Mitte des Sees verfärbten sich Wasser und Himmel ins Weißgraue. Mohamed hörte zu rudern auf und bot ihm eine Zigarette an.

Ob er auch mit Eva Blum auf den Qarun-See gefahren sei? fragte Thomas Mach. Mohamed richtete seinen Blick auf das Ufer und nickte.

Sie hatte Liebhaber? fragte Thomas Mach weiter. Mohamed schwieg.

Thomas Mach wußte nicht, ob er ihn nicht verstand oder nicht verstehen wollte. Plötzlich drehte sich Mohamed ihm zu und nickte mit ernstem Gesicht.

Thomas Mach erschrak für einen winzigen Moment, er wußte nicht warum.

»Moser?« fragte er rasch.

Mohamed nickte wieder, dabei gab er ihm mit einem Streichholz Feuer.

Sie blickten vom Wasser aus auf den Pier mit dem weißen Kuppelhäuschen, in dem die Fellachen saßen und schwatzten. Am anderen Ufer gab es ein Café, wie Thomas Mach von weitem sah. Das Wasser nahm betörend schöne Farben an, ein Schillern aus Gelb, Rosa und Blau. Nebel stieg auf, und er empfand plötzlich eine unerklärliche Sehnsucht nach dem Tod, die ihn ansonsten nur überkam, wenn er getrunken hatte.

Zurück

Auf der Rückfahrt nach Kairo versuchte Thomas Mach vergeblich, Namen von Männern zu erfahren, die Eva Blum gekannt hatte. Mohamed nickte nur. Er nickte wie im Boot auf dem Qarun-See, so daß Thomas Mach allmählich daran zweifelte, ob er ihn überhaupt verstanden hatte. Hatte er ihn ohne Absicht getäuscht? Je länger sie fuhren, desto stärker wurden Thomas Machs Zweifel.

Am Straßenrand standen Buben mit lebenden Truthähnen, Hühnern und Enten in den Händen. Manche Tiere lagen gefesselt vor ihnen im Sand, still, ohne sich zu regen, als wüßten sie, daß ihr Leben bald zu Ende war. Mitunter hielt einer auch ein Tier an den Beinen und winkte damit den Bussen und Autofahrern zu. Ruhig hing es in seiner Hand, den Kopf nach unten, schicksalsergeben. Mohamed bremste, erstand eine Ente in einer Holzsteige, befestigte diese auf dem Dach und erklärte Thomas Mach, daß er das Tier im Badezimmer schlachten würde. Er kaufte überdies Guaven, Datteln, Granatäpfel und Trauben, die er Thomas Mach anbot. Während des Handels hatten auch die Polizisten angehalten und waren ausgestiegen, einer der jungen Uniformierten erstand selbst einen Truthahn, den er im Jeep zwischen seine Beine nahm, so daß nur der Kopf zwischen den Stiefeln herauslugte.

Scheinbar unberührt versteckten sich die kleinen Dörfer hinter Palmen, einmal nur zeigte sich ein Mann, der in einer Staubwolke einem Esel nachlief.

Als sie wieder die Wüste erreichten, machte der Polizeiwagen kehrt. Der Himmel hatte sich rotgold verfärbt. Einige Fellachen schoben einen Kleinbus an, auf dessen Dach ein halbes Dutzend Steigen mit Geflügel befestigt war.

Mohamed lachte darüber.

Daraufhin fragte ihn Thomas Mach noch einmal nach Eva Blum. Lange schwieg Mohamed, während es rasch dunkel wurde. Dann sagte er in gebrochenem Englisch, er solle Moser fragen.

Der Schußwechsel

Im Hotel ging ihm die Ente auf dem Dach des Wagens durch den Kopf und der Truthahn zwischen den Beinen des Polizisten. Allmählich vermischten sich seine Erinnerungen mit den Gedanken an Eva Blum, die in diesem Zimmer die letzten Augenblicke ihres Lebens verbracht hatte. Er verfiel der Vorstellung, daß die Bettdecke oder das Nachttischchen darüber Bescheid wußten und daß sie es ihm offenbaren würden, wenn er nur ihre Sprache verstehen konnte.

Es wäre jetzt großartig, dachte er, um sich abzulenken, lautlos über den Nil hinwegzufliegen. (Manchmal hatte er die wahnwitzige Überzeugung, wirklich fliegen zu können. Es fehlte nur ein Hauch, ein winziger unbekannter Faktor, von dem er glaubte, ihn sogar noch während eines Sturzes entdecken zu können.)

Dann vernahm er deutlich zwei Worte: »Das Hausboot.«

Er legte den Glassplitter aus dem Fayoum auf den Tisch, setzte die Baseballkappe mit dem Krokodil auf und fuhr hinunter zum Empfang. Das Hotel hatte mehrere Eingangstüren, und er verlief sich zuerst, bis er die richtige fand.

Die Stelle, an der Eva Blum zu Tode gestürzt war, wies keine Besonderheit auf. Nichts, kein Fleck, nicht einmal der Rest einer Kreidezeichnung war mehr zu sehen. Taxis blieben stehen und die Fahrer versuchten, aus seinem Verhalten zu erraten, ob er ihre Dienste benötigte. Es war alles gewöhnlich und unauffällig. Schließlich stieg er in den dunklen Fond eines Taxis, das aus mehreren Fabrikaten zusammengesetzt zu sein schien, und nannte ein Schiffsrestaurant in der Nähe des Kitkat-Platzes als Ziel. Der Fahrer verstand, schaltete das Radio mit arabischer Musik lauter und rauchte weiter. Auch Thomas Mach zündete sich eine Zigarette an.

Seine Gedanken schweiften zu Mohamed ab … er hatte gesagt, daß Moser alles wisse … aber wenn Moser ihn nicht sprechen wollte, was half ihm das?

Im Garten des Schiffsrestaurants fand gerade ein Fest statt.

Von allen Seiten eilten Besucher herbei, und Thomas Mach nutzte die Gelegenheit, sich unter sie zu mischen, bis der Taxifahrer im Verkehr verschwunden war.

Es war gut, daß er die Baseballmütze genommen und tief in das Gesicht gesetzt hatte. Er hatte das Gummiband gelockert, damit auch die Schläfenhaare bedeckt waren. Andererseits waren die Krokodile auf der Kappe und dem Polohemd auffällig genug.

Er ging den staubigen Gehsteig unter der Platanenallee hinunter und bemühte sich, niemandem zu begegnen. Ein Stück weit vor der Nummer 163 lag eine überfahrene Katze auf der Straße. Er zögerte einen Augenblick und wäre sicher in ein Taxi gestiegen, wenn sich eines gezeigt hätte.

Mosers Hausboot war im ersten Stock schwach beleuchtet, während das mit den kleinen Fenstern und den abgerichteten Kampfhunden in vollständiger Dunkelheit lag. Thomas Mach stellte fest, als er die Stufen hinunterstieg, daß der Hauswart nicht in seiner Hütte war. Eine seltsame Beklemmung stieg in ihm auf. Die Hunde kläfften aufgeregt, und er war davon überzeugt, daß ihr Bellen ihm galt, dem Fremden. Er war unsicher, ob er Moser antreffen würde, aber die Vorstellung, mit Paul Eck allein zu sein, fand er wenig reizvoll. Allerdings mußten entweder der junge Soldat oder der Glasbläser anwesend sein, die den Kranken bewachten.

Er drückte vorsichtig die Klinke hinunter, bemerkte jedoch, daß die Tür versperrt war. Es war überhaupt eine dumme Idee gewesen, hierherzukommen. Eine unhörbare Anweisung, unter die Laube vor dem benachbarten Hausboot zu treten, ließ ihn aufhören zu grübeln. Noch immer hörte er die Hunde bellen. Und jetzt? Er wartete. Aus dem blauweißen Hausboot war Musik zu hören, Strawinskys »Le sacre du printemps«, und vor den gelben Verandafenstern ging der Schatten einer Frau auf und ab. Die Musik kam ihm in der ungewohnten Umgebung fremd vor, jedenfalls vernahm er Klänge, wie sie ihm vorher nicht aufgefallen waren. Er hatte Strawinskys Orchesterstück in seiner Studentenzeit oft gehört, und der stampfende Rhythmus der »Introduktion« hatte sich ihm für immer eingeprägt.

Er urinierte gerade, als ein Auto oben auf der Straße hielt. Der Motor wurde abgestellt und das Scheinwerferlicht ausgeschaltet. Eine Gestalt trat vor die Gartentür und öffnete sie lautlos. Thomas Mach erkannte Schäffer schon, als er um den Kühler des Wagens herumging und nur sein Oberkörper sichtbar war. Er hätte jetzt gewünscht, die Musik wäre nicht so laut aufgedreht gewesen. Dazu kam noch das Bellen der Hunde und das Brausen des Verkehrs. Schäffer bemühte sich trotzdem, keinen Lärm zu machen. Er spähte zuerst die Hütte aus, in der der Hauswart untergebracht war, und trat dann auf Mosers Hausboot zu. Dort versuchte er die Tür zu öffnen, und als er sie versperrt fand, holte er einen Gegenstand aus der Tasche, mit dem er am Schloß manipulierte. Er lauschte angespannt und verschwand dann im Inneren des

Schiffes. Thomas Mach bewegte sich nicht. Vermutlich war Schäffer nur wegen Paul Eck gekommen. Er wußte nicht, wieviel Zeit verging. Nachdem kurz der Schein einer Taschenlampe im oberen Stockwerk aufleuchtete, explodierte ein Schuß, und gleichzeitig sah Thomas Mach einen grellen Blitz hinter dem Fenster zur Stiege. Thomas Mach war sich nicht sicher, ob jemand anderer außer ihm den Schuß gehört hatte, denn Strawinskys Musik stampfte vom rechten Hausboot in barbarischem Rhythmus herüber.

Noch bevor er sich weitere Gedanken machen konnte, lief ein Mann über den Steg des Hausboots. Es war weder Schäffer noch Paul Eck, auch nicht der junge, schlaksige Soldat. Der Mann hielt an und warf einen Gegenstand in den Fluß. Dann rannte er in die Dunkelheit davon. Thomas Mach stieß unbeabsichtigt gegen ein rundes Möbelstück. Es geriet aus dem Gleichgewicht, fiel lärmend um und rollte ein Stück zur Seite. Es war eine ausgeschlachtete Wäschezentrifuge.

Aus dem rechten Hausboot ertönte jetzt leiser Strawinskys Orchestermusik, von links bellten die Hunde; sie schienen außer sich zu sein. Wahrscheinlich war niemand dort, überlegte Thomas Mach.

»Geh hinein!« hörte er die Anweisung, aber Thomas Mach hatte Angst. Sich die Haare rot färben zu lassen war eine andere Sache. Es war verrückt, aber nicht gefährlich. Jetzt aber war es ihm, als rieche er den Tod. Er war sich darüber im klaren, daß er fliehen mußte, doch er brachte nicht die Kraft dafür auf. Sein Körper bewegte sich wie von selbst auf Mosers Hausboot zu, in dem, wie er befürchtete, das Verderben auf ihn wartete. Noch immer erklang Strawinskys »Le sacre du printemps«. Ihm schoß der Gedanke durch den Kopf, daß er aus der Dauer des Musikstücks später auf die Zeit schließen können würde, die zwischen dem Schuß und dem Betreten des Hausboots vergangen war.

Die Diele knarrte, und das Hausboot schwankte, als ob sich jemand in ihm bewegte. Zumindest zwei Männer befanden sich an Bord: Schäffer und Paul Eck.

Er wartete kurz und stellte fest, daß die Tür zum zweiten Raum geöffnet war. Das Zimmer war leer. Er schlich zur Stiege hin, dort stieß er auf eine kleine, eingeschaltete Taschenlampe auf dem Boden. Dann nahm er den Geruch von Verbranntem wahr. Er wollte umkehren, aber er erhielt den Befehl: »Weiter!« – Angst ließ ihn mitten in seinen Bewegungen anhalten. Plötzlich entdeckte er die Gestalt auf der Treppe. Sie lag mit dem Kopf nach unten, sah er im Schein der Taschenlampe. Ein Hut war in eine Ecke gerollt. Die Gestalt hatte die Arme ausgebreitet, und Blut hatte unter dem Rükken eine Lache gebildet, die über die Stiegen tropfte. Auch das Gesicht des Mannes war mit Blutfäden bedeckt und die Augen waren geschlossen. Thomas Mach erkannte ihn sofort an der verbundenen Schläfe wieder. Es war Schäffer, und er war tot – darüber gab es keinen Zweifel. In einer seiner Hände hielt er noch einen verchromten Revolver mit abgesägtem Lauf. Obwohl seine Stimme ihm verbot, etwas zu berühren, wollte er die kleine Taschenlampe aufheben.

Er bückte sich und stellte fest, daß der Schuß Schäffer in den Rücken getroffen hatte. Vermutlich hatte ihn sein Mörder (weshalb Mörder? fragte er sich) ohne Warnung von hinten erschossen, dafür sprach auch der unbenutzte Revolver in seiner Hand – und wenn er sich nicht täuschte, war es der Glasbläser Masoud gewesen, der aus dem Hausboot gelaufen war. Thomas Mach kniete sich neben Schäffer nieder und durchsuchte seine Taschen. Er verstand selbst nicht, warum er es tat, denn es ekelte ihn davor. Ein Päckchen Fotos, ein Hotelzimmerschlüssel, eine Geldtasche und ein Führerschein in einem Plastiketui kamen zum Vorschein. Eine der Fotografien zeigte Paul Eck mit einem Gegenstand in der Jackentasche, die eine Ausbuchtung wie von einem Pistolenlauf aufwies, und die weiteren Fotografien waren Vergrößerungen dieser Ausbuchtung. Mit Filzstift ausgeführte Umrißlinien schienen zu beweisen, daß es sich wirklich um eine Pistole handelte. Schon wollte Thomas Mach das Päckchen zurückstecken, als das letzte Bild auf den Boden fiel und in der Blutlache liegenblieb. Er reinigte es an Schäffers Buschhemd und sah eine Frau und einen Mann in einer Blumenhandlung. Hinter ihnen war in einem Spiegel der grelle Fleck eines Blitzlichts zu erkennen – wie eine kleine Explosion. Thomas Mach wußte sofort, woher die Fotografie stammte. Er hatte Schäffer in der Blumenhandlung beobachtet, als er auf die Fotografie unter der Glasplatte des Schreibtischs gezeigt und sie an sich genommen hatte. Und er hatte auch einmal auf einem Prospekt des Reisebüros »Auge Gottes« das Gesicht von Eva Blum gesehen. Ihm war klar, daß es sich um sie handelte, während er den Mann – kein Ägypter – nicht kannte. Er war pyknisch, hatte schütteres Haar, volle Lippen und trug eine Hornbrille. Etwas Distinguiertes ging von ihm aus. Rasch steckte Thomas Mach das Foto ein und verstaute das Päckchen mit den übrigen Bildern wieder in der Tasche des Toten. Die Stiegen waren ursprünglich schwarz, jetzt aber von Schäffers Blut rot gefärbt. Das Blut rann noch immer aus seinem Körper.

»Was tun Sie hier?« rief eine Flüsterstimme heiser vom oberen Stockwerk herunter.

Thomas Mach knipste automatisch die Taschenlampe aus. Erst jetzt bemerkte er den glosenden Teppich auf dem Boden des oberen Stockwerks, von dem der Geruch nach Verbranntem ausging.

»Machen Sie Licht, oder ich schieße!« drohte die kaum hörbare Stimme.

Thomas Mach schaltete die Taschenlampe wieder ein und erkannte Paul Ecks Gestalt. Sein großer Revolver zielte auf Thomas Mach.

»Versuchen Sie nicht, mich hereinzulegen«, zischte Paul Eck wütend. Seine Haare waren wirr, das Gesicht verschwitzt, die Augenlider flatterten.

»Wenn Sie sich bewegen, drücke ich ab. Erklären Sie mir, was Sie hier suchen –«

Der Revolver in Paul Ecks Hand zitterte so stark, daß Thomas Mach dachte, er werde ihm aus der Hand fallen. Er erwartete offenbar keine Antwort, sondern befahl ihm auf die Stiegen zeigend: »Halten Sie ihm die Taschenlampe ins Gesicht.«

Thomas Mach hörte aus dem benachbarten Hausboot die Hunde bellen. Er leuchtete Schäffer ins Gesicht, und Paul Eck beugte sich hinunter.

»Mein Gott«, sagte er. Dann faßte er sich und fragte nach Ihab Masoud.

Thomas Mach schüttelte nur den Kopf.

»Wir gehen jetzt ganz langsam hinunter und sehen nach, ob Ihab tot in seinem Zimmer liegt«, flüsterte Paul Eck. »Drehen Sie das Licht an, der Schalter ist vorne neben der Tür.«

Thomas Mach fand den Schalter. Eine Wand wies einen häßlichen Blutfleck auf. Schäffer lag bewegungslos und still da, kein Atemzug war mehr festzustellen

Wie Eck es wünschte, öffnete Thomas Mach die Tapetentür in das kleine Zimmer. Es war leer. Das Matratzenlager war zerwühlt, das Fenster zum Nil geöffnet. Ihab Masoud mußte eingeschlafen sein und dann verdächtige Geräusche gehört haben. Als er Schäffer auf der Treppe entdeckte, hatte er auf ihn geschossen und dadurch den Teppich in Brand gesteckt.

Paul Eck senkte langsam den Revolver.

Zu Thomas Machs Überraschung begann er zu

lachen. Es klang hysterisch und angesichts des Toten wahnwitzig: »Stellen Sie sich vor«, kicherte er, »mein Revolver ist nicht geladen. Die ganze Zeit über habe ich Sie mit einer Waffe bedroht, die nicht geladen ist!«

Er schien sich zu freuen wie über einen gelungenen Scherz. Gleichzeitig richtete er die Waffe auf Thomas Machs Kopf und drückte ab. Die Explosion war so gewaltig, daß Thomas Mach glaubte, er läge mit gespaltenem Schädel und ausgetretenem Gehirn da. Instinktiv griff er nach seinem Ohr. Er spürte, daß es klebrig von Blut war.

Thomas Mach erhob sich mit wackeligen Beinen. Er war halb taub.

»Ich war wirklich davon überzeugt, daß die Waffe nicht geladen ist«, flüsterte Paul Eck erschrocken. Er hielt ihm den Revolver hin, als solle er sich selbst davon überzeugen, daß er nicht log.

Als Thomas Mach den Kopf wendete, sah er Schäffer mit einem bizarren Blutfleck auf der Brust auf sich zuwanken. Schäffer war nicht tot, obwohl er schrecklich zugerichtet war. Blut lief aus seiner Nase und seinem Mund, und er hielt den verchromten Revolver in der Hand. Er richtete ihn haßerfüllt auf Paul Eck, aber Thomas Mach drückte gleichzeitig mit ihm ab. Ecks Waffe explodierte zum zweiten Mal, der Schuß traf Schäffer in die Brust und ließ ihn zurück auf die Stiege stürzen, wo er liegenblieb. Sein Herz war durch das große Kaliber herausgerissen worden und lag zuckend auf der Stiege. Eine schreckliche Stille trat ein, in der Schäffers Herz zu schlagen aufhörte und nur das gedämpfte Bellen der Hunde vom anderen Hausboot zu hören war. Währenddessen breitete sich der Blutfleck unter Schäffer aus wie ein gieriges Lebewesen, das das Schiff in Besitz nehmen wollte.

Spuren verwischen

Im Hotelzimmer hatte Thomas Mach noch immer das Knallen der Schüsse im Ohr. Das blutende Ohrläppchen hatte einen dunklen Fleck auf der Schulter seines Polohemds hinterlassen. Trotz der Verwirrung fand er in seiner Reiseapotheke ein Pflaster. Er hatte Mühe zu glauben, daß der blutige Vorfall wirklich passiert war. Jedenfalls hatte er Eck nicht bei der Beseitigung der Leiche geholfen.

Er fand die Fotografie der Frau und des Mannes aus dem Blumensalon in seiner Tasche. Schäffer hatte das Bild tagelang bei sich getragen. Vielleicht hatte er auch Blum davon informiert. Er drehte die Fotografie um – sie war mit Blut befleckt und einer Zahlenkombination beschriftet. Es konnte eine Telefonnummer in Kairo sein, die des Blumenhändlers zum Beispiel, oder Eva Blum konnte sie selbst notiert haben, was er gleich darauf ausschloß. Er nahm an, daß das Bild vom Blumenhändler gemacht worden war, aber mit Eva Blums oder ihres Begleiters Kamera. Eva Blum hatte die Fotografie dann in das Geschäft gebracht oder dorthin geschickt. Und Schäffer hatte herausgefunden, daß es ihr Liebhaber gewesen war, der mit ihr darauf abgebildet war.

Er wählte die Nummer, die auf der Rückseite angegeben war, erhielt aber das Signal, daß kein Anschluß existierte. Dann überlegte er, was zu tun sei. Als erstes mußte er sein Haar umfärben lassen.

Er war vom Hausboot durch schlecht beleuchtete Gassen gelaufen und hatte dann ein Taxi angehalten. Mit dem Taschentuch am Ohr war er in den Hotellift geflüchtet.

Ohne zu zögern, holte er sein Reisenecessaire heraus, nahm die Schere und machte sich an die Arbeit. Bei jedem Büschel roter Haare, das abfiel, war er erleichtert. Er schnitt so rasch, daß er in kurzer Zeit damit fertig war. Hierauf nahm er den elektrischen Rasierapparat und fuhr sich damit über den Kopf. Sein kahlgeschorener Schädel hatte noch immer einen roten Flaum, aber er war nicht mehr so auffällig. Er sammelte die roten Haare in einer Plastiktasche, gab das Lacoste-Polohemd und die Baseballkappe dazu und fuhr mit dem Lift in die Rezeption.

In der Empfangshalle herrschte reges Treiben. Eilig verließ er das Foyer, überquerte die Fahrbahn zum Fluß und lief auf die belebte Brücke vor dem Hotel zu. Dort lehnte er sich an das Geländer und ließ die Nylontasche in einem unbeobachteten Augenblick ins Wasser fallen.

Was ihm jetzt fehlte, war eine Kopfbedeckung, damit er sich besser tarnen konnte. Hatte er nicht den zusammenlegbaren Hut (in der gleichen Farbe wie seine Safarijacke) in den Koffer gepackt? Es war eine Kopfbedeckung, die er liebte, mit vier seitlichen Löchern und dem Markenzeichen von Nike.

Zurück im Hotelzimmer, setzte er den Hut vor dem grünen Spiegel auf und erkannte sich nicht wieder. Mit einem Schlag begriff er, daß er selbst mit dem Wort »Kaatil«, »Mörder«, gemeint war. Es war von Anfang an für ihn bestimmt gewesen, darum war es als einzige Vokabel in Eva Blums »Adreßbuch« mit rotem Filzstift unterstrichen gewesen, rot wie Schäffers Blut im Hausboot.

Der Anruf

Das Läuten des Telefons weckte ihn. Halb ohnmächtig tastete er nach dem Apparat. Im Zimmer war es so dunkel, daß er sich zuerst nicht zurechtfand.

»Der alte Mohamed wird Sie morgen abholen, er bringt Sie in das Wadi Natrun«, sagte Moser. »Er wartet um acht Uhr vor dem Hotel auf Sie. Wir haben die Sache bereinigt.«

Thomas Mach stellte fest, daß er auf einem Ohr noch immer schlecht hörte und daß das Pflaster feucht von Blut war.

»Wo sind Sie?« fragte er.

»Zu Hause.«

Thomas Mach drehte die Nachttischlampe an und sah Blutspuren auf seinem Kissen.

»Hören Sie mir zu?« sagte Moser. »Es war ein schönes Stück Arbeit.«

»Aber wie –« Thomas Mach verstummte, denn er glaubte zu wissen, was geschehen war.

Der großgewachsene Soldat hatte angegeben, im Hausboot mit den gefährlichen Hunden zu leben, und Thomas Mach brachte sie plötzlich in Zusammenhang mit der Beseitigung von Schäffers Leiche.

»Gute Nacht –«, sagte Moser, als Thomas Mach schwieg.

»Was ist mit –«, unterbrach ihn Thomas Mach. Er wollte wissen, was mit Paul Eck geschehen war: »... mit den anderen?«

Moser antwortete nicht sofort, dann sagte er kryptisch: »Sie sind in Sicherheit.«

Er legte auf.

Thomas Mach war so benommen, daß er wieder einschlief.

Als er abermals erwachte, wußte er nicht mehr, ob er sich den Anruf nur eingebildet hatte oder ob Moser sich wirklich bei ihm gemeldet hatte.

20. November, Alexandria

Begegnungen

Nachdem Thomas Mach sich angekleidet hatte, hatte er die Eingebung, den Koffer zu packen. Am Morgen hatte er das Kissen von den Blutflecken gereinigt und den Überzug zum Trocknen auf den Balkon gehängt. Nun wickelte er das blutige Pflaster in Toilettenpapier und spülte es im WC hinunter. Er betrachtete sein Ohrläppchen im Spiegel und stellte erstaunt fest, daß ein kleines Stück wie mit der Rasierklinge abgetrennt war. Es hatte zu bluten aufgehört, eine schwarze Kruste war dort entstanden. Ihm wurde übel, und er übergab sich. Anschließend spülte er sich den Mund aus und blickte auf die Uhr. Es war sieben Minuten vor acht. Was würde weiter geschehen? Und weshalb sollte er den Koffer mitnehmen?

Thomas Mach setzte den Safarihut auf und trat auf den Balkon hinaus. Zu seiner Freude entdeckte er das Auto, in dem Mohamed auf ihn wartete, und sofort färbten sich seine Gedanken um. Sie wurden heller, und gleichzeitig wußte er, daß er in das Zimmer nicht mehr zurückkehren würde. Es war egal, denn das Reisebüro beglich die Rechnung für ihn.

Eilig durchquerte er den Hotelflur, in dem

schon die Wagen der Zimmermädchen mit Frischwäsche, Handtüchern und Toilettenartikeln standen. Unten in der Halle war gerade ein Bus mit Gästen eingetroffen, so daß er mit seinem Koffer nicht weiter auffiel. Als er die Sicherheitsbeamten passiert hatte und durch die Drehtür ins Freie trat, stieß er auf Blum. Hatte er nicht abreisen wollen? Und weshalb hatte er seinen Vorsatz nicht eingehalten? Thomas Mach blieb nicht viel Zeit, darüber nachzudenken, er war froh, daß er den Safarihut trug.

Blum schien auf ein Taxi zu warten.

»Ach, Sie«, sagte er verlegen, als er Thomas Mach sah. »Die Flüge waren alle ausgebucht.«

Thomas Mach nickte. Gleichzeitig erblickte Blum Thomas Machs Koffer.

»Sie verlassen Kairo?«

»Kurzfristig.«

»Haben Sie etwas herausgefunden?«

»Nein«, antwortete Thomas Mach, »ich hatte keine Zeit.«

Blum überlegte einen Augenblick, dann fragte er plötzlich: »Wissen Sie, wo Schäffer ist? Er ist heute nacht nicht in das Golden Hotel zurückgekehrt.«

Thomas Mach zuckte mit den Achseln.

»Seltsam. Wir hatten ausgemacht, daß wir uns treffen. Ich setze alle Hoffnung in Sie«, murmelte er und bemühte sich dabei, in seine Augen zu blikken.

Vor einem gewaltigen Steinbruch hielt Mohamed an, öffnete die Motorhaube und begann, den Verteiler zu reparieren.

Der Steinbruch lag im Staubdunst und erinnerte Thomas Mach an die Töpfereien in Kairo. Mohamed hatte den Koffer wie selbstverständlich im Wagen verstaut und keine weiteren Fragen gestellt. Nur das neuerlich veränderte Aussehen seines Fahrgastes hatte ihn irritiert. Da Thomas Mach jedoch seinen Safarihut aufgesetzt hatte, hielt sich sein Argwohn in Grenzen. Er ließ sich Zeit, berührte da etwas, drehte dort ein wenig an einer Schraube, und schließlich verließ Thomas Mach das Auto und trat an den Rand des gewaltigen Kraters, der sich vor seinen Füßen auftat. Das bekannte Glücksgefühl stieg in ihm auf, wenn er an das Fliegen dachte. Rechts von ihm erhob sich eine Plakatfläche mit einer zwei Menschen großen Motorkerze, die ihn sich winzig vorkommen ließ. Auf der anderen Seite waren verfallene Hütten und ein ausgeschlachteter Getränkewagen dem Verfall preisgegeben. Der Getränkewagen war, obwohl halb zusammengebrochen, bewohnt. Durch das Glasfenster vor dem Ausschank schaute ein Kind heraus.

In der Mitte des Steinbruchs, auf einer Art Insel, standen fensterlose Ziegelhäuser wie Kapitäle auf Säulen, als sei die Erde rund um sie eingestürzt. Thomas Mach dachte an einen tiefen, weiten

Schlund, eine Art Trichter. Der Anblick faszinierte ihn so sehr, daß er lange stehenblieb und schaute. In Gedanken erkundete er die seltsame Landschaft aus der Luft. Das Gestein im Krater war weißgrau; weißgrau und zerklüftet waren auch alle Zacken und Spitzen.

Da einige wackelige Stühle vor einem Abfallhaufen standen, griff er sich einen und nahm Platz. Er sah jetzt nur die Rückseite der Plakatwand, die auf Säulen montiert und an ein Eisengestell geschraubt war. Von der Vorderseite konnte er noch die beiden Scheinwerfer erfassen, die sie in der Nacht anstrahlten. Allmählich kamen eine Frau und zwei Männer aus den Hütten, setzten sich im Müll auf Stühle und beobachteten ihn, wie er in den Krater schaute. Schließlich erhob sich die Frau, trat näher und beschrieb ihm auf arabisch, was er sah. Sie streckte die Hand aus, wies auf das eine und das andere Gebäude und erklärte ihm etwas.

Mohamed hatte inzwischen den Motor repariert, winkte ihn lautstark herbei und erklärte ihm nun seinerseits auf arabisch den Fehler, den er behoben hatte. Die Erklärungen schienen Thomas Mach so gewissenhaft und besorgt, daß er ihn, gerührt von seinem Pflichtbewußtsein, umarmte.

Es dauerte nicht lange, und sie erreichten die umzäunten Plantagen, in deren Mitte prunkvolle Villen errichtet waren. Mohamed erklärte ihm, daß hier Orangen, Datteln, Erdbeeren, Tomaten und Bananen angepflanzt würden. Taubenhäuser wie im Fayoum ragten neben den Villen empor,

Plastiktunnels für Pflanzen, kleine Kakteen. Als sie an einem Areal, umgeben von hohen Mauern und Wachtürmen, vorüberfuhren, erklärte Mohamed, daß es sich um ein Gefängnis handle. Vor dem Eisentor hockten Frauen mit Kopftüchern und warteten auf den Beginn der Besuchszeit.

Farmen wechselten mit einer Kaserne ab, und eine Zementfabrik war eingehüllt in weißen Rauch, als würde sie brennen. Die Fabrik mit ihren Rohren und Behältern, ihren Silos und Schornsteinen hatte etwas Bedrohliches für ihn. Kurz darauf dehnten sich wieder Erdbeerfelder mit Strohhütten aus. Kleine Gebäude mit Flachdächern führten zu einem öden Sandplatz, in dessen Mitte das bemalte Kriegerdenkmal eines Soldaten aufgestellt war, der seinen Fuß über ein blaues Kriegsschiff setzte. Der Sockel war rotweißschwarz in den ägyptischen Nationalfarben bemalt, und auf einem weiteren, breiteren Sockel darunter hockten junge Männer.

Hinter dem Dorf las Thomas Mach das Ortsschild El Wady. Großzügig angelegte Dattelplantagen führten zum Kloster, vor dem eine Straßensperre errichtet war, an der bewaffnete Polizisten Autonummern und Ausweise kontrollierten. Busse parkten im Schatten der Mauer.

Im Hof eilten langbärtige Mönche in schwarzen Kleidern mit Kapuzenhauben zwischen den Touristen herum. Mohamed bat Thomas Mach, draußen warten zu dürfen, und verschwand eilig aus seinen Augen.

In der Pförtnerhütte überwachte ein Mönch,

daß sich jeder Besucher in ein Gästebuch eintrug, und da sich niemand hinter Thomas Mach anstellte, begann er darin zu blättern. Nach wenigen Seiten fand er Eva Blums Unterschrift und Kairoer Adresse und bemühte sich, die Namen vor und nach ihr zu entziffern. Der eine war offensichtlich von einem Scherzbold eingetragen worden: Er lautete Karl May, und als Adresse war Radebeul, Serkowitzerstraße und eine unleserliche Nummer angegeben. (Von seinem Bruder, der alle Bücher von Karl May besaß, wußte er, daß der Abenteuer- und Reiseschriftsteller in Radebeul gestorben war.) Thomas Mach nahm das blutbefleckte Foto heraus und fragte den Mönch nach Eva Blum. Zu seinem Schreck nahm ihm der Mönch das Bild aus der Hand und streckte es weit von sich, suchte nach seiner Brille und rief dann mit erhobenen Augenbrauen: »Eva!«

Er beeilte sich, die Fotografie wieder an sich zu nehmen, und erhielt währenddessen vom englischsprechenden Mönch die Auskunft, daß er sich an Bruder Matta wenden solle, dieser habe Eva unterrichtet. Was mit ihr sei?

»Sie ist tot«, antwortete Thomas Mach.

Der Mönch erschrak, lief aus der Pförtnerhütte und kehrte kurz darauf mit Bruder Matta zurück. Er war mittelgroß, schlank und dunkel – dichte Augenbrauen und ein eindrucksvoller schwarzer Vollbart zierten das Gesicht, das Haar war mit der Kapuzenhaube, die ein sternförmiges Kreuzmuster aufwies, bedeckt. Ruhig ging er ihm in den

Klosterhof voraus. Ein gepflegter Garten war von den Mauern der Gebäude umgeben, in dem Dattelpalmen, wilder Wein und Essigbäume wuchsen. Vögel zwitscherten. Eva Blum hatte das St.-Bishoy-Kloster mehrfach beschrieben und Farbfotografien in den Studienreiseführer eingeklebt. Er erkannte Bruder Matta von einem der Fotos jetzt wieder. Der Mönch ging mit ihm in den Garten und bot ihm einen Stuhl an, bevor er sich selbst unter den rotblühenden Hibiskusstrauch setzte.

»Eva Blum ist tot?« fragte er ihn auf deutsch.

Thomas Mach nickte und berichtete alles, was er über ihren Selbstmord wußte, ohne Blum oder Schäffer zu erwähnen. Spatzen hüpften zu ihren Füßen, während der Mönch schwieg. Dann sagte er, daß er Eva Blum gut gekannt habe. Er habe sie in Koptisch unterrichtet. Sie habe im großen Gästehaus außerhalb des Klosters gewohnt, und da sie Altgriechisch noch von der Schule her gekonnt habe, sei ihr das Koptische nicht so schwer gefallen. Jedes Jahr habe sie große Fortschritte gemacht.

Es war heiß, und die Gebäude waren in der Farbe des Wüstensandes hellbraun verputzt.

»Weshalb hat sie es getan?« fragte der Mönch.

Thomas Mach schüttelte den Kopf. Er war froh, daß er den Safarihut aufgesetzt hatte.

»Wie hat ihr Mann ihren Tod aufgefaßt?« wollte er weiter wissen.

»Er hat mich gebeten herauszufinden, wie es dazu kam.«

»Ich verstehe. Wollen Sie sich umsehen?«

Während sie zur Kirche gingen, fragte Thomas Mach den Mönch, ob Eva Blums Koptischkenntnisse gut gewesen seien.

»Sie konnte fließend lesen und schreiben. Sie war in allem sehr bewandert. Besonders in Papyri und Stoffresten.«

In der Bibliothek, wo Handschriften die Regale und verglasten Schränke füllten, wies er auf Vitrinen, in denen Thomas Mach Fetzen von Tuniken sah, dunkelrote und schwarze Stoffe mit mythologischen Figuren, Löwen, Raben, Tänzern, Kriegern und Flötenspielern. Andere Stoffreste waren mit Blättern, Früchten und Blüten dekoriert. Manche wirkten wie angesengt. Er betrachtete ohne Hast die Zentauren, Engel, Adler und geometrischen Ornamente, die Reste eines menschlichen Antlitzes, Vogelschwärme, die Muster aus winzigen Kreuzen, Pfauen, Gazellen, Hasen und Blumen.

Der Bibliothekssaal beinhaltete auch reich verzierte silberne und bronzene Buchhüllen, Patriarchenstöcke und Grabbeigaben aus Elfenbein. Bruder Matta erklärte ihm das eine oder andere Schaustück, aber Thomas Mach konnte ihm wegen der Fülle der ausgestellten Objekte nicht folgen.

Schließlich betraten sie die Kirche, wo Thomas Mach dem Mönch ohne Schuhe auf weichen Teppichen folgte. Er fand die Kirche trotz der großen Messingluster bescheiden. Mit ihren Türen und Außengängen wirkte sie wie eine Festung. Sobald Bruder Matta jemandem begegnete, kniete dieser nieder und setzte zu einem Handkuß an. Bruder Matta zog sodann die Hand zurück, der Gläubige küßte stellvertretend seine eigene, erhob sich und berührte zuletzt die Schulter des Mönchs.

Durch eine Luke gelangten sie auf die Dachterrasse. Bruder Matta zeigte ihm eiserne Klappen und darunter Stiegen, die zu Verstecken führten, falls das Kloster überfallen wurde. Als er die Klappe wieder schloß, reichte ihm Thomas Mach die Fotografie von Eva Blum mit dem Unbekannten und fragte ihn, ob er den Mann kenne.

Bruder Matta verneinte, drehte das Bild um und sah die Blutflecken.

Fragend blickte er Thomas Mach in die Augen.

»Sie hatte es bei sich«, log Thomas Mach, »als sie in den Tod sprang.« Bruder Matta gab ihm das Bild erschrocken wieder zurück.

»Sie haben den Mann nie gesehen?«

»Ich glaube nicht. Nein«, stammelte der Mönch.

»Haben Sie mit ihr gesprochen, als sie zuletzt hier war?«

»Nein, da war ich in Alexandria.«

»Hat sie jemand bei ihrem letzten Besuch betreut?«

»Ich denke niemand. Sie kannte sich selbst gut aus, und wir haben ihr vertraut.«

Mohamed versuchte vergeblich, den Schlaglöchern auf der Asphaltstraße auszuweichen. Sie holperten und schlingerten in ein Dorf, das Thomas Mach noch nicht gesehen hatte. Vor dem Friedhof mit braunen Mastabas – Gräbern aus der Pharaonenzeit – eilte ein schwarzgekleideter Mann mit eingerollten Teppichen auf dem Kopf die Straße hinunter. Hitze und der Geruch von Verwesung lagen über dem Dorf.

Mohamed sagte ein Wort und lächelte kaum merklich. Thomas Mach tat so, als habe er ihn verstanden, und nickte, und der Alte wiederholte das Wort lachend, worauf auch Thomas Mach lachte und das Wort, das Mohamed gesagt hatte, wiederholte. Daraufhin sprach es Mohamed laut lachend noch einmal aus. Schulmädchen kamen ihnen entgegen. Sie verliefen sich allmählich in den Häusern, vor denen Sandhaufen lagen. Eines war gelb bemalt mit einem blauen Sphinx und wies auf irgendeinen Handwerker hin. Mohamed fuhr mit einer Geschwindigkeit, als würden sie verfolgt. Haarscharf passierten sie einen Mann, der zwei Kartons trug. Ein Lastauto kam ihnen entgegen mit Menschen auf der Ladefläche, die neugierig das fremde Fahrzeug musterten.

Als sie die Autobahn erreichten, hielt Mohamed vor einem Rasthaus, klappte die Scheibenwischer zurück, damit sie in der Hitze nicht an der Windschutzscheibe anklebten, und winkte Thomas

Mach zu, eine Erfrischung zu nehmen. Das Rasthaus mußte ziemlich groß sein, denn es standen eine Menge Busse davor. Sie betraten eine lindgrüne Halle, einige hohe Fenster gaben den Blick zur Straße hin frei. Auf eine Wand waren eine Moschee gemalt, die Kaaba, Palmen, ein Kamel, ein Flugzeug und ein Auto, vor einer anderen waren grüne Kunststoffmatten aufgebreitet. Ein Mann in einem blauen Kleid kniete auf dem Fußboden und betete.

Sie nahmen vor den Fenstern Platz, und Thomas Mach hatte das Gefühl, daß man ihn beobachtete. Niemand lächelte, wie es sonst der Fall war. Hinter der Theke verkauften zwei Männer Getränke, Datteln, Käse, Brot, Oliven und Süßigkeiten. Thomas Mach nahm einen Imbiß, trank Orangensaft und beobachtete die Hunde vor dem Fenster.

Die Zeit kam ihm unendlich lang vor, seit er vom Flughafen abgeholt worden war.

Mohamed aß und trank mit großem Appetit, er schien sich in der Halle heimisch zu fühlen. Er wies auf ein Wartehäuschen draußen am Straßenrand und sagte: »Bus, Alexandria.«

Im Wartehäuschen saß ein weißbärtiger Europäer mit Brille, einem schwarzen T-Shirt und einer Nikon-Kamera. Er trug Jeans und weiße Turnschuhe und hatte als Gepäck nur eine große Tasche neben sich abgestellt. Thomas Mach sah, daß er in ein Notizbuch Eintragungen machte. Aus einer absurden Regung heraus verspürte er den Wunsch, die Aufmerksamkeit des Mannes zu erregen. Er war sehr groß und massig und mochte an die sechzig Jahre alt sein. Als er umständlich aufstand, sah Thomas Mach, daß er leicht hinkte. Apathisch schaute er in die Richtung, aus der der Bus kommen würde, blickte auf die Uhr, überquerte die Straße und betrat das Rasthaus, wo er am Nebentisch Platz nahm und sogleich seine Aufzeichnungen fortsetzte. Thomas Mach konnte, da der Mann deutsch schrieb, erkennen, daß er Einzelheiten festhielt. Vielleicht war er Journalist. Oder er litt unter einer Art Schreibzwang. Seine Augen waren ruhig und auffallend blau, und seine Stimme, als er Baraka-Wasser bestellte, rauh und tief. Es klang, als habe er am Vorabend getrunken.

Plötzlich erhielt Thomas Mach die Anweisung, den nächsten Bus nach Alexandria zu nehmen. Er vernahm nur das Wort »Alexandria« und spürte, daß es keinen Weg zurück nach Kairo gab. Gerade als er herumrätselte, wie er es Mohamed beibringen sollte, stand der Mann, der sich die Notizen gemacht hatte, auf. Sofort erhob sich auch Thomas Mach und winkte dem Alten zu, sich zu beeilen.

Auf den Kunststoffmatten waren inzwischen drei Reisende in ihr Gebet versunken.

Mohamed, die Schnur mit Knoten in den Händen, war sichtlich irritiert, aber er gehorchte, steckte sie ein und öffnete, als Thomas Mach es verlangte, auf dem Parkplatz den Kofferraum des Wagens, um das Gepäckstück herauszuheben. Gleichzeitig fing er zu reden an, und aus dem Tonfall erkannte Thomas Mach, daß er nicht begriff, was das Ganze bedeuten solle. Hing es mit ihm zusammen? Er zeigte immer wieder fragend auf sich, weshalb Thomas Mach wiederholte: »Bus, Alexandria.« Schließlich verstand Thomas Mach, daß Mohamed sich bereit erklärte, ihn nach Alexandria zu bringen, obwohl er keine Ahnung hatte, weshalb das nun augenblicklich geschehen mußte und was Thomas Mach vorhatte.

»Bring es allein zu Ende« – Die Entscheidung war so klar und unerwartet, daß Thomas Mach sie nicht in Frage stellte. Es war ihm, als verstünde er endlich etwas, worüber er lange nachgegrübelt hatte. Er schickte Mohamed weg und sah kurz darauf dem Wagen nach, der in der flimmernden Luft, die farblos über dem Asphalt zu fließen schien, kleiner und kleiner wurde.

Cecil-Hotel

Vor Thomas Mach saßen ein Soldat mit einer Plastiktasche zu seinen Füßen und der Fremde mit dem weißen Bart, der sich noch immer Notizen machte und jetzt auch aus dem Fenster fotografierte. Es schien ihn ziemlich zu stressen, alles festzuhalten. Thomas Mach hatte die gelben Vorhänge zugezogen und las in Eva Blums Studientagebuch, um sich auf die Stadt vorzubereiten. Sie war offenbar immer im Cecil-Hotel abgestiegen, und Thomas Mach beschloß, selbst dort ein Zimmer zu nehmen. Er beglückwünschte sich insgeheim, nach Alexandria weitergefahren und nicht in Kairo geblieben zu sein.

Der Fahrer schaltete inzwischen den Monitor über der Windschutzscheibe ein, auf dem Suren des Koran erschienen, die von einem unsichtbaren Vorbeter laut gelesen wurden. Es folgte ein Farbfilm über Mekka und die Kaaba, die von Tausenden weißgekleideten Pilgern umkreist wurde. Es war ein monotones, schwindelerregendes Bild. Dabei schlief Thomas Mach ein. Er träumte von Amr, dem Soldaten, der im Hausboot neben Moser lebte, und Schäffers Leichnam seinen Hunden zum Fraß vorwarf. Verschwitzt erwachte er. Auf dem Bildschirm lief inzwischen ein Lustspiel, in dem gerade ein Hund einen Einbrecher verbellte. Der Fremde mit dem weißen Bart in der Sitzreihe vor ihm notierte noch immer, und der Soldat daneben schlief. Angeregt durch die Aufmerksamkeit des Fremden und sein pausenloses Notieren, schob Thomas Mach den Vorhang zur Seite. Gerade passierten sie – noch immer vom heftigen Hundegebell aus den Lautsprechern begleitet – eine Zitronenplantage mit einer Reihe von Wassertürmen. Die gelben Früchte hingen leuchtend in den grünen Büschen, und einige Arbeiter waren dabei, sie zu ernten. Der Hund auf dem Bildschirm hörte auf zu bellen, statt dessen ohrfeigte ein Mann seine Ehefrau.

Die Fahrgäste lasen Zeitung, schliefen oder folgten gelangweilt dem Film. Eine Kamelherde hatte sich draußen in einem Hof versammelt, und der Himmel war jetzt von grauen Wolken bedeckt.

Wieder nickte Thomas Mach kurz ein und öffnete seine Augen erst, als sie durch eine von Schilf bewachsene Landschaft fuhren. Noch benommen vom Schlaf, dachte er, daß es ein guter Ort wäre, um Schäffer verschwinden zu lassen. Er stellte fest, daß der Film gerade zu Ende war und der Abspann lautlos über einen roten Hintergrund lief.

Der Soldat schlief noch immer, sein Kopf hing schief auf seiner Schulter, und sein Barett war verrutscht. Die Straße machte eine Biegung zur Stadt hin und überquerte Eisenbahnschienen, ehe sie an einen Kanal gelangten, der von Palmen umsäumt war. Die Palmen gingen über in eine Eukalyptusallee und dicht bewachsene Gärten vor Neubauten.

Der Fremde mit dem weißen Bart steckte das Notizbuch ein. Er bereitete sich darauf vor, den Bus zu verlassen. Auch der Soldat war inzwischen aufgewacht und hatte seine Tasche auf den Schoß genommen. Die Häuser sahen immer gepflegter aus und erinnerten ihn an Nizza oder eine griechische Stadt.

Als der Autobus hielt, fuhren Taxis heran, um die Fahrgäste aufzunehmen. Thomas Mach stieg in einen Wagen mit einem schwarzen Fahrer und genoß den Anblick des Meeres zwischen den Häuserblocks. Das letzte Stück fuhren sie die Corniche entlang, von der Eva Blum geschwärmt hatte. Thomas Mach hatte im Alexandria-Kapitel des

Studientagebuchs auch einen Namen, Abu Taleb, und eine Telefonnummer entdeckt und beschlossen, es mit einem Anruf zu versuchen.

Die weißschäumenden hohen Wellen und das grüne Wasser ließen eine angenehme Stimmung in ihm aufkommen. Unterwegs hieß er den Fahrer an einer Drogerie anhalten. Er kaufte sich ein Haarfärbemittel, das seinem natürlichen Ton entsprach, und sah durch die Windschutzscheibe schon von weitem das weiße Hotel mit den Balkons hinter einem Park, der von Palmen umstanden war. In der Mitte der Wiese, auf einem hohen Sockel, schritt der Freiheitskämpfer Saad Zaghloul in Bronze gegossen und erhobenen Hauptes mit einem Tarbusch auf dem Kopf dahin. Der Wind wehte in den Palmen und zerrte an ihren grünen Strähnen.

Das Hotel gefiel Thomas Mach auf den ersten Blick. Die weißen Säulen in der Vorhalle und das anschließende Café mit den gepolsterten Holzstühlen und den lichtschimmernden, weißen Vorhängen vor den hohen Fenstern, die Ledersessel gegenüber dem Empfang und die stoffbespannten Leselampen strahlten Vornehmheit und Eleganz aus.

Vor ihm war der weißbärtige Mann aus dem Bus an der Reihe, der ein Zimmer mit Meeresblick verlangte.

Gerade, als er es ausgesprochen hatte, hatte Thomas Mach den Einfall, das Zimmer zu nehmen, in dem Eva Blum abzusteigen pflegte. Er gab sich als ihr Nachfolger zu erkennen und erhielt den Schlüssel mit der Nummer 205. Ein altes Liftungetüm mit schmiedeeisernen Gittertüren brachte ihn in den zweiten Stock, und oben angekommen, trat er sofort auf den weißen Balkon und sah auf den Ramleh Square hinunter, die Statue des Freiheitskämpfers, die Corniche und das bewegte Meer, dessen Wellen in einer feinen Gischt über die Mauer bis auf die Straße spritzten. Der Himmel war dunkelblau und von leuchtenden Wolken bedeckt. Thomas Mach suchte das Bad auf, entkleidete sich und färbte sodann das kurze rötlich schimmernde Haar auf seine ursprüngliche Farbe um. Da seine innere Stimme dazu schwieg, hielt er es für ihr Einverständnis. Er freute sich, als er sich im Spiegel wiedersah. Die Badezimmertür war aus gerahmten und gemusterten Glasfenstern, die bei geöffnetem Balkon das Meereslicht in den kleinen Raum fallen ließen.

Die Bibliothek und die Katakomben

Nachdem er sich umgezogen hatte, begab er sich in das Tourismusbüro auf der anderen Seite des Platzes und stellte sich vor. Eine lebhafte Frau mit schlecht lackierten Fingernägeln war über Eva Blums Tod schon unterrichtet und stellte ihm eine Dame mittleren Alters in einem Blazer vor, die eine medizinische Halskrause trug. Vermutlich hatte sie einen Verkehrsunfall hinter sich. Die lebhafte Frau gab ihr die Anweisung, sich um Thomas Mach zu kümmern, was diese offenbar wenig freute. Ohne ihren Widerwillen zu verbergen, führte sie ihn zu einem kleinen Wagen mit einem Chauffeur und ließ sie eine Weile warten. Der Wagen parkte vor einem Geschäft, das gerade renoviert wurde. Die Schaufensterscheiben waren mit weißer Farbe beschmiert, in der rinnende Tropfen dunkle, senkrechte Linien gebildet hatten. Die nachlässigen weißen Pinselstriche waren deutlich zu erkennen, und die Flecken, die frei geblieben waren, sahen von außen schwarz aus … durch einen lugte ein Gesicht. Darunter war etwas auf arabisch in die noch feuchte Farbe geschrieben.

Endlich erschien die Frau mit der Halskrause wieder, gab dem Chauffeur eine knappe Anweisung und ließ Thomas Mach fühlen, daß er ihr noch immer nicht willkommen war. Sie hielten vor einer riesigen Baustelle, an der sie Thomas Mach unterrichtete, daß es sich um die neue Bibliothek von Alexandria handle. Er erhielt einen roten Helm und wandelte, geführt von einem Ingenieur, durch das halbfertige Gebäude.

Von der Corniche wehte kalter Wasserstaub in Regenbogenfarben über das Gelände. Konrad Feldt aus der Wiener Nationalbibliothek fiel ihm ein, aber er sah ihn nicht in der neuen Bibliothek, durch deren unfertige Säulenhallen er schritt, sondern in der alten, abgebrannten über Papyri gebeugt, die er mit Genuß las. Mit Sicherheit hätte er den restlichen Tag auf der Baustelle verbracht und von den acht Millionen Bänden geträumt.

Währenddessen begab sich Thomas Mach schon in Begleitung der Dame mit der Halskrause, die stumm vor sich hin brütete, quer durch die Stadt zu den Katakomben. An einer Friedhofsmauer boten Straßenhändler ihre Waren an. Kutscher warteten auf Fahrgäste, und ein Mann in viel zu großen Schuhen eilte den Gehsteig entlang. Sie blieben vor einem Garten stehen, und seine Reisebegleiterin übergab ihn an einen Fremdenführer mit pittoresken Englischkenntnissen.

Der Gang in die Tiefe erschien Thomas Mach, als stiege er in einen Zylinder mit einem Schraubengewinde hinunter. Die Wände waren aus gelbbraunem Sandstein. Plötzlich, als ob er aus dem Erdboden käme, ertönte der Ruf eines Muezzins, und Thomas Mach dachte, in einen Brunnenschacht gefallen zu sein, mit einem unerklärlich lauten Echo. Er hob den Kopf und blickte hinauf zu einem Glasdach über einem Gebälk, wie durch ein umgedrehtes Fernrohr.

Hunderte Felsengräber, viereckig in die Wand gehauen, in denen die Leichname neben- und übereinander verstaut waren, gab es zu besichtigen, währenddessen der Ruf des Muezzins fortwährend aus allen Ecken klang. Das Gangsystem, durch das der Fremdenführer mit seinem Kauderwelsch ihn führte, war undurchschaubar und behielt die gelbliche Farbe des Sandsteins bei. Über Bretter kletterten sie von einer Höhlung zur anderen, einmal sah er aus der Decke eines größeren Grabmals die Wurzeln von Bäumen herunterhängen, die oben wuchsen. Er versuchte zuletzt nicht mehr, den Monolog des Fremdenführers zu verstehen, da er ohnedies nur das eine oder andere Wort hatte erraten können.

Draußen im Sonnenlicht erschien ihm zunächst alles noch gelber als bisher. Die Plastiktücher über den Tischen des Cafés waren gelb, die Straßenbahnen, die Mauer um den Friedhof, ein Teil der Karosserie der Taxis. Aber die Stadt war nicht nur gelb, sie war auch schattenfarben, grau, braun und weiß. Ein Laden, nicht größer als ein Schrank, war bis zur Decke angefüllt mit alten Tageszeitungen, davor saß ein Mann auf einem Stuhl und trank Tee. Die Auslagen von Antiquitätenläden waren vollgestopft mit alten Uhren und Bildern. Er ließ sich vor dem Hotel absetzen, versprach, am nächsten Tag anzurufen, und spürte, wie er schwitzte, wenn er log, denn er hatte nicht die Absicht, die Dame mit der Halskrause wiederzusehen. Da er auch nicht auf sein Hotelzimmer zurückkehren wollte, es war noch hell, schaute er nach einem Café aus und bemerkte erfreut, daß er ohnedies vor einem stand. Er blickte neugierig durch die spiegelnden Glasscheiben, in denen der Freiheitskämpfer Saad Zaghloul noch immer erhobenen Hauptes dahinschritt, und erspähte, als er die Augenbrauen an das kühle Glas legte, einen hohen, schönen Raum mit schwarzen Säulen und weißen Lampen. Die Tischtücher waren gelb wie die der anderen Cafés und mit der roten Aufschrift »Lipton« versehen. Das Café war fast leer. Ihm fielen, als er eintrat, der alte, schön gemusterte Fliesenboden auf, der rote Filzteppich, die schwarzgerahmte Kassettendecke und die grünen Stühle mit geflochtenen Sitzen. Das Café gefiel ihm außerordentlich, doch vollzog sich in seinem Denken ein eigenartiger Sinneswandel, der ihm geradezu verbot, einzutreten. Er wußte zunächst nicht, warum. An einem Tisch im Hintergrund saß der weißbärtige Mann und schrieb. Er konnte nicht die Ursache für sein Zögern sein. Dann erst entdeckte er Blum. Es gab keinen Zweifel, Blum saß im Café und wurde gerade von einem schwarzen Kellner bedient. Thomas Mach blieb stehen und sah fasziniert zu, wie Blum Zucker in ein Teeglas warf, nach der Times griff, die auf dem Nebenstuhl lag, und zu lesen begann. Blum war doch am Morgen aus dem Sheraton-Hotel in Kairo abgereist und hatte sich von ihm verabschiedet! Weshalb hatte er ihm verschwiegen, daß er nach Alexandria fuhr? Er spielte kurz mit dem Gedanken, einzutreten, aber das würde bedeuten, daß Blum ihn mit einer Ausrede abspeiste, während er eher dahinterkam, was der merkwürdige Mann vorhatte, wenn er ihm folgte.

Blum

Man brachte dem Gast eine Orange, die er gedankenverloren abschälte und verspeiste. Ein fliegender Uhrenhändler, später ein junger Araber, der

Sonnenbrillen anbot, stellten sich vor Blums Tisch und wurden abgewiesen. Kleine, schwarze Ventilatoren drehten sich, versteckt in einem Wandmuster aus schwarzen Karos. Sie ließen Thomas Mach für einen Moment an das Schleppflugzeug mit dem Propeller denken, das sein Segelflugzeug beim Start hinter sich herzog und auf eine bestimmte Höhe brachte. Hinter Thomas Machs Rücken fuhr eine Kutsche mit Glockenklang im Straßenlärm vorbei.

Zuerst erhob sich der weißbärtige Mann, der noch immer in seinem Notizbuch Aufzeichnungen gemacht hatte, dann Blum. Während der erste auf die Toilette ging, bezahlte Blum, trat auf die Straße und verschwand im Cecil-Hotel. Thomas Mach, der sich hinter einem Zeitungsstand versteckt hatte, folgte ihm und sah ihn im Foyer den Lift rufen, einsteigen und in das oberste Stockwerk entschweben.

Er zögerte keinen Augenblick, wartete, bis der Lift oben anhielt, nahm den anderen Aufzug und fuhr ebenfalls in das oberste Stockwerk. Anfangs fand er sich dort nicht zurecht, aber dann entdeckte er die Hinweistafel zur Dachterrasse und gelangte zu einem chinesischen Restaurant, in dem jetzt, als einziger Gast, der Gesuchte saß.

Tieffliegende, milchiggraue Wolken zogen am Abendhimmel über die Stadt und das Meer. Die Wogen, rosa und gischtsprühend, übertönten donnernd den Straßenverkehr.

Der kalte Wind blies durch Thomas Machs Kleider. Er war davon überzeugt, daß Blum auf jemanden wartete. Zwischen Töpfen mit Thujen, Duftpelargonien und kleinen Palmen beobachtete er den Mann, der vor ihm wie in einer hellerleuchteten Auslage eine Zigarette rauchte. Rund um ihn weißgedeckte Tische und Rohrstühle mit rosa und weiß gestreiften Polstern.

Blum erhielt ein Glas Wein serviert und ließ sich Zeit. Wieder hörte Thomas Mach den Ruf des Muezzins. Die Straßenbeleuchtung wurde eingeschaltet, und das Fort Kait Bai am Ende des weit ins Meer hinausragenden Piers erstrahlte plötzlich in gelbem Licht. An einem Haus blinkte die Reklameschrift »Sinbad« wie ein Lidschlag. Die Rufe des Muezzins übertönten den Verkehrslärm, und Thomas Mach wurde ungewollt Zeuge, wie Männer sich mit dem Rücken zum Meer stellten und an der Ramleh-Station ihr Gebet verrichteten. Neben einem Kartenschalter lagen Strohmatten und kleine Teppiche, auf welche die Gläubigen sich niederknieten, während der Wind an den Palmenkronen zerrte und die Brandung anschlug.

Endlich verließ Blum das chinesische Restaurant. Er begab sich jedoch nur in den dritten Stock, in dem sich vermutlich sein Zimmer befand. Niemand hatte ihn getroffen, niemand schien auf ihn zu warten.

Thomas Mach fuhr mit dem Aufzug in das Foyer, trat an die Portiersloge und wiederholte, daß er der Nachfolger von Eva Blum sei. Dabei schob er beiläufig einen Geldschein über das Pult.

Als er zu erfahren verlangte, wann Eva Blum zum letzten Mal hiergewesen sei, erhielt er die gewünschte Auskunft.

»Und mit wem?«

Der Portier war in eine prächtige Uniform gekleidet, hatte ein Muttermal auf der Wange, aber er schien im Augenblick schlecht zu hören.

Als Thomas Mach einen zweiten Schein über das Pult schob, drehte er ihm den Bildschirm hin, so daß er den Namen und die Adresse lesen konnte, während er in einer Lade mit Anmeldeformularen kramte.

Es handelte sich um einen Dr. August Fromm aus Heiligenblut, Facharzt für Gynäkologie. Natürlich war auch dieser Name fingiert. Aber je länger Thomas Mach darüber nachdachte, desto überzeugter war er davon, daß es sich um den Mann auf der Fotografie handelte, die er in Schäffers Tasche gefunden hatte. Es gab natürlich kaum Anhaltspunkte für seine Theorie, denn als er dem Portier das Bild zeigte, schüttelte dieser nur widerwillig den Kopf, wie um zu demonstrieren, daß die Sache für ihn erledigt war. Thomas Mach nahm an, daß der Mann mit einer Studienreise, die Eva Blum betreut hatte, nach Ägypten gekommen war.

Er begab sich in sein Zimmer und entdeckte im Halbdunkel einen großen Nachtfalter auf dem Tisch. Außerdem schlug die Badezimmertür durch den Windzug aus dem Luftschacht an, ein unterschwelliges, nervösmachendes Geräusch. Auch die alte Balkontür war undicht, und die grünen Brokatvorhänge bewegten sich leicht im Wind. Der Tisch war rund, mit einer cremefarbenen Platte und der Nachtfalter größer als ein gewöhnliches Insekt. Thomas Mach drehte das Licht auf, das aus einem gläsernen Luster fiel. Noch nie hatte er so einen Nachtfalter gesehen. Er war seidig grün und hatte eine dunkelblau schimmernde Augenzeichnung auf den Flügeln. Vermutlich war er über den Luftschacht im Bad oder den Balkon hereingekommen.

Er fand in seinem Gepäck eine halbleere Medikamentenschachtel, füllte die restlichen Tabletten um, verstaute den Nachtfalter darin und steckte die Schachtel ein. Dabei spürte er den samtigen Staub des Insekts auf den Kuppen des Zeigefingers und seines Daumens. Hierauf suchte er im Studientagebuch die Telefonnummer von Abu Taleb und betätigte die Wählscheibe des altmodischen Apparats.

Es meldete sich eine Frauenstimme. Thomas Mach verlangte nach Abu Taleb, die Frauenstimme räusperte sich, eine Zimmertür wurde geöffnet und etwas auf arabisch gerufen. Dann waren Schritte zu hören, und Abu Taleb fragte auf englisch, worum es gehe. Als Thomas Mach den Namen »Eva Blum« nannte, schlug er vor, sich im Café neben dem Cecil-Hotel zu treffen, und legte auf.

Abu Taleb

Abu Taleb war nicht älter als Thomas Mach. Sein schwarzes Haar war nach hinten frisiert, er trug Jeans, Tennisschuhe, eine graue Joggingjacke mit Kapuze, darunter ein T-Shirt. Sein Gesicht war ebenmäßig und sein Auftreten zurückhaltend. Er gefiel Thomas Mach vom ersten Augenblick an, doch es entging ihm nicht, daß er etwas Undurchsichtiges an sich hatte. Sein Wagen war so klein, daß sich Thomas Mach darin vorkam wie das berühmte weiße Kaninchen im Zylinder eines Zauberkünstlers.

Abu Taleb sagte nichts. Eine Hochzeitsgesellschaft tanzte ihnen mit elektrischen Sternen in den Händen entgegen und machte eine Weiterfahrt unmöglich, weshalb Abu Taleb in eine enge, unbeleuchtete Gasse einbog, von wo aus er wieder zur Hauptstraße fand. Thomas Mach kam die Stadt finster und abweisend vor, und als sie abermals das Meer erreichten, vermittelte nur der heftige Verkehr auf der Corniche einen freundlicheren Eindruck.

»Sie haben Geschäfte mit Eva Blum gemacht?« brach Thomas Mach das Schweigen.

Abu Taleb lachte von oben herab.

»Jeder macht Geschäfte. Geschäfte haben es an sich, daß sie schmutzig sind. Einer versucht den anderen zu betrügen, das nennt man Geschäfte.«

Wieder schwieg er lange.

Mittlerweile fuhren sie durch einen dunklen

Park, in dem sich der Montazah-Palast befand, von wo aus König Faruk regiert hatte.

»Ich mache keine Geschäfte mehr«, sagte Abu Taleb. Er warf Thomas Mach einen Blick zu, als habe er ihn durchschaut.

»Sie wollen Näheres über den Tod von Eva Blum wissen?«

Thomas Mach schwieg.

Sie kurvten an Schlössern vorbei, von denen Thomas Mach nichts zu Gesicht bekam außer den Fenstern und dem beleuchteten Teil der Gärten. Abu Taleb drehte an einem Shoppingcenter um und fuhr die Strecke zurück.

»Und wenn Sie alles herausgekriegt haben, was werden Sie dann tun? Haben Sie die Absicht, jemanden zu erpressen?«

»Vielleicht …«, antwortete Thomas Mach gedehnt. Seine Antwort kam ihm großspurig vor, doch Abu Taleb schien daran Gefallen gefunden zu haben, denn er lächelte.

Sie verließen den Park und fuhren wieder die Corniche entlang, über die gerade eine Wasserfontäne vom Meer niederging.

»Im Winter«, sagte Abu Taleb, »spritzt das Wasser über die Straße bis zu den Häusern. Da ist es nicht ratsam, dort zu Fuß zu gehen.« Er lachte wieder.

Die Glitzerkette der Häuser tauchte in der Bucht auf.

»Vor zwei Jahren«, fuhr Abu Taleb fort, »kam Eva in Schwierigkeiten. Sie wissen, daß sie archäologisches Zeug verscherbelte. Kleine Statuen, Tongefäße, Schmuck. Ihr Umschlagplatz war in der Totenstadt in Kairo. Als sie eines Tages ihre Kontaktperson aufsuchte, einen Bäcker, lag er erschlagen in seinem Bett. Man hatte ihn mit einer Axt ermordet. Es gab Zeugen, die Eva das Haus betreten sahen und Schweigegeld verlangten. Der Mord hatte mit ihren Geschäften nichts zu tun, es war eine Angelegenheit zwischen Verwandten. Moser gelang es, sich herauszuhalten, aber Eva geriet unter Druck. Sie mußte zahlen, hat aber trotzdem weitergemacht. Es war der Nervenkitzel.«

Thomas Mach spürte einen Druck in den Ohren und mußte schlucken wie bei einem Flugzeugstart.

»Sie führte zwei Leben«, sagte Abu Taleb.

Inzwischen hatten sie eine Stelle erreicht, an der Baumaterial aufgeschüttet wurde. Die Wellen schlugen an Felsen an, und Angler warfen ihre Leinen aus. Sie fuhren die Corniche hinauf und erreichten wieder das Cecil-Hotel, von wo aus Abu Taleb jetzt in die andere Richtung raste, vorbei an alten Gebäuden und dem Fischerhafen mit den Booten. Eine weitere Hochzeitsgesellschaft kam ihnen entgegen, hupend und mit geschmückten Autos.

Sie bogen zum Meer hin ab und brausten den langen Pier hinaus zum beleuchteten Fort Kait Bai. Dort hielt Abu Taleb abrupt an. Jugendliche umschlichen das Fort auf einer gefährlich schmalen Furt und verschwanden in der Dunkelheit. Abu

Taleb sagte, daß sie auf der dunklen Meerseite Haschisch rauchten, was natürlich verboten sei.

Pferde mit Reitern klapperten laut über die Steinplatten.

Sie stiegen aus und traten an eine Mauer, die sie vom Wasser trennte.

»Eva liebte Männer«, sagte Abu Taleb laut, aber was er weiter sprach, wurde vom Sturm und der Brandung verschluckt. Thomas Mach ließ ihn reden und spürte die Wassertropfen auf seiner Haut. Die Steinplatten glänzten im Licht von der Feuchtigkeit des Meerwassers, und Abu Taleb schrie ihm alles mögliche zu, von dem Thomas Mach nur hin und wieder ein Wort verstand. Im Wagen sagte Abu Taleb dann: »Sie haben mir nicht zugehört – Sie hatten recht, es war nur Klatsch.«

»War sie an Diebstählen beteiligt?« fragte Thomas Mach.

»An was?« Abu Taleb lächelte gehässig, ohne zu antworten, aber die Frage schien ihn zu ernüchtern. Sie hatte ihm verraten, daß Thomas Mach keine Ahnung hatte.

Er fuhr den Pier zurück und dann in eine immer größere Finsternis hinein zur Werft, einer Anzahl kleiner, gelber Gebäude. Es roch nach Fisch und Salz, und die Palmenallee davor bog sich und rauschte im Sturm. Thomas Mach griff in die Tasche und holte die Medikamentenschachtel mit dem Nachtfalter heraus. Er öffnete sie und zeigte Abu Taleb das Insekt. Er wußte nicht, warum er es tat, aber es erschien ihm richtig.

Abu Taleb beugte sich kurz über die Schachtel, betrachtete den Nachtfalter ohne die Wagenbeleuchtung einzuschalten mißbilligend und drehte sich dann weg.

Er schien unentschlossen zu sein, ob er das Gespräch fortsetzen sollte.

Thomas Mach schob die Medikamentenschachtel wieder zu und steckte sie ein. Eine Weile saßen sie stumm im Dunklen, während Abu Taleb nachdachte. Dann warf er Thomas Mach einen abschätzigen Blick zu und startete den Motor. Er sprach kein Wort mehr, bis sie wieder das Cecil-Hotel erreicht hatten.

Vor dem Eingang wartete er darauf, daß sein Fahrgast ausstieg, aber Thomas Mach blieb sitzen.

»Gehen Sie«, sagte Abu Taleb schließlich. »Sie begriff nicht, daß die Menschen einander hassen. Sie war verrückt nach Männern. Zuletzt liebte sie einen reichen Europäer, der nichts mehr von ihr wissen wollte.«

Er öffnete unhöflich die Tür an Thomas Machs Seite, indem er sich kurz über ihn beugte.

Der Touristenladen vor dem Lift war noch nicht geschlossen, und Thomas Mach besorgte sich einen Stadtplan. Hierauf ging er zurück zum Portier, der noch immer Dienst hatte, und legte eine 10-Pfund-Note auf das Pult.

»Welche Zimmernummer hat Herr Blum?« fragte er.

Der Portier machte sich an der Tastatur des Computers zu schaffen und drehte den Bildschirm wieder so, daß Thomas Mach die Schrift lesen konnte.

Es erschien die Nummer 316.

»Wird er morgen geweckt?« fragte Thomas Mach ungeduldig weiter.

Nach einer kurzen Eingabe drehte sich der Portier um, so daß Thomas Mach sein Muttermal sehen konnte, und sagte: »Um neun Uhr.« Als Thomas Machs Blick auf das Pult fiel, stellte er fest, daß sich die 10-Pfund-Note in Luft aufgelöst hatte.

Die Nacht

Im Zimmer hörte Thomas Mach den Verkehrslärm von der Straße und das Brausen des Sturms. Er trat an die zugige Balkontür und sah, wie auf dem beleuchteten Platz Palmenzweige über die Wiese und die Straße trieben. Nachdem er lange genug geschaut hatte, legte er sich auf das Bett und markierte seinen Stadtplan, um sich am nächsten Tag besser zurechtzufinden. Irgendwann fiel ihm der Nachtfalter ein. Er nahm die Medikamentenschachtel, drückte die Klappe des Lichtschachts auf und ließ das Insekt frei. Während er sich eine Zigarette anzündete, bemerkte er, daß an den Wänden des Zimmers kein Bild hing. Den Stadtplan vor Augen, schlief er ein.

21. November, Alexandria

Der weißbärtige Mann

Am Morgen war die Corniche vom Sonnenlicht hell beschienen. Die Häuser lagen am dunklen, unruhigen Wasser wie die weißen Wracks riesiger Überseedampfer, die langsam vor sich hin rosteten. Den Himmel bedeckten nur wenige Wolken, und der Sturm hatte nachgelassen.

Nachdem er sich angekleidet hatte, eilte er zum Lift, wo er auf den weißbärtigen Mann stieß. Sein Blick war eigenartig schief, wie Thomas Mach feststellte, und verriet eine unangenehme Mischung aus Skepsis und Neugierde. Er beklagte sich ganz allgemein über die Touristen.

Thomas Mach gab ihm recht. Um dem Gespräch eine Wendung zu geben, fragte er ihn, weshalb er nach Alexandria gekommen sei, und der Fremde antwortete, ohne zu zögern: »Wegen der Dichter Kavafis und Durrell. Ich schaue mir an, was sie gesehen haben. Es interessiert mich, weshalb ihre Werke gerade in dieser Stadt spielen.«

Da der Lift gedrängt voll war, wurden sie voneinander getrennt.

Im Frühstücksraum saß Blum allein an einem Tisch und blickte kauend hinaus auf den Himmel. Thomas Mach begab sich in den Abstellraum neben der Portiersloge, in dem das Gepäck der Gäste aufbewahrt wurde, und nahm dort in einem zerschlissenen Lederfauteuil Platz, von dem aus er unbemerkt den Eingang beobachten konnte.

Die Verfolgung

Nach einer Viertelstunde verließ Blum das Hotel. Er nahm weder ein Taxi noch eine Kutsche, sondern eilte durch einige Quergassen zu einem Café, über dem Thomas Mach die Aufschrift El Borssa El Togarya las. Es war ein großer Raum mit gelben Sesseln und Tischen. Thomas Mach stellte sich hinter ein geparktes Auto auf der anderen Straßenseite und wartete. Blum wurde ein Glas Tee serviert, aber er trank nichts. Seine Haare waren unordentlich, er trug eine verrutschte Krawatte, und die Hose war zerknittert, als habe er in der Straßenkleidung geschlafen. Endlich erschien ein Herr mit Sonnenbrille, Halbglatze und einem Stock. Die seidene, dunkelbraune Jacke über dem blauen Hemd, die Krawatte und die scharfen Bügelfalten gaben ihm etwas Seriöses. Als Blum ihn sah, erhob er sich sofort, um ihn zu begrüßen. Die Männer redeten eine Viertelstunde miteinander. Im Café hockte eine schwarze Katze auf einem der verlassenen Tische und putzte sich. Die Wände waren mit Poster ägyptischer Sehenswürdigkeiten zugepflastert: Sinai – das Katharinenkloster, das Grab des Senefer, die Nofretete. Der elegante Mann gab

Blum schließlich eine Visitenkarte und verließ das Lokal. Blum folgte ihm erst, nachdem er bezahlt hatte.

Vermutlich hatte er die Absicht, jemanden aufzusuchen. Aber er konnte es nicht eilig haben, denn ansonsten hätte er ein Taxi genommen. Wahrscheinlich wartete er sogar auf etwas, denn er blickte mehrmals auf die Uhr und wirkte unentschlossen.

Es war heiß geworden.

Soweit Thomas Mach sich mit dem Plan orientieren konnte, befand er sich in der Altstadt. Die Gassen waren schmal und der Verputz der Häuser abgefallen oder von Abgasen geschwärzt. Glasscherben lagen auf dem Gehsteig, und die Markisen über den Geschäften hingen in Fetzen herunter. Blum blieb vor einem Kiosk stehen, kaufte sich einen Taschenkalender und steckte ihn ein. Er hatte sichtlich Langeweile. Der Verkäufer beachtete Blum nicht. Er grüßte ihn auch nicht, was ungewöhnlich war. Blum schien es nicht zu registrieren. Er blieb vor einer schwarz und weiß gefliesten Wand mit kunstvollen roten arabischen Schriftzeichen stehen und nahm die Armbanduhr seiner Frau heraus. Daneben befand sich ein Lebensmittelgeschäft, über das eine rotweiße Konserve gemalt war – sie war größer als Blum. Es war ein seltsamer Anblick, den der Zufall gebildet hatte.

Zu Thomas Machs Überraschung warf Blum die Uhr in eine Abfalltonne und ging weiter. Weshalb hatte er die Uhr weggeworfen? Was war geschehen? Blum ging jetzt rascher. Um die Ecke stießen sie auf ein Pferd mit gefesselten Vorderbeinen. Es fraß aus einem Sack, der ihm vor das Maul gebunden war. Plötzlich war Blum verschwunden. Hatte er bemerkt, daß Thomas Mach ihm gefolgt war?

Er stand jetzt vor einer Schuhwerkstatt, die von Leuchtstoffröhren erhellt war. Ein Haufen Schuhe war nachlässig in eine Ecke geworfen, und ein dunkelhaariger Mann bearbeitete eine Nähmaschine. Daneben, mit dem Rücken zur Straße, telefonierte Blum an einem Wandapparat. Er drehte sich um, und Thomas Mach konnte gerade noch hinter eine Wand treten.

Schließlich erschien Blum wieder auf dem Gehsteig. Er seufzte, blickte abermals auf seine Armbanduhr und schlenderte ein paar Schritte weiter auf einen belebten Platz zu. Es roch nach Fischen und Räucherstäbchen. Zwischen den Obstständen des Marktes kam ihm ein junger Bursche mit einem blutigen, abgehackten Haifischschädel und einer Plastikschüssel voll Innereien entgegen. Als er Blums erschrockenes Gesicht sah, lachte er. Sein blaues Hemd und seine Hände und Arme waren ebenfalls blutig. Er warf alles in einen Abfallbehälter, und Thomas Mach fiel das Hausboot ein, Schäffer, die blutigen Stiegen, und er wußte nicht, welche Rolle Blum dabei spielte. Hatte er in Erfahrung gebracht, was geschehen war, und verfolgte er eine bestimmte Spur?

Blum hatte inzwischen eine Apotheke erreicht, die er überraschend betrat. Aus einiger Entfernung sah Thomas Mach in einen aus dunklem Holz getäfelten Raum, von dessen Decke getrocknete und ausgestopfte Krokodile hingen. Die Rückwand bestand aus einer Kommode mit zahlreichen Schubfächern, die ein Mann mit Schnurrbart durchsuchte. Er holte eine präparierte Schildkröte heraus, wickelte sie ein und reichte Blum das Päckchen. Von seinem Platz aus erkannte Thomas Mach in Gläsern getrocknete Tintenfische, Kräuter, Pulver in verschiedenen Farben und Gewürze. Eine große, messingfarbene Waage stand in der Mitte des Ladentisches. Die Apotheke wirkte elegant und glänzte vor Sauberkeit. Unversehens entdeckte er die Abbildung eines großen, grünen Nachtfalters auf der Glastür. Thomas Mach erkannte ihn sofort wieder, es war das Insekt, das er im Zimmer des Cecil-Hotels gefangen hatte. Blum schlenderte inzwischen gedankenverloren auf eine Gasse zu. Rasch trat Thomas Mach an das Pult in der Apotheke und fragte den Verkäufer nach dem Nachtfalter, wobei er auf die Glastür zeigte. Der elegante Mann nannte einen Namen, den Thomas Mach nicht verstand, und erklärte ihm, daß das Pulver des Insekts ein Aphrodisiakum sei.

Blum war inzwischen im Menschengewühl verschwunden. Thomas Mach verließ die Apotheke wieder und beeilte sich, die Zufahrtsstraße zu erreichen, in der er ihn vermutete. Er entdeckte ihn schließlich vor einem baufälligen Haus. Dort stand er vor einem Geschäft für Kanarienvögel und lauschte ihrem Gesang in den Käfigen. Ein Stück weiter versteckte sich Thomas Mach hinter einem Kleinwagen, dessen Lack abgeblättert war, worauf zwei Männer, die auf Stühlen vor einer Haustür saßen, scherzend mit ihm ins Gespräch zu kommen versuchten. An einem Straßenschild konnte Thomas Mach erkennen, daß sie sich an der Ecke der Abd-Elmonem zur El-Debra Street befanden. Eine Kutsche rollte heran, und zu Thomas Machs Ärger winkte Blum ihr zu und stieg ein. Aber gerade, als er sich damit abgefunden hatte, seinen seltsamen Bekannten aus den Augen zu verlieren, erschien ein Taxi und nahm ihn auf. Hastig erklärte Thomas Mach dem Chauffeur, daß er der Kutsche folgen müsse, aber dem Fahrgast die Verfolgung nicht auffallen dürfe. Der Fahrer nickte und sprach von da an kommentierend vor sich hin, während er der Kutsche im Schrittempo folgte oder seufzend am Gehsteigrand hielt, um den Abstand wieder zu vergrößern.

Je weiter sie fuhren, desto tiefer drangen sie in ein Industrieviertel ein, das offenbar aufgegeben worden war, denn verrostete Eisentore versperrten den Zugang zu verlassenen Fabrikgebäuden. Schließlich gelangten sie zu einem weiten Platz, dessen Boden mit Alteisen, ölverschmierten und halbverrosteten mechanischen Teilen übersät war. Durch das Trümmerfeld wateten Männer in gebückter Haltung auf der Suche nach einem bestimmten Stück. Sie fuhren nur im Schrittempo weiter und erreichten eine größere Menschenmenge mit Kindern, die am Rand des Platzes Gruppen bildeten und einen Grund fanden, zwischen Resten von Staubsaugern, Küchenherden, Fernsehapparaten, Ventilatoren und Fahrradfelgen, verrosteten Schrauben, Nägeln, Bolzen, Zwingen, Gewinden und Federn fröhlich zu sein.

Die Kutsche hielt kurz an, und Thomas Mach sah, daß Blum jetzt auch den Lippenstift wegwarf, den seine Frau bei ihrem Sprung von dem Balkon eingesteckt hatte. Er erkannte den Lippenstift wieder, als sie langsam daran vorbeifuhren, verwechselte ihn aber zuerst mit einer Patronenhülse.

Unvermittelt bogen sie in eine Nebenstraße ab, die in die Gegenrichtung führte. Das Verhalten Blums wurde für Thomas Mach immer rätselhafter. Die Kutsche hielt abermals an, und dem Chauffeur des Taxis gelang es gerade noch, hinter einem Lastwagen einzuparken. Es stellte sich jedoch heraus, daß Blum nur ausgestiegen war, um zu urinieren. Thomas Mach sah indessen durch das Seitenfenster ein eisernes schwarzes Fabriktor, mit Kreide beschmiert wie eine Schultafel. Auf das Tor waren ein Schachbrett und Figuren gezeichnet. Thomas Mach dachte an Sonnenberg und sein Faible für Endspiele. Er glaubte, den schwarzen König und die Dame im rechten unteren Eck zu erkennen. Weiß hatte außer dem König und der Dame noch einen Läufer. Thomas Mach nahm ein Stück Papier und einen Kugelschreiber und notierte sich die Stellung.

Blum hatte offenbar Schwierigkeiten, in Anwesenheit des Kutschers sein Wasser abzuschlagen, weshalb Thomas Mach seine Skizze vollenden konnte, bevor sie weiterfuhren. Der Chauffeur hatte währenddessen Kommentare abgegeben, auf die Thomas Mach jedoch nicht reagierte, so daß er schließlich nur noch halblaut vor sich hinschimpfte. Aber kaum hatte Thomas Mach die Stellung auf dem Papier festgehalten, zweifelte er auch schon daran, ob er die Kreidezeichnung richtig interpretiert hatte. Er hatte nicht die Zeit gefunden, die Felder abzuzählen, und soweit er sich erinnerte, war das Spielfeld kleiner gewesen als ein Schachbrett.

Die Straßen zwischen den aufgelassenen Fabriken waren unbelebt. Die Kutsche fuhr jetzt schneller und erreichte unversehens die Friedhofsmauern. Unmittelbar dahinter stießen sie auf einen Schafmarkt mit großen Herden. Die Tiere hatten sich gleichmütig auf der Fahrbahn niedergelassen. Hirten mit Stöcken in den Händen, manche in Begleitung von Kindern, hockten zwischen den Tieren auf zerschlissenen ehemaligen Autositzen. Die Kutsche bahnte sich unverändert ihren Weg, und auch das Taxi folgte ihr. Ein Stück weiter war die Straße jedoch plötzlich so verstopft, daß die Kutsche umkehren mußte. Der Taxifahrer sah es zu spät, und die beiden Fahrzeuge kamen sich in die Quere, die Kutsche konnte weder vor, noch zurück, und auch das Taxi war von den Schafen eingeschlossen.

Angestrengt spähte Thomas Mach zu Blum hin, der aber vom Kutscher verdeckt war. Inzwischen drängte der Fahrer des Taxis wütend und schimpfend die Schafherde mit seinem Wagen zur Seite. Er wartete sodann an der Friedhofsmauer, bis die Kutsche vorbei war, und folgte ihr dann widerwillig.

Blum nahm jetzt offensichtlich eine Abkürzung, um den Friedhof zu passieren. Abermals gelangten sie in das Viertel mit den aufgelassenen Fabriken, überquerten jetzt aber auf einer klapprigen Eisenbrücke einen Kanal und erreichten einen Sandplatz, auf dem zahlreiche Taxis gewaschen wurden. Der Kanal, der verschilft war, wurde offenbar als Autofriedhof benutzt, denn zwei Karosserien ragten halbversunken nur mit einem Stück Windschutzscheibe und dem Dach heraus. Auf Befragung von Thomas Mach sagte der Chauffeur, es handle sich um den El-Mahmoudia-Kanal, den er dann auf dem Stadtplan fand.

Die Kutsche hatte schon die zweite Brücke erreicht, dort wurden in Schachteln getrocknete schwarzgoldene Fische verkauft.

Dann schlugen sie den Weg in ein Viertel ein, in dem die Häuser und die elektrischen Leitungen zwischen ihnen mit silbernen Bändern geschmückt waren und in dessen Geschäften goldene Ramadan-Laternen schimmerten. Trotz der Armut machte es einen freundlichen Eindruck.

An den eleganten Häusern erkannte Thomas Mach bald darauf, daß sie sich wieder der Corniche näherten. Teppiche hingen aus den Fenstern der schönen Wohnhäuser, und ein Park mit Palmen erstreckte sich auf der anderen Straßenseite.

Sie fuhren hinter der Kutsche die Corniche hinunter, auf der es kühler war. Vor den Cafés waren die Plastiktischtücher wegen des Windes mit Schnüren an den Tischen festgebunden.

Thomas Mach fand sich plötzlich wieder vor dem Cecil-Hotel, aber da die Kutsche nicht hielt, vermutete er, daß Blum die Zeit totschlagen wollte, bis der Termin einer Verabredung gekommen war.

Neben einem kleinen Juweliergeschäft machte die Kutsche endlich halt, und Blum stieg aus. Thomas Mach, der ebenfalls anhalten ließ und sich vorsichtig der Auslage näherte, konnte durch die Scheibe erkennen, daß Blum den Ehering seiner Frau von seinem Finger zog und verkaufte. Rasch sprang er zurück in das Taxi und wartete, bis Blum wieder erschien.

Das Pelizäus-Altersheim

Es war Mittag geworden, und als sich die Wolken zwischendurch verzogen, stach die Sonne herunter. Endlich, in der Sultan-Hassan-Straße, blieb Blum vor einem gepflegten weißen Palais, das die Aufschrift Pelizäus-Altersheim trug, stehen. Blum bezahlte und betrat das Gebäude, und auch Thomas Mach entließ seinen Taxifahrer, der ihm zum Abschied auf arabisch etwas sagte, das nicht sehr freundlich klang.

Der hohe Vorraum des Altersheims, in dem

Blums Schritte hallten, war frisch gestrichen. Zum Garten führte ein Tor mit grünen Glasfenstern. Thomas Mach hatte den Eindruck, sich in einem Kloster zu befinden, und tatsächlich erblickte er zwei Frauen in weißen Ordenskleidern, eine Kette mit Kreuz um den Hals. Blum überquerte inzwischen eine Terrasse, klopfte an eine Tür, trat ein und ließ sich eine Zeitlang nicht blicken. Endlich erschien er mit einer alten Frau im Rollstuhl. Sie trug dicke Brillengläser und an den Füßen Filzpantoffeln. Er führte sie über eine Rampe in den von Gebäuden umstandenen Garten mit Palmen, Orangenbäumen und Bänken. In einer der Ecken pickten Hühner Körner, auf der gegenüberliegenden Seite trat ein Priester aus einer Kirche. Thomas Mach beeilte sich, wieder auf die Straße zu kommen, bevor Blum ihn sehen konnte, und beschloß, das Gebäude im Auge zu behalten.

Gegenüber dem Pelizäus-Altersheim hatte ein Fischrestaurant geöffnet, in dem alles, Fliesen, Plastiktischtücher und Ventilatoren, weiß war. Dort wählte er einen Tisch, von dem aus er den Eingang beobachten konnte.

Plötzlich begann es zu regnen, und ein kalter Wind blies durch die offene Tür in das Lokal.

Ab und zu ging jemand in das Altersheim, ab und zu kam jemand heraus.

Thomas Mach aß gebratenen Fisch mit Fladenbrot und trank heißen Pfefferminztee. Das Sitzen nach dem Essen tat ihm gut, aber als Blum noch immer nicht erschien, wurde er langsam unruhig.

Wer war die alte Frau? Was hatte Blum mit ihr zu tun? Kannte er sie von früher? Alle Wahrnehmungen waren für ihn plötzlich mit einer Unruhe verbunden, die ihm fremd war: das Licht, die wandernden Schatten, die Kleidungsstücke und Gesichter. Er würde Blum aus dem Weg gehen, das Gebäude betreten und die Greisin aufsuchen. Und dann? Er spielte mit dem Gedanken, noch zwei Tage in Alexandria zu bleiben, bevor er nach Kairo zurückkehrte. Jedenfalls würde er Moser anrufen.

Er wandte seine Aufmerksamkeit jetzt den Passanten zu und dem Straßenleben, das voller Abwechslung war.

Endlich öffnete sich die Tür, Blum erschien und winkte einem Taxi.

Thomas Mach war davon überzeugt, daß ihm Blum nicht abhanden kommen würde, und er beschloß, zuerst die alte Frau zu befragen.

Sobald er die Rechnung beglichen hatte, begab er sich in die sonnigen Gänge des Gebäudes, von denen aus er in den lichtdurchfluteten Garten sah.

Er schlug die Richtung ein, die Blum genommen hatte, und entdeckte schon von weitem die alte Frau im Rollstuhl auf der Terrasse, ihre Beine waren trotz der Hitze mit einer Wolldecke umwikkelt. Sie aber schlief nicht, sondern betrachtete abwesend ihre Fingernägel. Als sie ihm ihr Gesicht zudrehte, grüßte er sie von weitem.

Trotz der zahlreichen Falten hatte das Gesicht etwas Mädchenhaftes, und nur die dunklen Hautflecken auf der Stirn und die langsamen Bewegungen ließen etwas von ihrem Alter erahnen.

Sie verstand sofort, daß er der Nachfolger von Eva Blum war, aber es irritierte sie, daß er sie aufsuchte. Erst jetzt bemerkte Thomas Mach, daß ihre Augen gerötet waren und sie ein zusammengeknülltes Taschentuch in einer Hand hielt. Wie sich herausstellte, hatte sie gerade die Nachricht über den Tod von Eva erhalten. Sie erklärte ihm, daß sie das Kindermädchen von Evas Mutter gewesen sei und daß diese sie mit nach Kairo genommen habe. Nach deren Tod sei sie in das Altersheim in Alexandria gebracht worden. Eva, sagte sie, sich die Nase putzend, habe sie jedesmal, wenn es ihr möglich war, besucht und ihr Geschenke mitgebracht.

Ob er Evas Mann kenne? Er sei eben erst hiergewesen mit der schrecklichen Nachricht. Sie habe ihm keinen Grund dafür angeben können, weshalb Eva …

Er erfuhr, daß sie Neni hieß und 94 Jahre alt war. Sie trug einen großen Ring mit einem Rubin an einem Finger und eine goldene Armbanduhr.

»Und weshalb suchen Sie mich auf?« fragte sie noch einmal.

Er habe im Studientagebuch von Eva Blum, das er für seine Arbeit benutze, die Adresse des Pelizäus-Altersheims und ihren Namen gefunden, antwortete Thomas Mach. Er bemerkte, daß die alte Dame davon angetan war, im Studientagebuch zusammen mit dem klosterähnlichen Gebäude erwähnt zu sein, und sie begann die Vorzüge des Altersheims aufzuzählen. Mehrmals wischte sie sich Tränen ab, die ihr über die Wangen liefen, ohne daß sie wirklich weinte.

Aus dem Garten kam eine der Schwestern zögernd auf sie zu. Thomas Mach befürchtete, daß sie ihn zur Rede stellen wollte, da sie ihn nicht kannte. Er nahm daher rasch das blutbefleckte Foto heraus, das Eva und den Mann im Blumensalon zeigte, und hielt es der alten Dame vor das Gesicht.

»Ich habe dieses Foto«, sagte er, »im Studientagebuch gefunden – wer ist der Mann?«

Mißtrauisch nahm die alte Frau das Bild in die Hände. Sie zitterte dabei so heftig, daß Thomas Mach fürchtete, sie könne zusammenbrechen.

»Steht es in einem Zusammenhang mit ihrem … Tod?« fragte sie ihn mit klarer Stimme. »Ja, ich habe diesen Mann schon einmal gesehen«, fuhr sie fort, ohne eine Antwort abzuwarten. »Eva war mit ihm bei mir. Es ist ein Anwalt aus Wien. Dr. Jenner. Ich weiß es, weil sein Name leicht zu merken ist. Ein vornehmer Herr. Es ist ausgeschlossen, daß er mit dieser Sache etwas zu tun hat.«

Thomas Mach nahm ihr das Foto aus der Hand und steckte es rasch wieder ein.

Die Schwester hatte sie inzwischen erreicht.

»Heute haben Sie viele Besuche, oder?« fragte sie auf englisch.

»Ja, sonst kommt monatelang niemand«, antwortete Neni. Eine Träne lief wieder ihre Wange hinunter.

»Trinken Sie eine Tasse Tee mit uns?« wandte sich die Schwester in so strengem Tonfall an Thomas Mach, daß er nicht zu widersprechen wagte.

Kaum war sie hinter der Terrassentür verschwunden, verabschiedete sich die alte Frau von ihm mit energischer Stimme. »Es ist besser, Sie gehen jetzt«, sagte sie.

Der junge Mann

Thomas Mach befürchtete, Blum im Hotel anzutreffen und daß er ihm nur Schwierigkeiten bereiten würde. Überdies wollte er allein sein, denn er mußte entscheiden, ob er die Geschichte abbrach oder nicht. Er war jetzt davon überzeugt, daß es sich um Selbstmord handelte. Für das Reisebüro »Auge Gottes« waren die zweifelhaften Geschäfte mit den archäologischen Fundstücken allerdings der unangenehmste Teil der Geschichte. Wenn es aufflog, daß eine Mitarbeiterin der Firma daran beteiligt war, würde es einen ziemlich großen Skandal geben. Er mußte also seinen Onkel warnen, überlegte er.

Inzwischen erreichte er die Mauer der Corniche. Kein Mensch ließ sich auf dem Sandstrand sehen, obwohl es früher Nachmittag war. Er ging auf eine dunkelblaue, verlassene Pepsi-Cola-Hütte zu, deren Tür geöffnet war und in der er einen roten Plastikstuhl sah. Weiter hinten, dem Meer zu, lagen zwei Boote, ein weißes, zur Seite geneigtes, und ein altes, halb verwittertes blaues mit dem Bootsrumpf nach oben, wie ein Käfer. Es war auf einen Holzpfahl gestützt, und der offene Spalt war mit Sperrholzplatten und Pappkartons abgedeckt; an die Öffnung war ein kaputtes Klapptischchen gelehnt. Thomas Mach sah es, ohne sich dabei etwas zu denken. Weiter unten lag eine Yachtwerft mit reparierten und neu gebauten Schiffen, die – getrennt durch die Straße – groß und weiß vor den Neubauten der Corniche standen.

Eine dicke Frau mit flatternden Kleidern und Kopftuch kam im Sand auf ihn zugestapft und sprach ihn schon von weitem an, indem sie auf ein Zelt wies, das neben der Pepsi-Cola-Hütte stand. Vor dem Zelt schliefen mehrere Hunde.

Thomas Mach wartete, und die Frau griff nach ihrem Kopftuch und deutete dabei noch immer eindringlich auf das Zelt, in dem er, wie er zu verstehen glaubte, etwas zu trinken erhalten würde. Er schüttelte nur den Kopf und ließ sie reden. Die Hunde schliefen weiter im Sand. Schließlich folgte er ihr doch zur Pepsi-Cola-Hütte, in der er beim Nähertreten zwei Männer erkannte, von denen der ältere sich bückte und einen Prügel aufhob. Der jüngere lief aus der Hütte und rannte an den schlafenden Hunden vorbei zum Zelt. In diesem Augenblick wurde es in Thomas Mach völlig ruhig. Er streckte der Frau einen Geldschein hin, ließ dabei aber die Hütte, das Zelt und das Boot nicht aus den Augen. Es regte sich auch etwas unter dem Boot, und ein Kind kam zum Vorschein, das zu schreien begann. Inzwischen zeigte sich der junge Mann, der in das Zelt gelaufen war, ebenfalls mit einem Prügel. Thomas Mach, er wußte nicht, warum er es tat, ging auf ihn zu, reichte ihm die Hand und trat dann in die Pepsi-Cola-Bude ein, um auch dem Alten, der sich inzwischen eine Zigarette angesteckt hatte, die Hand zu reichen. Nachdem er Bakschisch verteilt hatte und der alte Mann mehr forderte, was er ablehnte, ging er ruhig zurück zur Corniche, eingedenk der »Kunst des kampflosen Kampfes«. Und wirklich kam ihm der junge Mann nachgelaufen, warf den Prügel weg und bedeutete ihm leidenschaftlich, ihm zu folgen. Sie standen neben einem selbstgefertigten Tischfußballspiel, das aus Eisen und grün lackiertem Holz zusammengebaut war. Die Figuren waren so einfach gehalten und durch die Spiele glatt geschossen, daß sie aussahen wie Mumien. Doch war es natürlich nicht das Tischfußballspiel, das der Bursche ihm zeigen wollte, sondern etwas auf der anderen Seite der Straße. Dort, hinter Gebäuden und einem kleinen Park, erkannte er die Abu-El-Abbas-Mursi-Moschee aus dem Studientagebuch Eva Blums wieder.

Auch hier war ein kleiner, bunter Vergnügungspark für Kinder am Vorplatz aufgebaut, mit Schießständen und Schaukeln. Vielleicht waren es sogar dieselben Schausteller und derselbe Vergnügungspark wie in Kairo.

Der junge Mann eilte ihm gewandt voraus in die hohe Moschee. Sie war achteckig und nach dem Vorbild des »Himmlischen Jerusalem« gebaut, wie Eva Blum notiert hatte. In einer Ecke, vor einem niedrigen Bücherregal, hockte ein Dutzend Männer, die diskutierten. An einer anderen Stelle betete eine Gruppe kniend mit den Gesichtern zu Boden gewandt.

Ein Paravent aus Holz trennte die Abteilung der Frauen von den Männern, aber durch das Muster im Mashrabyia-Stil konnte Thomas Mach erkennen, wie sich einige Verschleierte zu Boden warfen. Andere saßen, knieten oder hockten dort und paßten auf ihre Kinder auf, manche aßen etwas. Eines der Kinder, ein Bub, machte seine Aufgaben, Schulbuch und Hefte lagen aufgeschlagen auf dem Teppich.

Von einem Stand mit Räucherstäbchen zogen graublaue, duftende Schwaden in den Raum.

Schöne Welt

Nachdem sie ihre Schuhe wieder angezogen hatten, trafen sie die Frau mit ihren drei Kindern, die der junge Mann durch den Paravent herangewunken hatte, vor dem Eingang. Er schickte sie zum Strand, wobei er ihr die Banknote aushändigte, die ihm Thomas Mach gegeben hatte. Stolz erklärte er, sie sei seine Schwester. Er wartete, bis Thomas Mach sie bewundert hatte, und führte ihn dann um die Moschee herum, über einen von Müll übersäten Bauplatz zu einer tanzenden Menschengruppe.

Der junge Mann blieb dort in einiger Entfernung auf einer Schutthalde stehen, bedeutete ihm, nicht zu nahe zu treten, und wies auf die Trommel, ein zweiseitiges Schlaginstrument, und den schwarzen Sänger hin, der eine dunkle Ghalabija mit einem langen Schal trug. Teppiche waren ausgebreitet, auf denen sich Männer und Frauen im Takt der Musik wiegten. Die Männer tanzten zum Teil mit erhobenen Armen, die Frauen zogen sich die Kopftücher vor das Gesicht. Es war eine ländliche Gesellschaft, die sich neben der Bauhütte, etwas abseits der Moschee niedergelassen hatte, um sich mit Musik und Tanz in Trance zu versetzen.

Ein Zuckerwarenverkäufer kam mit seinen Gespinsten, die an schwebende Kissen erinnerten, über den Platz.

Nun sang der Schwarze eine schwermütige, langsame Melodie, und schon beim ersten Takt fielen Regentropfen. Der junge Mann zupfte Thomas Mach am Arm und lief über die Straße auf das Meer zu. Es roch nach Rauch, und Fischerboote in allen Farben schaukelten auf dem bleifarbenen Wasser.

»Marákeb«, sagte der junge Mann und deutete auf die Boote.

Sie waren jetzt allein. Der junge Mann griff in seine Tasche und bot ihm eine Haschischzigarette an.

Sofort riet ihm eine Gefühlsfärbung, sie anzunehmen.

Es wurde vor Freude hell in seinem Kopf. Der

junge Mann winkte ihn zu einem Ruderboot, lehnte sich Thomas Mach gegenüber in den Bug und ließ die Zigarette zwischen ihnen hin und her wandern. Nach den ersten Zügen fühlte Thomas Mach Übelkeit aufsteigen, die aber bald nachließ.

Das Meer rauschte, es umarmte ihn. Die Geräusche wurden freundlicher, selbst der Verkehrslärm von der Corniche vermittelte ihm ein Gefühl der Geborgenheit. Thomas Mach wartete auf die Wirkung der Zigarette, aber sie stellte sich nicht ein. Bei diesem Gedanken vernahm er ein leises Kichern. Zuerst wußte er nicht, woher es kam, bis er feststellte, daß es von dem jungen Mann ihm gegenüber ausging. In seinem Gesicht war zwar kein Lächeln zu erkennen, aber Thomas Mach hörte ihn jetzt ganz deutlich lachen. Bald konnte er auch selbst ein Lachgefühl nicht mehr unterdrücken, und so lachten beide, der junge Mann zuerst verschämt, dann immer haltloser, zuletzt aber waren beide den Tränen nahe. Es gab keinen bestimmten Grund dafür, alles war Grund genug: das Schwirren der Fliegen vor seinem Gesicht, die sich in ihrem Eifer lächerlich machten, und das blöde Bellen der Hunde vom Zelt her. Besonders die Möwen waren es, die den jungen Mann zu unterhalten schienen, und durch dessen ausgestreckten Finger darauf aufmerksam gemacht, verstand Thomas Mach auf einmal ihre Geschäftigkeit als nutzlosen Eifer, als Wichtigtuerei. Daß so viele Autos auf der Corniche lärmten, war ein weiterer Aspekt, der sie erheiterte. Thomas Mach fand sogar seine Hose, seine Safarijacke, die Desertboots und die Falten seines T-Shirts lachhaft – wie wichtig er sich nahm! Aber die Ghalabija des jungen Mannes war wunderbar und richtig. Seine Sprache klang jetzt anders als zuvor. Thomas Mach sah die Wörter vor sich als arabische Phantasiebuchstaben in Form einer schwebenden Leuchtschrift, die langsam zerfiel. Nachdem sie sich aufgelöst hatte, erschienen neue Wörter von unbeschreiblicher Schönheit und wie selbstverständlich auch mit einem Anflug von Ironie versehen. Die Zeichen machten sich über ihn lustig, und er fand, daß sie recht hatten. Das Gesicht des jungen Mannes war dem seinen ganz nahe, er sah die Poren der Haut wie mit einer Lupe, und die sprießenden Barthaare lösten erneut Gelächter in ihm aus.

Mühsam rappelte er sich auf, um über den Sand zur Corniche zu wanken, es war ein unendlich schwieriges Unterfangen. Er fühlte seine Beine nicht mehr, und seine Wahrnehmung spielte ihm in einem fort Überraschungen zu: die Gestalt einer Wolke, den Schaum auf einer Welle, die Schere einer Strandkrabbe, Muschelsplitter – er sah in ihnen nur den bizarren Eifer, weiterzuleben, das sinnlose Unterfangen, die eigene Wichtigkeit zu behaupten. Lachend, mit wackelnden Bildern vor den Augen und dem Befehl im Kopf, sich zusammenzunehmen und auf die selbstverständlichsten Dinge zu achten (um sich nicht zu verraten), ging er an den Cafés entlang, die ihm so merkwürdig vorkamen, daß ihn wieder der Zwang zu lachen überfiel: Das Flattern der festgebundenen Tischtücher und das saugend-schmatzende Geräusch, das er von den Wasserpfeifen der Gäste und ihrem Teetrinken zu hören vermeinte, vermischte sich mit dem Grunzen von Schweinen, als er an einem Tisch vorbeikam, an dem gegessen wurde. Erst als er sich setzte, stellte er fest, daß er doppelt sah: das Gesicht des jungen Mannes, seine Hände. Der Kopf des Kellners flog wie ein Fußball herbei und sprach eindringlich und hallend auf ihn ein, und als er wieder verschwand, war ihm leichter. Eine Zeitlang war er fasziniert von den Autos, ihren Fahrten und rätselhaften Zielen. Er bemerkte, daß er rauchte, und fühlte seinen Brustkorb als einen großen hohlen Resonanzkasten. Gerade die Gesichter der Armen und Alten verstand er mit einem Mal, in ihnen war etwas verborgen, das er für sich pathetisch den »göttlichen Funken« nannte.

Überhaupt erschien es ihm, als befände er sich in einem bisher unbekannten Zentrum der Ereignisse, in dem das Leben seine Beschaffenheit offenbarte. Die Zeit verging in Sprüngen und Stillständen. Die Bewegung der Finger zum Aschenbecher dauerte merkwürdig lange, dann wieder hörte er sich plötzlich eine neue Flasche Wein bestellen, während er mit sich rang, unauffällig zu bleiben. Der junge Mann trank keinen Alkohol, aber sie aßen mehrere Portionen gegrillter Meerestiere mit Reis und streunten dann weiter in die Stadt hinein.

Es war Thomas Mach, als sei er unverwundbar. Um es sich zu beweisen, überquerte er die Straße, ohne vorher nach links und rechts zu schauen. Im letzten Augenblick riß ihn sein Begleiter auf den Gehsteig zurück und nahm ihn besorgt unterm Arm. Hierauf betrat Thomas Mach zielbewußt die Buchhandlung Ahram und wurde sofort von dem weißbärtigen, großen Mann angesprochen, der gerade in einem Bildband »The Mummy in Ancient Egypt« blätterte. Ihm war, als hätten sie sich verabredet. Der Wind war in der Buchhandlung so laut zu hören, »wie in einem Gespensterfilm«. Dieser Vergleich kam ihm vor, als wollte er sich selbst verspotten. Er mußte über sich lachen, und gleichzeitig sprach er mit dem weißbärtigen Mann über völlig belanglose Dinge. Der Mann gab sich jetzt als Übersetzer zu erkennen, der Briefen und Tagebuchaufzeichnungen von Konstantinos Kavafis nachspürte und sie publizieren wollte.

»Sie kennen Kavafis?«

Der Name kam Thomas Mach großartig vor. Unbedingt wollte er jetzt Konstantinos Kavafis kennenlernen, er war davon überzeugt, daß es bedeutsam für ihn sein würde. Der weißbärtige Mann suchte in einem Regal und reichte ihm ein deutschsprachiges Taschenbuch, auf dem das Bild eines alten, grämlichen Herrn mit Hornbrille und Schal zu sehen war, mit dichten Augenbrauen, gescheiteltem Haar und bitteren Nasen- und Mundfalten im Gesicht. Er erweckte den Eindruck eines beleidigten Mannes, der entschlossen war zu schweigen.

»Die gesammelten Gedichte«, sagte der graubärtige Mann. »Er wohnte übrigens nicht weit von hier in der Sharm-el-Sheikh-Straße. Sie müssen aufpassen, die Straße hieß früher Rue Lepsius, und die einen kennen sie nur unter diesem, die anderen unter jenem Namen.«

Der Fremde schrieb und zeichnete etwas in sein Notizbuch, das Thomas Mach bewunderte. In die Skizze trug er die Horreya Avenue ein und die Nebi Danyal Street, dazwischen machte er ein Kreuz und deutete mit der Kugelschreiberspitze darauf. Er riß die karierte Seite heraus und reichte sie Thomas Mach.

»Kavafis«, sagte er.

Das Ereignis, das ihm widerfuhr, erschien Thomas Mach immer bedeutsamer und einzigartiger, und er bezog den jungen Mann in das Gespräch mit ein, der keine Ahnung hatte, worüber sie sich unterhielten, und aus Gewohnheit nickte. Es war vermutlich völlig aussichtslos, das Haus von Kavafis zu finden, dachte Thomas Mach, aber die gezeichneten Straßen faszinierten ihn, und er hörte noch immer den Wind in der Buchhandlung pfeifen. Auf den Abbildungen des Buches, das der weißbärtige Übersetzer studierte, sah Thomas Mach bemalte Särge wie im Nationalmuseum in Kairo.

Er erstand den Gedichtband, steckte ihn ein und liebte ihn.

Der Eingang des Nebengebäudes war grau, aber von einer solchen Art, daß das ursprüngliche Weiß durchschimmerte. Breite Stiegen führten links und rechts hinauf.

»Kavafis«, sagte Thomas Mach, dem klar war, daß er Unsinn redete.

Der junge Mann schüttelte energisch den Kopf und wollte ihn davon abhalten, einzutreten.

Obwohl er wußte, daß er auf einem Irrtum bestand, trat Thomas Mach ein und stieg die Treppen hinauf, gefolgt von seinem heftig gestikulierenden Begleiter, bis sie zu einer Tür kamen, die in einen Vorraum führte. Als erstes erblickte er eine Deckenstuckatur in Form eines Blumenkranzes. Eine Frau in einer weißen Bluse kam ihm mit fragendem Gesicht entgegen, und Thomas Mach ließ es zu, daß der junge Mann ihn zurück auf die Straße zog. Durch den Anblick des Blumenkranzes war er willenlos geworden, schien es ihm. Es waren ein wunderschöner Blumenkranz und eine wunderschöne Deckenstukkatur gewesen.

Draußen wehte heftig der kalte Wind. Ein Auto in einer Nebengasse war von einem flatternden Stoffüberzug bedeckt, so schwarz und verwittert, daß es aussah wie ein bedrohliches Tier. Der Nachtfalter aus dem Lichtschacht fiel ihm ein und die Totenstadt in Kairo, wo er schon einmal ein ähnliches Auto gesehen hatte. Sie gingen weiter, an Geschäften und Passanten vorbei, und Thomas Mach vergaß, was er wahrnahm, bis sie eine Absperrung erreichten. Dahinter begann das Areal der Straßenbuchhändler, deren Waren auf dem Gehsteig lagen. Die Zeitungen waren mit Wäscheklammern an den Zäunen befestigt, und der Sturm öffnete und schloß Bücher, warf Seiten auf und wehte über die Zeitungen, die hin und her schaukelten und weit aufgerissen ihre Schriftzeichen sehen ließen. Sie erschienen ihm wie fliegende Buchstabenteppiche. Die meisten Bücher auf dem Boden waren mit Steinen beschwert, manche als Pakete zusammengebunden, doch machte alles zusammen einen theatralisch-erregten Eindruck. Er befand sich vor der Sharia Abdel Rizaq el Wafai, in der Eva Blum das Museion mit der verbrannten Bibliothek von Alexandria vermutet hatte. Thomas Mach wußte es trotz des Zustands, in dem er sich befand, und es schien ihm nur natürlich, daß an derselben Stelle die Straßen-Buchhändler ihre Ware feilboten. Davon ahnte der junge Mann nichts, und als Thomas Mach sich bemühte, ihn darauf aufmerksam zu machen, erntete er nur die lächelnde Zustimmung, die einem Verrückten zuteil wird. Auch er begann wieder zu lachen, lachend spazierten sie an den Uhrenhändlern, Sonnenbrillenverkäufern und Ständen für Schreibgeräte vorbei, an zwei Männern, die auf Stühlen in einem Sandhaufen saßen, den der Wind aufwirbelte, und an einem Hotel, das mit Aluminiumstangen und blauen Planen eingerüstet war.

Das Kino und anderes

In der Horreya Avenue stießen sie auf eine Reihe verlassener Kinos mit Warteräumen, die von Leuchtstoffröhren an den Wänden und gerahmten, knallbunten Schundfilmplakaten geschmückt waren. Die Wände waren ausgebessert, ohne daß die Farbe erneuert worden war, und die Rahmen der Plakate wurmstichig. Ein paar Stühle schienen vom Müllplatz geholt worden zu sein. Trotzdem breitete sich für Thomas Mach eine unerklärliche Schönheit aus, er sah im Verfall, im Häßlichen, im Schmutz etwas aufblühen, eine unerklärliche Prächtigkeit, etwas Ehrgeizloses, das Leben Repräsentierendes, Wahrhaftiges. Sie gingen, nachdem der junge Mann die Karten gelöst hatte, durch ein Stück Dunkelheit, es stank nach billigem Parfüm, und der Kinosaal war leer, so daß Thomas Mach an ein untergehendes Schiff denken mußte. Er fiel schräg nach vorne ab und schwankte. Auf der Leinwand wechselten sich große Gesichter mit ameisenhaft kleinen Menschengruppen und unwirklich geformten, verbogenen Gebäuden ab. Die Sprache war unverständlich und anfangs bedrohlich, allmählich aber bekam sie etwas Knisterndes, Knakkendes, leise Explodierendes, Singsanghaftes, als käme sie von den Gegenständen auf der Leinwand, als sprächen Möbel, Jalousien, Fahrräder, Eßbestekke und Teppiche. Stetig aber war der Kinosaal in Bewegung begriffen, schwankte, zog sich eng zusammen, weitete sich riesig aus.

Sie waren mitten in der Vorstellung gekommen, aber der Film dauerte, so schien es Thomas Mach, endlos lang. Er hatte zwischendurch den Eindruck, daß das, was er auf der Leinwand sah, die Denkvorstellungen des jungen Mannes neben ihm waren, eine Art Bildsprache, denn der junge Mann nahm lebhaft Anteil an den Ereignissen, die Thomas Mach nicht verstand. Einzelne Episoden waren ihm klar, aber er fragte sich vergeblich, welche Bedeutung das Ganze hatte. Endlich wurde es hell, und obwohl der junge Mann bleiben und den fehlenden Anfang in der nächsten Vorstellung ansehen wollte, ging Thomas Mach hinaus in den Vorraum.

Jetzt, wo der junge Mann nicht mehr mit ihm sprach und ihm auch nicht mehr seine Kopfbilder vorspielte, hatte er die Würde eines der von Giorgione gemalten drei Philosophen. Er kannte das Bild von seinen Besuchen im Kunsthistorischen Museum in Wien und sah es ganz deutlich vor sich. Der junge Mann stand mit rotem Kleid und Turban in der Mitte neben dem Alten. Er selbst saß links davon auf der Erde, und der Abendhimmel leuchtete im Hintergrund wie ein auf die Leinwand projizierter Farbfilm. Dieses Bild war ihm jetzt so heilig, so unerreichbar, daß er fürchtete, es könne in seinem Kopf verlöschen, und tatsächlich versank es im Nichts wie ein Gegenstand im Wasser. Aber waren nicht die bunten Filmplakate im Vorraum ebenso großartig und unerreichbar, wenn nicht noch genialer? Sie waren mit feinstem

Humor gemalt, meisterhaft angefertigt, und er blieb stehen und machte den jungen Mann darauf aufmerksam. Lange bestaunten sie die Plakate der Schundfilme mit den posierenden Schauspielern und ihren heimtückischen Sonnenbrillen, den karikaturhaften Frisuren und infernalischen Pistolen, die sie dann fast gleichzeitig zum Lachen brachten. Hinter ihnen erschienen der Kontrolleur und der Kassierer, bedrohlich und unendlich langsam, wie ihnen vorkam. Daher begaben sie sich hinaus auf die Straße, wo der Verkehrslärm sie beschützte. Die Bilder, die er beim Betreten des Kinos nicht bemerkt hatte, holten ihn jetzt nachträglich ein. Vor seinen Augen tauchte die innenbeleuchtete Kasse mit den dicken, weichen, zusammengeklebten Plastikscheiben auf, die sich infolge des Alterungsprozesses verbogen hatten und nahezu undurchsichtig geworden waren. Er hatte die Umrisse des Kassierers daher nur wie in einem Aquarium mit trübem Wasser gesehen.

Ein Kino für Schundfilme reihte sich an das nächste, weshalb sie wieder eines davon betraten. Die Kasse am Ende des Flurs war diesmal aus Eisen, und eine verrostete Kette versperrte den Zutritt zum Kinosaal. Der Flur war schwarz angestrichen, und einige verlorene Kinogeher lungerten herum. Abfall lag auf dem Boden, der ihm in seinen Formen und Farben wundervoll erschien: die Knüllung des Zeitungspapiers, die rätselhafte Zurschaustellung der Buchstaben auf dem Knäuel, die Art und Weise, wie ein Pappbecher hingestreut im Licht lag, die wundersamen Farben und die gebißhafte Form einer aufgebogenen Flaschenkapsel, das schöpferische Geheimnis einer Orangenschale. Wieder auf der Straße, wechselten sich jetzt Antiquitätenläden mit den Kinos ab – oder waren es nur zwei Kinos gewesen, zwischen denen ein Antiquitätenladen lag? Ihm war, als schwebe er unter Wasser. Er sah die Möbel von Toten in den Schaufenstern der Antiquitätenhändler, Spiegel, Standuhren, Bilder, Rahmen, Vasen, Luster. Fortlaufend war ihm, als sehe er ein Poem. Er dachte »Poem«, Edgar Allan Poe und *Der Rabe*, den er in der Schule gelesen hatte. Vor einem Prothesengeschäft hielt er an, es war bis auf die Auslage leergeräumt. Das Schaufenster war ungeheuer groß, fand Thomas Mach, und nur kleine Räder und staubige Schachteln mit Gummiunterwäsche lagen darin. In einer Ecke lehnte, vom Nachmittagslicht hell bestrahlt, eine Beinprothese aus gelbem Kunststoff und ein Rumpf aus schmutzigem Gips, auf den eine Kinnprothese montiert war, von der verchromte Eisenstangen zu einem breiten Ledermieder führten. Thomas Mach glaubte noch nie etwas Vergleichbares gesehen zu haben. Er hatte Angst, die gedämpfte Sonne könne weiterwandern und den Schatten und das Licht in der Auslage verändern. Der junge Mann lachte, was Thomas Mach zunächst ärgerlich fand, aber dann stimmte er selbst wieder in das Lachen ein.

Das Filmplakat des Cinema Royal über dem Eingang hing in Fetzen auf den Gehsteig herunter.

Trotzdem: Es war herrlich, wie der starke Wind die farbigen Papierstreifen durcheinanderwirbelte.

Die Oper

Sie setzten sich trotz des Wetters auf der Parkseite des Cafés Pastroudis an einen gedeckten Tisch unter den knatternden, dunkelblauen Markisen. Thomas Mach bestellte Mehlspeisen und Tee, und ein alter Schuhputzer bot ihm seine Dienste an. Er hatte einen breiten Schnurrbart, trug einen Turban und einen Schal darüber und hatte ein beiges, schwarzkariertes Sakko angezogen. Die schwarzen Turnschuhe waren mit weißen Bändern verschnürt. Er sammelte von den wenigen Gästen, die im Freien saßen, die Schuhe ein und putzte sie im angrenzenden Park unter einen Eukalyptusbaum.

Mit Heißhunger aßen und tranken sie.

Ein Albino kam die Straße entlang, die Augen zu einem Schlitz zusammengekniffen, und setzte sich in das Café. Thomas Mach bestaunte ihn verstohlen, während der junge Mann in einem fort aß.

Als sie zum Cecil-Hotel zurückgehen wollten, verirrten sie sich (oder war es der junge Mann, der ihm etwas zeigen wollte?), jedenfalls gelangten sie zwischen die uralten, gelbblau und rot mit Reklameinschriften und Farben grell bemalten Mauern eines Gäßchens, in dem ihnen eine breite Limousine entgegenkam. Sie flüchteten in eine offene

Haustür und warteten, bis der schwere, silbergraue Wagen vorbeigerumpelt war. Eine Weile standen sie noch vor den Reklameschriften, deren Farben runzlig geworden waren wie alte Haut. Selbst der junge Mann fand die Epidermitis der Reklameanzeigen bemerkenswert und staunte mit offenem Mund. Gab es irgendwo etwas Seltsameres, Eigenartigeres, Tieferes zu betrachten? Schließlich zog der junge Mann ihn weiter, und sie erreichten das verfallene Opernhaus, das Sayed Darwish Theatre, wie sein Begleiter ihm erklärte. Auf dem Opernhaus stand allerdings »Theatre Mohamed Aly«, las Thomas Mach. Schon von weitem bedeuteten ihnen einige auf den Stühlen vor dem Eingang sitzende Männer, daß das Gebäude nicht zu betreten sei. Ein Hund streifte vor ihnen herum.

Der junge Mann eilte den Männern entgegen, beschwatzte sie, und als Thomas Mach sie erreichte, erhob sich einer von ihnen und führte sie in das Haus. Das gesamte Innere war verfallen, der Verputz von den Wänden abgeklopft. Jemand öffnete die Tür zum Parkett mit seinen verstaubten gepolsterten roten Sitzreihen. Es sah aus, als habe ein Sandsturm in ihm gewütet. Drei Stockwerke hoch erstreckten sich die noch mit einem Rest von Gold verzierten einstigen Logen, die nach hinten durch weiße Türen abgeschlossen waren und kleine runde Glasscheiben aufwiesen. Jemand drehte an einem Schalter, und der nackte Bühnenraum leuchtete auf. Vom jungen Mann geführt, wankte

Thomas Mach selbst auf die Bühne. Als er den Kopf hob, sah er Seile mit Sandsäcken wie Bedrohungen über seinem Kopf hängen. Er drehte sich dem Parkett zu mit dem Gedanken, noch nie in einem so seltsam schönen Theater gewesen zu sein. Plötzlich ertönte lautes, aufgeregtes Geschrei, das Licht verlosch, und Thomas Mach und sein Begleiter mußten sich vor den herbeieilenden Wächtern durch einen Nebenausgang verdrücken, der zu einer Tischlerwerkstätte in einer dunklen Passage führte. Zwei Männer trugen von dort gerade Stühle ohne Sitzflächen auf den Schultern heraus. Während sie den beiden Arbeitern folgten, warfen sie Blicke in die Auslagen der Antiquitätenhändler mit Kristallustern, Büsten, alten Radios, Mörsern, Gläsern, Teppichen, Porzellanfiguren und Kupferschüsseln. Uralte Aufzüge lauerten hinter Eisengittern in Hauseingängen. Vom Medan el Manshia aus sahen sie endlich wieder die Corniche. Sie verloren die Arbeiter mit den Sesseln aus den Augen, und der junge Mann winkte ihn in einen schwarzen Spalt zwischen zwei Häusern.

Das Café

Der Spalt war so schmal, daß Thomas Mach kaum hindurchpaßte. Er führte in den Hinterhof eines Cafés, in dem reger Betrieb herrschte (der Thomas Mach beglückte). Über seinem Kopf bemerkte er, durch den jähen Lichteinfall aufmerksam gemacht, eine gerüstartige Eisenkonstruktion, die von einem Glasdach als einziges übriggeblieben war. Die Eisenkonstruktion war unbeschädigt, so daß der blaue Himmel und eine weiße Wolke den Eindruck einer unendlich hohen Kuppel hervorriefen. Andererseits konnte er durch sie wie durch den Tubus eines Fernrohrs zum Himmel aufschauen. Längst schon hatte er Platz genommen, doch war er noch minutenlang der Faszination des architektonischen Ornaments erlegen. Gerade daß das Glasdach entfernt oder zerbrochen oder überhaupt nie fertiggestellt worden war, machte seinen Zauber aus. »Darüber wölbt sich der Himmelsbaldachin«, dachte er heiter, er sagte aber »Glaszelt«. Der junge Mann saß nicht mehr neben ihm, bemerkte er jetzt, daher machte er sich auf, ihn zu suchen. Er mußte den Gästen allerdings beweisen, daß er »normal« und »nüchtern« war wie sie selbst. Zwischen den Tischen, die in lebhaftem Seegang schwankten, erreichte er die Teeküche. Die weißen Fliesen waren bis zur hohen Decke mit unfaßbaren Pflanzenmustern bedeckt, links und rechts über dem Ausschank hingen zwei achteckige Spiegel, in denen sich vier Leuchtstoffröhren abbildeten. Reihen von wunderbaren Wasserpfeifen waren der Reihe nach aufgestellt, schön wie prunkvolles Meßgerät. Ein Mann bereitete im Hintergrund Tee zu, der »Hüter der Wasserpfeifenmoschee«, wie es Thomas Mach durch den Kopf ging. Ein alter Mann in braunem Kleid, schwarzem Umhang, weißem Turban und Brille lehnte an einer abgeschlagenen, blaufleckigen Propangasflasche und lächelte ihn an.

Der junge Mann trat aus einer Nische und führte ihn zum Tisch zurück, von dem aus er wieder auf das Ornament der Eisenkonstruktion starrte. Der Hof konnte, bemerkte er später, durch vier Tore betreten werden. Jedes war mit zwei Säulenpaaren und Rundbögen geschmückt. Blau und weiß waren die Wände, an denen Fahrräder lehnten und die Tische standen. Auch die Säulenpaare fesselten ihn, die gold- und silberfarben gestrichenen Kapitäle und die in der Dunkelheit schwimmenden Leuchtstoffröhren. Am Nebentisch wurde seit geraumer Zeit Tawlan gespielt.

Angestrengt überlegte Thomas Mach, wohin diese Bilder gehörten, doch es war ungeheuer mühsam, zurückzudenken. Neue Bilder, neue Gedanken strömten auf ihn ein.

Der junge Mann neben ihm lachte laut auf. Thomas Mach wußte, daß er den Fehler des Cafés, den Fehler der Gäste, entdeckt hatte, und bemerkte erst jetzt den kehrenden Mann, den Sisyphos Alexandrias, der sich inmitten des Trubels um Ordentlichkeit bemühte. Auch die Gäste lachten zu ihnen herüber, und so lachte Thomas Mach zurück, bis der Aufkehrmeister sich verzogen hatte. Friede kehrte wieder ein in die Wasserpfeifenmoschee, in der nur Männer saßen. Da sie weder stritten noch überheblich oder sehr beschäftigt waren, machten sie auf Thomas Mach einen würdigen Eindruck. Er selbst trank süßen, heißen Pfefferminztee.

Als sie am Strand entlanggingen, spülte das Meer Abfall an das Ufer, Holz, Nylonsäcke und Verpackungsmaterial. Der Wind wehte herrlich durch die Kleidung, und die Brandung malte mit dem Schwemmgut immer neue Stilleben, von denen er sich nicht trennen konnte. Er hatte jetzt nur Angst, den jungen Mann zu verlieren und allein ins Hotel zurückkehren zu müssen. Mit Gesten lud er ihn zum Essen ins Cecil-Hotel ein, aber sein Begleiter hatte Scheu davor. Zuletzt gab er jedoch nach und folgte ihm in seiner abgerissenen Ghalabija an den Empfang, wo er sofort von Sicherheitsbeamten befragt wurde, die ihn hinausweisen wollten. Erst als Thomas Mach sich zu ihm bekannte (wie er es empfand), ließ man sie zusammen in einen der Speisesäle. Der vornehme, an den Thomas Mach zuerst gedacht hatte, war für eine geschlossene Veranstaltung der Bibliotheca Alexandrina vergeben, wie auf einem Anschlag an der Tür zu lesen war; sie trug den Titel »The Metamorphosis of the Reader«, aber da Thomas Mach keine Einladung besaß, wurde ihnen der Zutritt verwehrt. So blieb ihm nichts anderes übrig, als im englischen Restaurant Platz zu nehmen, in dem er sich sofort wohl fühlte und Wein bestellte. Er überließ es dem jungen Mann, die Speisen auszuwählen, und ermunterte ihn, es reichlich zu tun. Am Nebentisch saßen zwei schwarzgekleidete koptische Priester. Sie waren bärtig und untersetzt. Einer von ihnen hatte sein Haar zu einem Zopf gebunden. Ein dritter gesellte sich zu ihnen mit blauem Kleid, Priesterhut und drei Kugelschreibern in der Brusttasche. Er öffnete einen Aktenkoffer auf seinem Schoß, nahm Papiere heraus und begann zu arbeiten. Gleich darauf wurde Thomas Mach durch orientalische Musik abgelenkt, die aus dem Kellersaal erklang. Es war ihm, als hörte er jedes einzelne Instrument des Orchesters klar und mit größter Intensität heraus.

Er wußte nicht, wie lange dieser Zustand dauerte; die ganze Zeit blickte er nur auf das Tischtuch, dessen Weiße ihm ungeheuer häßlich erschien.

Der junge Mann schnitt einen Pfirsich auf, und das gelbe Fruchtfleisch und der wunderbar geformte Kern lenkten ihn ab. In diesem Augenblick, gerade als er sich der Schönheit der Messerklinge zuwenden wollte, erschien Blum. Er hatte sich umgezogen und trug ein Leinensakko und eine rosafarbene Krawatte. Der junge Mann hatte sich eine Portion Weintrauben bestellt, die auf einem Tablett serviert wurde. Um wie vieles lieber wäre es Thomas Mach gewesen, wenn Blum wieder gegangen wäre! Er setzte sich jedoch zu ihnen, nachdem er um Erlaubnis, Platz zu nehmen, gefragt hatte. Als er schweigend dasaß und ihnen beim Speisen zusah, dachte Thomas Mach plötzlich, daß er, seit er mit dem jungen Mann Haschisch geraucht hatte, erwacht war. Diese Erkenntnis kam ihm jetzt so wichtig vor, daß er mit Blum darüber reden wollte. Aber zuerst mußte er ihn aus seinem Unwissen erlösen, wie er sich sagte.

»Was machen Sie in Alexandria?« fragte Thomas Mach, und es klang schroffer, als er gewollt hatte.

»Eva hat oft von Neni, der Kinderfrau ihrer Mutter gesprochen«, sagte Blum langsam, »aber ich hatte sie noch nie gesehen, und ich wollte ihr die Nachricht selbst überbringen.« Er schaute kurz auf und wandte sich dann dem Sekundenzeiger seiner Uhr zu.

»Wen haben Sie am Morgen eigentlich im Café getroffen?« fragte Thomas Mach weiter. Er kam sich jetzt sehr schlau vor.

Blum riß erstaunt die Augen auf, dann faßte er sich und nahm seinen gesamten Mut zusammen: »Sie haben mir nachspioniert«, sagte er böse.

Als Thomas Mach schwieg, ergänzte er nach einer Pause: »Wie ist es möglich, daß ich davon nichts bemerkt habe? Schließlich waren Sie auch im Pelizäus-Heim.«

»Sie sind den halben Tag durch die Stadt gefahren. Noch dazu mit einer Kutsche«, ergänzte Thomas Mach und mußte plötzlich lachen. Auch der junge Mann lachte.

»Stimmt. Ich habe zuerst einen Geschäftsmann getroffen, den Generalimporteur der Firma Bösendorfer in Ägypten«, antwortete Blum, ohne darauf einzugehen. »Er gab mir übrigens die Adresse und die Besuchszeiten des Altersheims. Ich bin dann durch die Stadt gewandert und habe das Heim angerufen, da ich nicht so lange warten wollte, aber die alte Dame schlief. Schließlich habe ich eine Kutsche genommen, um die Zeit totzuschlagen. Und da der Kutscher kein Englisch und Französisch verstand –.«

Aus unerklärlichen Gründen brachte dieser Umstand Thomas Mach neuerlich zum Lachen. Es war zu komisch, daß der Kutscher kein Englisch und Französisch verstand! Auch der junge Mann, der von alldem nichts mitbekam, stimmte in das Lachen mit ein. Aber Blum war zu sehr mit sich beschäftigt, als daß er sich hätte von seiner Schilderung abbringen lassen.

»Sind Sie betrunken?« fragte er nebenbei und setzte im gleichen Tonfall fort: »Daher bedeutete ich dem Kutscher, einfach herumzufahren. Sie haben einen halben Tag darauf verwendet, mir zu folgen?«

Er konnte es noch immer nicht fassen.

»Sie waren nach mir im Pelizäus-Heim. Ich hatte nämlich meine Sonnenbrille vergessen und mußte noch einmal zurück«, schloß er.

Jetzt erst fiel Thomas Mach ein, daß Blum den ganzen Tag über eine Sonnenbrille getragen hatte und daß er ohne Sonnenbrille aus dem Altersheim gekommen war. Er konnte es ganz deutlich vor sich sehen, zuerst, wie Blum mit Sonnenbrille das Heim betreten und dann, wie er ohne Sonnenbrille die Tür des Heims hinter sich geschlossen hatte.

Jemand im Kellerrestaurant hatte damit begonnen, Schlager auf einem verstimmten Klavier zu spielen. Offenbar pausierte die orientalische Musikkapelle gerade. Tatsächlich kamen die Musiker aus dem Keller und verließen das Hotel.

»Neni hat mir, als ich zurückkam, von Ihrem Besuch erzählt«, sagte Blum. »Sie haben ihr ein Foto gezeigt, auf dem meine Frau mit einem Anwalt zu sehen ist … Dr. Jenner?«

Thomas Mach sagte noch immer nichts. (Zu sehr war er von seinem Gegenüber gefangengenommen. Konnte es sein, daß Blum jetzt, während der Schmerz von ihm Besitz ergriff, erwachte, daß sein Denken, sein Wahrnehmen die Gleichgültigkeit verlor? Es war Thomas Mach, als sei es Blum vergönnt, ein Geheimnis zu entdecken, das ihm bisher verborgen geblieben war.)

Daraufhin verlangte Blum die Fotografie zu sehen.

Thomas Mach suchte sie in den Taschen seiner Jacke, fand den zerbrochenen Spiegel Eva Blums, den ihm ihr Mann überlassen hatte, und legte ihn unvorsichtigerweise auf den Tisch. Blum steckte ihn so rasch ein, daß Thomas Mach zuerst daran zweifelte, ob er ihn überhaupt auf den Tisch gelegt hatte. Die Fotografie aber ließ Blum vor sich liegen.

»Ich fand sie im Studientagebuch Ihrer Frau«, log Thomas Mach.

»Welchem Studientagebuch?«

»Sie schrieb Adressen von Hotels auf, klebte Bilder von Sehenswürdigkeiten ein, notierte Hinweise –«, Thomas Mach spielte das Buch herunter, denn es kam ihm auf einmal so kostbar vor, daß er sich nicht von ihm trennen wollte.

»Die Fotografie war das einzig Private«, ergänzte er.

Blum hob das Bild auf, und Thomas Mach sah unbeabsichtigt die Rückseite. Schäffers Blut hatte sich verdunkelt. Thomas Mach erschien es wie der unwiderlegbare Beweis eines Mordes. Die Angst, entdeckt zu werden, überfiel ihn. Er glaubte, auch die Priester und am Nebentisch der Kellner mußten die Blutflecken bemerken.

Der Klavierspieler im Kellerrestaurant spielte stümperhaft die George-Gershwin-Nummer »Summertime«.

Blum hatte unbemerkt ein Briefchen Reklamestreichhölzer aus dem Aschenbecher genommen und eines davon angezündet. Scheinbar gleichgültig hielt er es an die Fotografie. Für einen Moment existierte das Bild noch, das Papier darunter schien sich bereits aufzulösen, dann breitete sich rasch ein schwarzer Rand aus, bis sich die Farben in Asche verwandelten, die in eine Kristallschale fiel.

»Er verbrennt Schäffers Blut«, ging es Thomas Mach durch den Kopf. Er konnte nichts weiter tun, als gebannt zusehen, wie die Dinge sich entwickelten.

Blum hielt das brennende Zündholz noch immer zwischen den Fingern. Die Flamme erreichte seine Fingerkuppen, aber er verzog keine Miene. Er wartete, bis das Zündholz abgebrannt war, und ließ den winzigen Rest in den Aschenbecher fallen. Seine Fingerkuppen waren schwarz geworden. Er benötigte offenbar einen körperlichen Schmerz, um die Bitterkeit zu ertragen. Das alles erschien Thomas Mach völlig logisch, und sein Verstand schien ihm von nie dagewesener Klarheit. Ohne es zu wissen, hatte Blum das Beweisstück für einen Mord vernichtet. Daß er Zeuge davon geworden war, kam Thomas Mach einzigartig vor. Es war ihm klar, daß er seinen Gedanken niemandem würde erklären können. Vor dem jungen Mann lagen die Reste der Weintrauben wie Modelle chemischer Moleküle und Verbindungen, erklärte ihm sein brillanter Verstand. Blum erhob sich.

»Ich möchte, daß Sie mir das Studientagebuch meiner Frau überlassen. Ich habe es dem Reisebüro geschickt, weil ich dachte, es könnte nützlich sein, aber jetzt –.« Blum starrte abwesend in die Kristallschale und nahm gedankenverloren einen Schluck Wein aus Thomas Machs Glas.

»Ich habe es nicht bei mir«, antwortete Thomas Mach ausweichend.

Blum stellte das Glas auf den Tisch und stand auf, und Thomas Mach sah die Falten in Blums schwarzen Schuhen, die ihm offenbarten, daß er sich seinem Willen fügen mußte. Es war wirklich merkwürdig, daß er es erst über die Schuhfalten begriff und daß ihm ihr Anblick als Erklärung ausreichte.

Er nahm das Weinglas, trank es aus und erhob

sich ebenfalls, um mit Blum auf sein Zimmer zu gehen.

»Warten Sie hier«, bedeutete Thomas Mach dem jungen Mann. Er wies auf die Flasche Wein und das Glas.

Der junge Mann lachte, als ob er ihn verstünde.

Das Feuer

»Wissen Sie, was aus Schäffer geworden ist?« fragte Blum ihn auf dem Weg zum Lift.

Thomas Mach drängte sich eine Antwort auf, die er nicht aussprechen durfte, und doch konnte er sie nicht zurückhalten.

»Vielleicht ist er vor die Hunde gegangen«, sagte er lachend, aber Blum war zu abgelenkt. Er hatte seine Aufmerksamkeit jetzt auf das nur noch gedämpft vernehmbare Klavierspiel gerichtet, vielleicht weil das Instrument verstimmt war.

»Ich habe mich mit Schäffer zerstritten, bevor er untertauchte«, sagte er plötzlich. »Er hat mir in Kairo Bescheid gesagt. Erst dann habe ich über unseren Generalimporteur Nachforschungen anstellen lassen.«

Die Worte lösten sich auf wie Eis in heißem Wasser. Thomas Mach verstand nicht mehr wirklich, was Blum ihm erzählte. Sie schlossen das Eisengitter des Lifts, und Blum drückte den Knopf.

»Eva stieg immer im Cecil-Hotel ab. Ich nahm deshalb ein Zimmer hier«, sagte er. »Sie hat sich öfter mit einem Mann, Abu Taleb, getroffen. Vermutlich ihr Liebhaber. Und sie hat eine Rolle in einem illegalen Antiquitätenhandel gespielt.«

(Thomas Mach war noch nie in der Klavierfabrik, in der Blum arbeitete, gewesen, aber öfter in der Starhemberggasse im 4. Bezirk an ihr vorbeigefahren. Er sah das Tor und die Werkshalle vor sich und dann, in einem Innenbild, einen großen Saal mit Dutzenden schwarzer Klaviere, die sich im glänzenden Holzboden spiegelten wie bedrohliche Fledermäuse.)

Im zweiten Stock stiegen sie aus und warteten vor Thomas Machs Zimmer, bis dieser den Schlüssel gefunden und aufgesperrt hatte.

»Es ist Eva Blums Studientagebuch«, ging es ihm durch den Kopf. »Oskar Blum ist der rechtmäßige Erbe.« Er spürte, daß er dabei war, etwas zu zerstören, und unerwartet überkam ihn eine seltsame Lust daran. Er sah Schäffer auf der Stiege liegen und wie er mit der kleinen Pistole auf Eck zielte, und er sah das zuckende Herz und das Blut und das Wort »Kaatil«, das über allem schwebte und alles durchdrang, was ihn umgab. Er haßte den nächsten Gedanken, der ohne seinen Willen in ihm entstand und durch sein Gehirn spukte: Er konnte Blum unter irgendeinem Vorwand dazu bewegen, das eigene Zimmer aufzusuchen und ihn dort erschlagen. Da es kein Motiv für die Tat gab, würde man ihn nicht verdächtigen. Er würde die Leiche unter dem Bett verstecken und dann wieder hinunter gehen und mit dem jungen Mann weitertrinken. »Mörder« war in dem gelben Adreßbuch mit Filzstift rot unterstrichen und das arabische Wort dafür: »Kaatil.« Hatte es Macht über ihn gewonnen? Er kam sich verrückt vor, denn er hatte keinen Einfluß auf sein Denken mehr.

Inzwischen hatte er Blum das Studientagebuch, den Prospekt mit den Abschiedszeilen und das gelbe Adreßbuch übergeben. Es war gut, seine Stimmung schwenkte um, wenn Blum die Sachen an sich nahm, denn sie brachten Unglück. Der Einfall kam ihm erst jetzt.

Blum hatte nicht Platz genommen und fragte, ohne in dem Heft zu blättern, nach dem Badezimmer. Er ließ die Tür offen, stellte sich vor die Toilettenmuschel, und während er Seiten aus dem Heft riß und sie anzündete, sagte er:

»Meine Frau hat keine archäologischen Gegenstände verkauft – nur Fälschungen. Sie hatte gute Beziehungen zu Töpfern und einem Glasbläser in Kairo, die den Kram fabrizierten. Moser hat ihr geholfen, die Sachen in der Totenstadt zu verstecken. Sie werden es nicht glauben, aber der idiotische Schäffer kam dahinter. Er ist ein Schnüffler. Ein Spürhund. Er läßt sich einfach von Strömungen treiben. Schon am zweiten Tag wußte er Bescheid.«

Das Feuer verwandelte das Studientagebuch in eine Fackel. Schwarze Papierfetzen stürzten in die Toilettenmuschel, und während die Seiten in Flammen aufgingen, blickte ihm Blum ins Gesicht und sagte:

»Alles an Eva war Täuschung … Aber ich bin dabei, ihren letzten Willen zu erfüllen.«

Er lachte gequält.

»Weshalb soll ich also etwas aufbewahren, das nicht gefälscht ist? Ich vernichte nur, was dem Bild diente, das sie von sich selbst machte, verstehen Sie? Auf eine komplizierte Weise waren es Fälschungen. Das Gefälschte war die Tarnkappe, unter der sie sich versteckte. Ich weiß, ich rede in Ihren Augen wirres Zeug, aber es paßt alles zusammen. Es wird nichts mehr von ihr existieren, was mir Rätsel aufgibt.«

Er verbrannte sich mit Sicherheit die Hände, aber er war so erregt, daß er den Schmerzen abermals keine Beachtung schenkte. Unablässig drehte und wendete er die brennenden Papiere, damit die Flammen sich weiterfressen konnten, ließ Teile fallen und betätigte die Spülung, zündete neue Papierstreifen an, die er herausriß, und fuhr dabei fort zu reden:

»Ich bin nicht wahnsinnig, aber es ist mir egal, wenn Sie mich für wahnsinnig halten. Die Wahrheit ist ebenso wahnsinnig wie die Lüge.« Wieder lachte er. »Wenn ich alles verbrannt habe, gibt es diese geisteskranke Wahrheit nicht mehr. Es gibt nur noch meine.«

Die Flammen spiegelten sich in den Fliesen und riefen in dem engen Raum den Eindruck von Gefahr hervor. Thomas Mach sah in seiner Vorstellung die Vorhänge Feuer fangen, das Hotel brennen und Blum und sich selbst in den Flammen umkommen. Zischend landeten die Reste des Studientagebuchs in der Toilettenmuschel, und Blum schwemmte sie mit der Spülung hinunter.

Thomas Mach zog sich in das Zimmer zurück und öffnete die Balkontür. Das gelbe Adreßbuch lag noch auf dem Tisch, und er blätterte in ihm, um das Wort »Kaatil« ein letztes Mal zu sehen (er dachte es so pathetisch), als ihm zufällig ein anderes Wort, »Muharram«, auffiel. »Erster Monat des Jahres«, stand dort in Eva Blums Handschrift und in Klammern »Jänner«. Das Umlaut ä war mit rotem Filzstift durchgestrichen und durch ein »e« ersetzt. »Jenner« las Thomas Mach. Also war auch der Abschiedsbrief an Jenner, den Anwalt aus Wien gerichtet gewesen!

Blum, der mit versengten Augenbrauen, Wimpern und Stirnhaaren aus dem Bad wankte, rief: »Was lesen Sie da?« und nahm ihm das Adreßbuch aus der Hand, um es zu vernichten. Auch der Prospekt blieb von seiner Zerstörungswut nicht verschont. Er brannte mit einer stillen, hohen, ruhigen Flamme, die das kleine Badezimmer angenehm erhellte. Während hierauf das Adreßbuch Feuer fing, das er mit der Flamme des Prospektes anzündete, fragte Blum laut:

»Haben Sie noch etwas?«

Thomas Mach verneinte.

»Unser Generalimporteur erfuhr alles ganz legal im Tourismusbüro. Sie wußten dort Bescheid. Sie kennen sogar Abu Taleb … Und? werden Sie fragen ... Er empfing mich nicht. Natürlich wollte er keine Zeit für mich haben.«

Er spülte die Papierreste hinunter, nahm Flüssigseife aus dem Behälter und wusch sich zuerst die Hände und dann das Gesicht. Es war ein großartiges Bild: Rauchschwaden schwebten im Badezimmer, und Blum sah aus wie ein Teufel.

»Aber warum«, hörte Thomas Mach sich fragen, »haben Sie mich gebeten, Ihnen zu helfen, wenn Sie nichts wissen wollen?«

Blum hörte erstaunt auf, sich zu waschen, stierte Thomas Mach an und antwortete, bevor er fortfuhr, sich zu reinigen: »Zuerst wollte ich es wissen. Es drängte mich, nach Kairo zu fahren und das Hotel zu sehen, den Balkon. Schäffer prophezeite mir von Anfang an Unannehmlichkeiten. Er ist ein übler Mensch und schließt von sich auf andere. Das verleiht ihm eine gewisse Autorität, wenn Sie verstehen, was ich meine. Anfangs glaubte ich ihm nicht. Er stieß mich ab, mit seiner Gier nach Aufdeckung. Dann kam immer mehr zum Vorschein, was mich bestürzte. Ich wehrte mich dagegen, denn ich muß damit weiterleben, das ist der wahre Grund.«

Er trocknete sich ab und betrachtete seine versengten Augenbrauen und Wimpern, doch schien ihn sein ramponiertes Aussehen nicht zu stören, oder er bemerkte es gar nicht. Offenbar erinnerte er sich plötzlich an den Taschenspiegel, denn er suchte nach ihm und warf ihn kurz entschlossen in den Lichtschacht.

»Wissen Sie«, sagte er beiläufig, »daß ich Schäffer schon seit Tagen suche? Eigentlich war ich die ganze Zeit mit ihm in einen Wettkampf verstrickt, ich wollte ihm zuvorkommen, da ich mich schämte. Ich weiß nicht, welche Spur er seither verfolgt, aber ich möchte, daß er den Fall abschließt. Sollten Sie ihn sehen, bitte ich Sie, ihm das auszurichten – selbstverständlich werde ich ihm seine Spesen ersetzen und das Erfolgshonorar überweisen. Aber er soll seine Nase nicht mehr in meine Angelegenheiten stecken.«

Nachdem Blum gegangen war, nahm Thomas Mach den Lift in das Foyer.

Schon von weitem hörte er, daß das Klavier im Keller sich mit »Spanish Harlem« abquälte. Niemand saß mehr im englischen Restaurant. Der junge Mann war offenbar gegangen.

Die Flasche stand noch halb voll auf dem Tisch, und Thomas Mach nahm Platz und betrachtete die Farbenspiele, die das geschliffene Glas und der Wein auf das weiße Tuch warfen. Sie waren das Ergebnis von physikalischen Gesetzen, aber wer sagte, daß nicht die Lüge, die Täuschung und die Fälschung ebenso Ergebnisse von anderen Gesetzen waren, die er nur nicht erfaßte?

Er fand es schrecklich, zu spüren, wie er wieder nüchtern wurde, aber der Kellner schlug ihm den Wunsch nach einer weiteren Flasche Wein mit dem Hinweis ab, daß das Restaurant schon geschlossen sei.

Der Sturm

Der Sturm weckte ihn aus dem Schlaf. Er verspürte den feinen, kalten Luftzug im Zimmer, der ihm wohltat, wahrscheinlich zog es aus dem Lichtschacht im Badezimmer.

Er stand auf und blickte hinunter auf den gelb beleuchteten Platz und die sich im Sturm biegenden Palmen. Eine Zeitlang stand er unbeweglich da und dachte an nichts.

22. November, Alexandria

Das Wechselspiel

Über den Häusern leuchtete schon ein heller grauer Streifen – große Tintenkleckse standen am Himmel.

Er lag vor dem Balkonfenster, hatte Vorhang und Store zur Seite gezogen und schaute wie aus der Kanzel seines Segelflugzeugs auf die Wolken, die allmählich hellblau wurden, und den Himmel, der sich silbergrau verfärbte.

Er wußte nicht mehr, wie er sich von dem jungen Mann verabschiedet hatte.

Blum hatte über alles Bescheid gewußt. Die laufenden Bilder in Thomas Machs Kopf hielten sich an keine zeitliche Reihenfolge und gingen ineinander über. Er hatte auch keine Ahnung mehr, wie lange das Essen und die Gespräche gedauert hatten. Der Gedichtband von Kavafis, den der weißbärtige Übersetzer ihm in der Buchhandlung empfohlen hatte, lag auf dem Fußboden neben dem Bett, und er hob ihn auf und begann darin zu lesen.

Die Droge geisterte noch immer in seinen Blutbahnen herum. Er konnte nur zwei oder drei Sätze lesen und mußte dann die Augen schließen, während er das geöffnete Buch auf seine Brust legte.

Wie gründlich Kavafis die alltäglichen und doch bemerkenswertesten Momente seines Lebens festgehalten hatte! »Körper, erinnere dich«, las er.

Körper, erinnere dich nicht nur daran, wie oft du geliebt wurdest
Nicht nur an die Betten, in denen du lagst,
Sondern auch an jenes Verlangen nach dir,
Das aus offenen Augen strahlte,
An das Zittern der Stimmen – und wie
Ein zufälliges Hindernis es vereitelte.
Jetzt, da alles der Vergangenheit angehört,
Scheint es fast, als ob du dich auch
Jenem Verlangen hingabst – wie es strahlte,
Erinnere dich, aus Augen, die auf dich gerichtet waren,
Wie die Stimme nach dir zittert, erinnere dich, Körper.

Schon als er begonnen hatte, das Gedicht zu lesen, war es ihm bekannt vorgekommen, und Zeile für Zeile verstärkte sich dieses Gefühl. Schließlich fiel ihm das Licht im Koptischen Museum in Kairo ein, Dr. Gast und die Worte »Erinnere dich, Körper … erinnere dich, aus Augen, die auf dich gerichtet waren.« Es war der vollständige Abschiedsbrief Eva Blums, den er in Händen hielt, gerichtet an Muharram, den ersten Monat des Jahres … und Muharram bedeutete für Eva Blum *Jenner* … Muharram war der Anwalt auf der Fotografie! Er hatte in Ägypten seine Spuren hinterlassen, als Karl *May* und *August* Fromm, wenn er sich richtig erinnerte. In Sekundenschnelle fügte sich alles wunderbar zusammen, und Sekunden später befielen ihn schon Zweifel.

Eine Zeitlang lag er da und beobachtete die Wolken. Später stand er auf und setzte sich vor die Balkontür, um das graugrüne Meer zu betrachten. Das Wasser wechselte je nach Sonnenlicht und Wolkendichte seine Farbe. Er glaubte, das Meer zum ersten Mal zu begreifen. Irgendwann sah er Blum aus dem Cecil-Hotel treten, sein Gepäck im Kofferraum eines Taxis verstauen und neben dem Fahrer Platz nehmen. Das Taxi fuhr langsam an, der Motor starb ab, dann ordnete es sich mit einem Ruck im Verkehr ein und wurde auf der Corniche immer kleiner, bis es sich endgültig zwischen den anderen Fahrzeugen verlor.

Kavafis

Thomas Mach duschte und wusch sich die Haare. Er sah im Spiegel, daß die kleine Wunde an seinem Ohrläppchen, die ihm Paul Eck mit der Pistole zugefügt hatte, abgeheilt war. Es fehlte nur ein winziges Stück, und er war merkwürdig stolz darauf. Er würde niemals jemandem etwas davon erzählen, schwor er sich.

Nach dem Frühstück ging er die Corniche hinauf bis zu der blauen Pepsi-Cola-Hütte und dem umgedrehten Boot. In der Hütte lag eine leere Flasche auf dem Tisch, der Prügel, mit dem der junge Mann ihm gedroht hatte, lehnte in der Ecke. Die

Hunde vor dem Zelt waren verschwunden. Er öffnete die Zeltplanen und sah einen Stuhl in der Dunkelheit stehen. Eine Zeitlang wartete er, doch niemand erschien. Unschlüssig begab er sich zurück auf die Straße, wo er ein Taxi anhielt und als Ziel die Sharm-el-Sheikh-Straße angab. Da dem Fahrer die Adresse nicht bekannt war, versuchte Thomas Mach es mit dem vormaligen Namen Rue Lepsius und zeigte ihm den karierten Zettel mit der Skizze des Übersetzers. Sie kehrten wieder zum Cecil-Hotel zurück, fuhren an der koptischen St.-Markus-Kirche vorbei, in deren Vorgarten sich gerade schwarzgekleidete Trauergäste einfanden, und hielten vor dem Eingang eines alten, baufälligen Hauses. Nachdem er sich an der Gedenktafel neben der Eingangstür vergewissert hatte, daß es das richtige Gebäude war, stieg er die Marmortreppe in den dritten Stock hinauf, hinter einem schwitzenden jungen Araber her, der sich in einem fort nach ihm umdrehte, als fühlte er sich verfolgt. Eva Blum hatte das Kavafis-Haus im Studientagebuch beschrieben und das Schwarzweißfoto eines Porträts des Dichters eingeklebt, das im Museum hängen mußte. Wegen des reflektierenden Blitzlichts hatte es ausgesehen, als atmete Kavafis leuchtenden Zigarettenrauch aus, denn ein Lichtfleck hatte die linke Seite des Kinns bedeckt und sich über den Anzug und den Raum verteilt.

Der Araber sperrte die Tür auf, zog seine Samtjacke aus und hängte sie auf einen Kleiderhaken. Er war ein schlanker Mann mittleren Alters mit einer randlosen Brille, Seidenhemd und Krawatte, der sich nicht vorstellte, sondern unter einer weißen Gipsbüste des Dichters an einem Schreibtisch Platz nahm. Zunächst verlangte er acht Pfund Eintrittsgeld, dann hielt er im lichtlosen Vorzimmer, das mit einem gedrechselten Paravant und einem Kavafis-Poster möbliert war, einen Einführungsvortrag über das Leben des Dichters, der in Alexandria geboren wurde und mit seinen Eltern als Siebenjähriger 1870 nach Liverpool auswanderte. »Als die Exportfirma seines Vaters Konkurs anmeldete, kehrte er als Vierzehnjähriger nach Alexandria zurück, reiste aber schon drei Jahre später mit seiner Mutter wegen politischer Unruhen nach Konstantinopel.« Der Araber leierte interesselos seinen Text herunter und wandte dabei seinen Blick nach innen, als dachte er an etwas ganz anderes. »Schon zwei Jahre später kehrte er wieder zurück, unternahm aber von da an zahlreiche Reisen nach Paris, London, Korfu und mehrmals nach Athen, wo er sich länger aufhielt. Als Vierundvierzigjähriger bezog er in der vormaligen Rue Lepsius 10 diese Wohnung, die über einem Bordell lag. Kavafis selbst schrieb dazu (der Araber nahm ein vorgedrucktes Blatt Papier): ›Wo könnte ich besser leben? Unten sorgt sich das Freudenhaus um die Bedürfnisse des Fleisches. Und da ist die Kirche, die die Sünden vergibt. Und weiter unten liegt das Krankenhaus, wo wir sterben.‹« Im Dämmerlicht sah Thomas Mach durch eine geöffnete Tür in eines der Zimmer mit gerahmten Porträtfotografien und -zeichnungen, einem schwarzroten Orientteppich und einer gläsernen Vitrine mit einem Gipsabdruck, vermutlich der Totenmaske des Dichters. Kavafis sei bekanntlich homosexuell gewesen, führte der Araber inzwischen aus, und nächtens auf der Suche nach Jünglingen durch die Stadt gestreift.

»Bis 1922 arbeitete er im Ministerium für Wasserwirtschaft, doch er wohnte weiter hier. ›Als ich diese Wohnung vor sechzehn, nein, achtzehn Jahren mit einem Freund bezog, hatte ich nicht vor, lange hier zu bleiben‹, schrieb er (der Araber las wieder vom Blatt). ›Dann ging mein Freund fort, und ich behielt sie für mich, doch hatte ich immer dabei vor wegzuziehen ... Die Jahre vergingen, ohne daß ich eine endgültige Entscheidung traf ... Sollte ich ausziehen, oder sollte ich elektrisches Licht installieren lassen?‹ 1932 erkrankte er an Rachenkrebs. In einem Hospital in Athen wurde ein Luftröhrenschnitt vorgenommen, über den er sich im voraus äußerte: ›Alle alten Menschen haben etwas. Der eine verliert das Augenlicht, der andere das Gehör. Ich werde meine Stimme verlieren. Ich sollte mich glücklich schätzen.‹ Die Operation blieb ohne Erfolg. Kavafis kehrte nach Alexandria zurück, wo er am 29. April 1933, an seinem siebzigsten Geburtstag, starb. An dem Tag, als er ins Krankenhaus mußte, das direkt gegenüberliegt, packte man seine Utensilien in einen Koffer, worauf Kavafis in Tränen ausbrach und – da er nicht mehr sprechen konnte – auf eine Seite Papier schrieb (wieder las der Araber vom Blatt): ›Diesen Koffer hatte ich vor 30 Jahren einen Abend schnell gekauft, um nach Kairo zum Vergnügen zu fahren. Damals war ich jung und gesund und nicht häßlich.‹ Das Original liegt hier unter der Glasplatte des Schreibtischs. Der Dichter liebte es, im Dunklen zu leben«, fuhr der Araber nach einer Pause fort, als Thomas Mach sich angestrengt über die Glasplatte beugte, um einen Blick auf die griechischen Buchstaben zu werfen, »... und in vollster Zurückgezogenheit und bei grünem Licht zu arbeiten. Er war menschenscheu und lebte nur mit einem Freund zusammen. Die Wohnung ist so dämmrig belassen, wie sie war.« Der Araber erhob sich würdevoll, durchquerte den Vorraum und sagte, während er die Flügel der Balkontür öffnete: »Er ließ aus einer Vielzahl von Arbeiten, Prosa und Gedichten, nur wenige gelten.«

Das Licht fiel blendend hell durch die Türöffnung, als verkündete es Kavafis' Tod. Thomas Mach trat hinaus und betrachtete die alten, bröckeligen Häuser mit ihren Klimaboxen, die elektrischen Leitungen, die Feuchtigkeitsspuren auf dem Asphalt und die Wellblechdächer über den Geschäften. Die Straße war so schmal, daß das gegenüberliegende Krankenhaus wie eine Fortsetzung des Gebäudes wirkte. Es war sterbensgelb und zum Teil von wildem Wein und anderen Pflanzen bewachsen. Ein üppig wuchernder Essigbaum verhinderte die Sicht in den Hof. Hinter einem der hohen Fenster, die Thomas Mach sah, hatte Konstantinos Kavafis seinen letzten Atemzug getan. Im ersten Stock war über eine ehemalige Terrasse eine Veranda mit vielen Fenstern errichtet worden, die Thomas Mach an das Hausboot in Kairo denken ließen. Alle diese Fenster waren mit Preßkarton vernagelt, und auf dem schrägen Eternitdach lag eine geöffnete Damenhandtasche, Thomas Mach konnte sich nicht erklären, wie sie dorthin gekommen war. Im Schlafzimmer des Dichters hingen Zeichnungen von nackten Männern und ein Porträt des jungen Arthur Rimbaud, in den anderen Räumen Fotografien des Dichters, darunter auch jene mit dem »leuchtenden Rauch«, die er im Studientagebuch Eva Blums gesehen hatte. Alles war erhalten geblieben: das breite Messingdoppelbett, der Überwurf mit zarten Arabesken, der Wandteppich, der Schreibtisch im Mashrabiya-Stil, die dazu passenden rotgepolsterten Stühle, Truhen, Vitrinen, Kerzenständer und ein gerahmter Spiegel, dessen Beschichtung sich zum Teil aufgelöst hatte. In der Mitte war eine silberne Spur noch vollständig erhalten, weiter unten sah man das braune Holz dahinter, »wie einen Sargdeckel«, dachte Thomas Mach, »der eine Seele gefangenhält«.

Er war noch immer der einzige Besucher des Museums, auch der Araber ließ sich nicht mehr blicken.

Er schlenderte durch die Bibliothek, kaufte eine Postkarte mit dem Porträt des Dichters, winkte einem Taxi und wußte zuerst nicht, wohin.

Nachdem sie ein Stück die Corniche hinuntergefahren waren, glaubte er, in einem Restaurant, in dem sie vielleicht zum ersten Mal gegessen hatten, den jungen Mann zu erkennen. Er sah sich im Lokal um, aber seine Vermutung erwies sich als falsch.

Zwei Nachrichten

Schließlich entließ er den Fahrer vor dem Cecil-Hotel, ging aber über den Platz in das Trianon, das ihm schon bei seiner Ankunft aufgefallen war. Der elegante holzgetäfelte Speisesaal war nur von einem Gast besucht, zu dessen Füßen auf dem gemusterten Teppichboden ein Hündchen schlief. Er nahm an einem der Fenstertische Platz und lehnte sich zurück. Die Welt war tot, wußte er.

Er bestellte Wein und Fischsuppe und schrieb die Kavafis-Postkarte an Konrad Feldt in der Nationalbibliothek.

Auf seinen Wunsch hin brachte ihm der Kellner ein Geschäftskuvert des Restaurants, in das er die Skizze mit dem Schachproblem steckte, das er von dem Fabriktor abgezeichnet hatte, als er Blum in der Kutsche gefolgt war. Darunter schrieb er: »In wieviel Zügen matt?« und adressierte es an den Untersuchungsrichter Sonnenberg. Er mußte bei der Erinnerung lächeln, daß er im Taxi die ganze Zeit versucht hatte, das Seitenfenster hinaufzudrehen, aber keine Kurbel dafür vorhanden gewesen war. Der Fahrer hatte bemerkt, daß der Fahrtwind ihn belästigte, und mitten im Verkehr mit der rechten Hand über ihn hinweg mühsam die Scheibe hochgezogen. Sie rutschte gleich wieder herunter. Er hatte versucht, sie (wie der Fahrer) abermals hinaufzuziehen, und sich anschließend dagegen gelehnt, damit sie nicht wieder hinunterrutschte – aber vergeblich. Daher hatte er immer wieder den Vorgang wiederholt, was ihn jedoch, da er in Gedanken versunken gewesen war, nicht weiter gestört hatte.

Der Schritt

Als er das Trianon verließ, fiel Regen. Es war kein gewöhnlicher Regen aus einzelnen Tropfen, sondern das Wasser fiel vom Himmel, als hätte es jemand ausgeschüttet. Er lief zum Cecil-Hotel, das in Sichtweite auf der anderen Seite der Ramleh-Station lag. Die Hose und sein Hemd waren durchnäßt, sein Haar klatschnaß, und die Desertboots sahen aus, als sei er eine Stunde durch Pfützen gewatet. Er warf den Brief und die Postkarte in den dafür vorgesehenen Schlitz der Portiersloge und nahm den Lift. In seinem Zimmer kleidete er sich um, dann wählte er die Nummer des Reisebüros »Auge Gottes«. Der Regen draußen hatte wieder aufgehört, und die Sonne schien. Ohne Umschweife erklärte er seinem Onkel, daß er kündige und nicht nach Wien zurückkehren würde.

Einen Moment lang war er aufgewühlt, gleich darauf beruhigte er sich. Die Zukunft lag offen vor ihm.

23. November, Alexandria

…

24. November, Kairo

…

25. November, Kairo

Die Verabredung

Vom Balkon des Helnan-Shepheard-Hotels aus blickte er direkt auf den Nil. Der Strom hatte heute eine braungrüne Farbe angenommen mit einem großen Silberfleck, wo das Sonnenlicht sich spiegelte. Hinter der Brücke stach der Cairo Tower wie ein gespitzter Bleistift in den Himmel. Menschenmengen zogen über die Brücke in Richtung Sheraton-Hotel. Die Luft brannte in Thomas Machs Augen, und er saß auf seinem Stuhl und schaute auf die Feluken und Passagierschiffe, die gestutzten Dattelpalmen und den Verkehr zwei Stockwerke unter sich.

Auf dem Nil – direkt ihm gegenüber – war ein kleines Restaurant verankert, das mit einem Sonnensegel überdacht war. Moser, den er am Vortag angerufen hatte, saß dort und trank einen Aperitif – er hatte noch zehn Minuten Zeit bis zu seiner Verabredung mit ihm.

Thomas Mach stand auf, legte sich auf eines der beiden Betten und entspannte sich. Der Teppichboden, die Läufer auf dem Gang und der Bettüberwurf waren tiefblau und mit weißen Mustern aus Papyrus- und Lotosblüten geschmückt. Sie sollten wohl den Nil symbolisieren.

Weshalb hatte Eva Blum gerade »Kaatil« und nur dieses Wort hervorgehoben, fragte er sich. »Mörder« kam auch nicht im Gedicht von Kavafis vor. Er faßte es wie ein zufällig durch die Wand erlauschtes Wort auf. Der »Abschiedsbrief« war in koptischer Schrift abgefaßt gewesen, die nicht einmal Moser entziffern konnte, während das Wort »Kaatil« arabisch war, das sie nicht schreiben konnte, sondern nur phonetisch beherrschte. Gehörte es zu dem Selbstgespräch, das sie zuletzt führte? Und hatte sie nicht auch das arabische Wort Muharram in ihrem Text verwendet?

Er stand schwitzend auf und verließ das Zimmer. Auf dem Gang hörte er durch die Türen die Geräusche der Fernsehapparate.

Im Flur des Schlangenbeschwörers

Als er vor das Hotel trat, überquerte Moser gerade im Laufschritt die Straße. Der Hupen- und Motorenlärm und die Musik aus Kassettenrekordern verschluckten ihre Begrüßung. Moser hatte seinen Wagen neben den Taxis geparkt und schlug ihm das Restaurant Felfela vor, in dem sie schon einmal zu Abend gegessen hatten.

»Was ist mit Schäffer?« fragte Thomas Mach ohne Umschweife. Er verspürte wenig Lust, um den heißen Brei herumzureden.

»Schäffer?« Moser machte eine lange Pause, während der er den Wagen startete.

Thomas Mach ließ die Antwort im Raum stehen. »Und Eck? Paul Eck?«

»Ach, Paul Eck!« wandte sich ihm Moser mit gespielter Freude zu. »Er ist in Assuan. Dort gibt es Spitäler, Ärzte, Hotels und keine Malaria. Eine seltsame Existenz.« Er bog in die Fahrbahn ein und überholte einen Lieferwagen. »Er hält es nicht in der Fremde aus. Solche Menschen gibt es. Sie hassen ihr Land, aber sie sterben, wenn sie es verlassen müssen.«

Am Maidan at Tahrir mündete die Straße in den vierbahnigen Verkehr. Gleich darauf entdeckte Thomas Mach das Blumengeschäft, in dem er Schäffer beobachtet hatte, wie er die Fotografie, die Eva Blum und den Advokaten Jenner zeigte, an sich gebracht hatte. Es machte einen verlassenen Eindruck.

»Was haben Sie mit Schäffers Leiche gemacht?« fragte Thomas Mach noch einmal.

Moser setzte ein abweisendes Gesicht auf.

»Ich weiß nicht, wovon Sie sprechen«, antwortete er schließlich und fügte nach einer Pause hinzu, »es ist besser für Sie, Sie vergessen, was vorgefallen ist.«

»Die Hunde?«

»Mein Gott, die Hunde«, er lachte. »Sie wurden eines Tages weggebracht. Ich kann Ihnen wirklich nicht sagen, was aus ihnen geworden ist.«

Bei einem Stau blieben sie vor einem Laden stehen, mit einer langen Theke und Körben, in denen Granatäpfel, Orangen, Zitronen und Mangofrüchte für die Saftpresse aufgestapelt waren.

»Ich habe heute mit den Semaa-Tours telefoniert. Mr. Khidra sagte mir, sie suchen Segelfluglehrer für Wüstenflüge«, sagte Moser unvermittelt.

»Das haben Sie für mich getan?« fragte Thomas Mach überrascht.

»Es war nicht schwer.«

Thomas Machs Düsterkeit wandelte sich rasch in Freude.

»Ich habe nicht damit gerechnet, weil Sie sich nicht gemeldet haben«, stieß er aufgeregt hervor.

»Mr. Khidra war sehr beschäftigt.«

»Sie kennen ihn?«

»Ein wenig. Er nimmt Sie mit offenen Armen auf.«

»Das ist großartig! Ich danke Ihnen«, Thomas Mach berührte seinen Oberarm, und Moser lächelte.

»Die Bezahlung ist nicht gerade weltbewegend, aber Sie können in der Nähe des Hangars wohnen, und es gibt eine Kantine.«

»Und der Flughafen, wo liegt er?«

»In Imbaba, der ehemaligen Endstation der Kamelkarawanen. Früher war auch der Kamelmarkt dort, aber die Gegend ist in letzter Zeit ein wenig heruntergekommen.«

Nachträglich erschien Thomas Mach auf einmal alles selbstverständlich und unausweichlich.

Moser stellte seinen Wagen in einer Parklücke ab.

»Lassen Sie uns das letzte Stück zu Fuß gehen«, schlug er gut gelaunt vor.

Anstatt das Felfela aufzusuchen, steuerte er ein Café in einem Hof an, über dem Drähte mit bunten Glühbirnen gespannt waren. Die Gummibäume waren staubig und die meisten der blauen und grünen Plastikstühle besetzt. Auf den winzigen Metalltischchen standen Tee- und Wassergläser, und fast jeder Gast sog an einer Wasserpfeife. Moser fand einen freien Platz, der heiße, schwarze Tee kam mit viel Zucker, und der Rauch der Wasserpfeife schmeckte nach Apfel. Katzen huschten unter den Tischen herum, und zwei junge Frauen mit Kopftüchern und Armreifen waren in ein Dominospiel vertieft. Ein zahnloser Mann um die Fünfzig, eine Zigarette in der Hand, sprach sie an, stellte sich als Zeichner vor und wurde von Thomas Mach eingeladen, sich zu ihnen zu setzen. Er konnte sich gebrochen auf englisch und deutsch verständigen und trug zerrissene Schlappen an seinen Füßen. Eine Zeitlang, während Thomas Mach ein Kind beobachtete, das Holzkohle für die Wasserpfeifen präparierte, erzählte er Witze, über die er selbst lachte. Das Kind sortierte in einem Grill mit einer Eisenzange Kohlenstückchen und legte sie auf die Wasserpfeife.

»Sie Geschäftsmann?« fragte der Zeichner. »Zwei Geschäftmann?« Er schien entzückt zu sein. Ein glückliches Zusammentreffen, bestätigte er, denn auch er sei Geschäftsmann. Er wies zur Eingangstür des verfallenen Wohnhauses und zu einem handgemalten Schild »El Delta Papyrus«. Moser wollte den Mann abwimmeln, aber er verstand bald, daß es sinnlos war, daher folgten sie ihm in das Geschäft.

Der Gang war halb zerstört, wieder waren die Stiegen nur noch in Bruchstücken vorhanden, zum Glück lag der Laden jedoch ebenerdig. Der Raum war kaum beleuchtet, aber als der Zeichner die verglaste Tür öffnete, knipste der Verkäufer mehrere Leuchtstoffröhren an und stellte den Zeichner als akademischen Maler und seinen Cousin vor. Er zögerte nicht, ihnen seine Ware anzubieten, und erklärte ihnen die Herstellung von Papyrus mit Hilfe eines Teigrollers aus Holz, einer grünen Papyruspflanze, eines scharfen und spitzen Messers, einer Holzpresse, eines viereckigen, weißen Steins und eines kleinen Wasserbeckens, in dem Pflanzenteile schwammen. In der Galerie hingen Bilder über Bilder … des Tierkreises von Dendera … der Göttin Nut am Sternenhimmel … des Todesgottes Anubis und auch ein Blatt mit der Beschriftung »The Hieroglyphic Transliteration«, das Thomas Mach schließlich für ein paar Pfund kaufte. Zu jedem Blockbuchstaben war auf dem Blatt eine bunte Hieroglyphe gemalt: für A ein Adler, für B ein Fuß, C ein Stock, D eine Hand, H eine Art Labyrinth und ein Knoten, J eine Schlange, N ein Fluß oder U eine Spirale. Er wußte nicht, wieweit diese Bilder den tatsächlichen Zeichen entsprachen, aber das Blatt kam ihm wie ein stenografisches Protokoll seiner Reise vor, die ihn zum Flugplatz Imbaba und Mr. Khidra führen würde. Wieder durchströmten ihn Glücksgefühle. Während der

Verkäufer das Blatt sorgfältig verpackte, drehte er die grelle Beleuchtung wieder ab, so daß sie das Gefühl hatten, einem geheimnisvollen Vorgang beizuwohnen.

In dem Café auf der Straße saßen inzwischen an die hundert Menschen, Moser bezahlte und schlug die Richtung ein, aus der sie gekommen waren. Es waren nur wenige Schritte, aber Thomas Mach erkannte die Gebäude, vor denen sie sich befanden, sofort wieder: das Golden Hotel, in dem Schäffer gewohnt hatte, und gegenüber der Eingang zum Flur, in dem der Schlangenbeschwörer und sein Enkel ihn zur Vorführung eingeladen hatten.

»Halt!« spürte er so stark in seinem Kopf, daß er augenblicklich stehenblieb. Alle Gedanken waren verschwunden, nur dieses »Halt« hatte Besitz von ihm ergriffen. Er überquerte die Straße und öffnete das Tor zum Flur. Er war leer. Moser, der ihm gefolgt war, ließ die Tür ins Schloß fallen. Im flakkernden Licht erkannte Thomas Mach alles wieder: die Flecken an der Wand, den Fehler im Boden, die schiefe Leuchtstoffröhre. Er blickte Moser fragend an. Natürlich wußte sein Begleiter Bescheid. Ein Schlangenbeschwörer arbeitete üblicherweise in diesem Flur, sagte er, aber er wechselte öfter den Platz, um nicht von der Polizei gefaßt zu werden. Seine Vorstellungen seien übrigens völlig ungefährlich, da den giftigen Reptilien vorher das Maul zugenäht würde. Eine Schlange könne wochenlang, monatelang ohne Nahrung leben. Man lasse sie verhungern und ersetze sie dann durch eine neue, der man wieder das Maul zunähe. Die Tiere, die der Beschwörer mit Mäusen füttere, seien ungiftig.

Thomas Mach blieb im Flur stehen, dann traten sie zurück auf die Straße, und während Moser sein Fahrzeug suchte und es aus der Parklücke manövrierte, fiel Thomas Mach ein schwarzer Fleck auf einer Hauswand auf. Der sich ausdehnende, von Sprüngen durchzogene schwarze Mauerverputz war ein Bild, das er nie zuvor gesehen hatte. Es war von der Schwärze, die an das Stiegenhaus eines abgewohnten Gebäudes denken ließ, an den Boden eines modrigen Brunnenschachtes, an den Stoff eines Totenanzugs. Hatte er eine Bedeutung für ihn?

Mühsam kämpften sie sich durch den dichten Verkehr zurück zum Helnan-Shepheard-Hotel, vor dem sie hielten.

»Rufen Sie mich an, wenn Sie aus Imbaba zurück sind«, sagte Moser beiläufig. »Und viel Glück.«

»Ich glaube, ich habe Ihnen«, Thomas Mach wollte sagen: »... öfters unrecht getan«, doch er sprach es nicht aus, sondern fuhr statt dessen fort: »... ziemliche Unannehmlichkeiten bereitet.«

Moser lachte und winkte ihm zum Abschied zu, bevor er im Verkehr verschwand.

Als Thomas Mach sein Zimmer betrat, sah er in Gedanken Eva Blums Handschrift mit dem rot unterstrichenen Wort »Mörder« vor sich.

»Kaatil«, dachte er und erinnerte sich, wie Schäffer von seiner Kugel getroffen starb.

Eine Zeitlang lag er da und dachte nach.

Das Wort »Kaatil« war für ihn bestimmt gewesen. Aber der Sheikh hatte ihm gesagt, daß alles zusammenhing. Eva Blum, das Studientagebuch und Moser, Schäffer, der junge Mann in Alexandria und der Flughafen Imbaba. Sie waren alle miteinander verbunden.

Er stand unruhig auf und trat an das Fenster.

Der alte Mohamed löste gerade seine Feluke aus der Vertäuung. Es war noch hell. Die hohen Masten der Segelschiffe schrieben eine undeutbare Schrift in das wäßrige Blau des Himmels. Sie erinnerten ihn an den Federkiel des Kalligraphen.

Auf und ab bewegt von den Wellen des Nils, waren sie zu einem ewigen Schreiben bestimmt, wie der weißbärtige Mann in Alexandria.

Imbaba

Ohne weiter nachzudenken, eilte Thomas Mach auf den Gang, fuhr mit dem Lift in das Foyer und lief an das Ufer. Gerade als der alte Mohamed die Ruder in das Wasser tauchte, erreichte Thomas Mach die Feluke und rief: »Warten Sie! Warten Sie!«

Der alte Mohamed lachte. Er bedeutete ihm mit einer ruhigen Geste, an Bord zu kommen.

Außer Atem kam Thomas Mach der Einladung nach.

Und langsam und unendlich behutsam ruderte

der alte Mohamed sie auf das glitzernde Wasser hinaus, wo er in Windeseile auf den hohen Mast kletterte und das Segel mit einem knatternden Geräusch herunterließ.

Es war Thomas Mach, als fiel ein Vorhang, der für einen Augenblick alles unsichtbar machte, was ihm widerfahren war.

Von der Bugwelle spritzten ihm feine Tropfen ins Gesicht, und die Wellen schlugen heftig an.

»Imbaba?« fragte Thomas Mach, als der alte Mohamed wieder heruntergeklettert war. »Wo liegt Imbaba?«

»Imbaba«, wiederholte der alte Mohamed außer Atem. Er wies in nördliche Richtung und nickte.

Dann fing er zu singen an.

Die Feluke suchte den Wind, vergrößerte rasch ihre Geschwindigkeit, und Thomas Mach dachte einen Moment lang an sein Segelflugzeug, als sie rasend schnell den Fluß hinaufglitten. Geblendet vom Sonnenlicht, das vom Wasser reflektiert wurde, schloß er die Augen.

Inhalt

Ich danke Frau Dr. Ulrike Horak und Herrn Professor Hermann Harrauer von der Papyrussammlung der österreichischen Nationalbibliothek, Dr. Christian Gastgeber vom Institut für Byzantinistik der Universität Wien, Alfred Huber und Jeanette Fawzi, Kairo, Dr. Issam Elias (Zwettl) und Khayria Bahnas vom ägyptischen Fremdenverkehrsamt in Wien.